# Hars

Ane Riel

# Hars

Vertaald door Kor de Vries

2019 Prometheus Amsterdam

Oorspronkelijke titel *Harpiks*

Omslagontwerp Jan van Zomeren
Foto omslag Stephen Carroll/Arcangel Images
Foto auteur Alex Nyborg Madsen
Opmaak binnenwerk ZetSpiegel, Best
www.uitgeverijprometheus.nl
ISBN 978 90 446 4235 3

# Liv

Het was donker in de witte kamer toen mijn vader mijn oma om het leven bracht. Ik was erbij. Carl was er ook bij, maar hem ontdekten ze nooit. Het was de ochtend voor kerstavond en het sneeuwde een beetje, maar een echt witte kerst werd het dat jaar niet.

Destijds was alles anders. Het was voordat mijn vaders spullen zo veel ruimte innamen dat niemand de woonkamer meer in kon. En voordat mijn moeder zo dik was geworden dat ze de slaapkamer niet meer uit kon. Maar het was nadat ze me als dood hadden opgegeven, zodat ik niet naar school hoefde.

Of was het misschien ervoor? Ik ben niet zo goed in volgordes, de tijd vloeit voor mij samen. De eerste jaren van je leven voelen zo oneindig. De mevrouw vertelt me dat dat komt omdat je alles voor de eerste keer beleeft – dat maakt indruk en indrukken nemen veel ruimte in, zegt zij.

Er was destijds heel veel dat ruimte in mijn leven innam, en veel wat ik voor de eerste keer meemaakte. Zoals bijvoorbeeld toekijken hoe mijn oma om het leven werd gebracht.

Goed, maar de kerstboom hing aan het plafond. Dat was niets nieuws, want mijn vader hees graag een hoop dingen op naar het plafond om alle ruimte in de woonkamer te benutten. De cadeautjes stapelde hij dan op elkaar onder de stam, en daarom hoopten wij altijd dat hij met een kleine boom thuiskwam.

Dat jaar moet de boom vrij klein zijn geweest, want eronder was ruimte voor een paar heel grote cadeaus. Een ervan was een waanzinnig mooie trapauto, die mijn vader in zijn werkplaats had gebouwd, en mijn moeder had er rode kussens voor genaaid. Mijn vader en moeder maakten de cadeaus altijd zelf. Op dat moment wist ik helemaal niet dat kinderen van andere mensen cadeaus kregen die ergens waren gekocht. Ik wist amper dat andere mensen kinderen kregen die cadeaus kregen. Wij hielden dat soort dingen niet zo bij. Carl en ik waren gewoon blij met wat we kregen, en vooral met onze vader en moeder. Oké, Carl was soms een beetje boos op hen, zonder dat hij nou precies kon zeggen waarom.

Het nieuwe die kerst was dus dat mijn oma net was overleden. Dat hadden we niet eerder meegemaakt, en zij zelf duidelijk ook niet. Ze leek in elk geval nogal verbaasd, zoals ze daar in de groene leunstoel naar de boom opkeek zonder met haar ogen te knipperen. Volgens mij keek ze naar een kersthart dat ik van bruin papier had gevlochten. Zij had me het papiervlechten geleerd, voordat ze al die dingen tegen mijn vader zei die ze waarschijnlijk beter niet had kunnen zeggen.

Wij vonden dat ze er 's avonds bij de boom gewoon bij moest zijn, voor we haar doorstuurden, en ze moest natuurlijk ook haar cadeau krijgen. Oké, mijn vader en ik vonden dat. Vooral ik. Mijn moeder ging er alleen in mee omdat ik maar bleef zeuren.

Mijn oma's benen lagen op het voetenbankje, kan ik me herinneren. Waarschijnlijk vooral omdat ik op de grond vlak voor haar zat. Haar paarse panty was zo doorzichtig dat je haar onderbroek erdoorheen kon zien, en haar bruine veterschoenen roken nog steeds wat zoetig door iets wat ze tegen de regen moest beschermen. De schoenen waren splinternieuw en gekocht in een winkel aan de vaste wal, had ze me verteld. Verder droeg ze een grijze rok en een rode blouse en een halsdoek met witte meeuwen; allemaal kleren die ik helemaal onder in haar tas had gevonden. Ik had erop aangedrongen dat we haar voor kerstavond mooi zouden aankleden. Het zou er raar hebben uitgezien als ze daar in haar nachtjapon had gezeten.

Sinds die avond heeft er nooit meer iemand in de groene leunstoel gezeten. Dat kon niet.

Er lagen veel te veel spullen in.

Omdat mijn oma haar cadeau niet uit het krantenpapier kon halen mocht ik het doen. Op het eerste gezicht dacht ik dat mijn vader voor haar ook een trapauto had gemaakt, want het was weer een lange, houten kist op wielen. Maar dit keer had hij dus een doodskist gemaakt. Zonder stuur of rode zitplaats. En zonder deksel. Een deksel was niet nodig, zei hij. Het enige wat erin lag, was het kussen waarmee ze 's ochtends was gesmoord.

Toen we het hoofd van mijn oma op het kussen hadden gelegd – boven op het kussen dit keer – reed mijn vader haar door de achterdeur naar buiten, om de gevel heen, langs de houtstapel helemaal naar het veld achter de stal. Carl en ik volgden in de trapauto, en ik was natuurlijk degene die moest duwen, want anders waren we niet van onze plek gekomen. Mijn moeder kwam als laatste. Met mijn moeder duurde het altijd wat langer.

Het was pikkedonker, maar wij waren gewend om waar wij woonden buiten in het donker te lopen. De hemel moet die kerstavond zwaarbewolkt zijn geweest, want er was geen ster te zien, en het bos dat het huis en de velden omzoomde, was amper zichtbaar. 's Ochtends had het zachtjes gewaaid, maar nu stond er geen zuchtje wind en de sneeuw was weer verdwenen. Kerst had er blijkbaar voor gekozen om stil en donker te zijn.

Toen staken we mijn oma in brand met aanmaakblokken, krantenpapier en de extra lange haardlucifers, waar we anders nooit mee mochten spelen (Carl deed het stiekem toch). We hadden natuurlijk eerst haar schoenen uitgetrokken, die waren immers hartstikke nieuw en bestand tegen de regen.

Het duurde niet lang of we moesten wat verder achteruit vanwege de hitte. Al snel schoten de vlammen zo omhoog dat de drinkbak uit het donker achter het hek tevoorschijn kwam en het struikgewas aan de bosrand te zien was. Toen ik om me heen keek, zag ik mijn eigen schaduw die op de verlichte stalmuur achter mij danste, en ik zag mijn vader en moeder heel duidelijk in de gloed van het vuur. Ze hielden elkaars hand vast.

Ik staarde weer naar mijn oma, die daar met haar witte haar lag te branden, en opeens kreeg ik een raar gevoel in mijn buik.

'Doet dit echt geen pijn?' vroeg ik.

Mijn vader zei: 'Nee hoor, je hoeft je geen zorgen te maken. Ze voelt er niets van. Ze is hier niet meer.'

Omdat ik in mijn trapauto was gaan staan en mijn oma nog steeds in haar kist kon zien liggen, vond ik zijn antwoord een beetje vreemd. Hij wist alles. Hij was degene die me had verteld dat je in het donker niet echt pijn kon hebben. Op de bodem van de zee voelden de vissen bijvoorbeeld helemaal niet dat ze in onze haken beten, en 's nachts voelden de konijnen niets als ze in onze valstrikken terechtkwamen. 'Het donker neemt de pijn weg,' zei mijn vader altijd. 'En we nemen alleen de konijnen die we nodig hebben.' Daarom gingen goede mensen zoals wij alleen 's nachts op jacht.

Dat mijn oma geen kik gaf terwijl ze brandde, was trouwens wel bewijs genoeg. Zij schreeuwde anders vaak hard genoeg als iemand haar pijn deed of haar tegensprak. Ik had nog nooit iemand zo hard horen schreeuwen als die ochtend toen ze een hele doos tonijn in blik op haar hoofd kreeg. Ze kon echt heel kwaad worden.

Het smeulde nog steeds een beetje toen we de volgende ochtend bij haar gingen kijken. Of bij wat er van haar over was moet ik eigenlijk zeggen, want veel was er niet overgebleven. Ergens was ik ook een beetje verdrietig dat ze weg was, want af en toe was het gezellig geweest toen ze bij ons woonde. Haar pannenkoeken waren heerlijk.

Toen ik in de loop van de dag nog eens ging kijken, was er niets anders te zien dan donkere aarde en wat verschroeid gras. Mijn vader zei dat hij had opgeruimd en de resten had begraven. Hij heeft me nooit verteld waar.

Later heb ik me vaak afgevraagd of mijn vader echt het juiste had gedaan toen hij haar met het kussen had laten smoren. Maar hij beweerde van wel. Anders was het allemaal veel erger geworden.

Mijn oma zei ook niets toen het gebeurde. Ze spartelde alleen wat raar in het bed tot ze helemaal dood was – ongeveer hetzelfde als de vissen die op de bodem van onze jol lagen en stikten door de lucht. Dan sloegen we ze op hun kop, zodat ze niet hoefden te lijden. Het is immers niet de bedoeling dat iemand moet lijden.

Gelukkig was het die ochtend voor kerstavond in de kamer van mijn oma helemaal donker. Ze kon onmogelijk pijn hebben gehad in al die duisternis; zo dacht ik toen in elk geval. Het ging bovendien snel, want mijn vader duwde heel hard. Je wordt sterk van kerstbomen kappen, planken dragen, dingen slepen en meubels maken. Misschien had ik het ook wel kunnen doen, want hij zei altijd dat ik heel sterk was voor mijn leeftijd en dan ook nog voor een meisje.

Eigenlijk dacht ik nooit aan wat ik was. Ik denk dat ik was wat zij zagen. En af en toe zag ik iets wat zij niet zagen.

*

Wij woonden op 't Hoofd, dat zo'n klein eiland was boven het grote. Daar woonden alleen wij en wij redden onszelf.

'T Hoofd zat aan het hoofdeiland vast met een smalle landtong die De Hals werd genoemd. Ik ben dus niet zo goed in tijd, maar mijn vader zei altijd dat je een klein halfuur stevig moest wandelen om van ons huis via De Hals naar het dichtstbijzijnde groepje huizen te komen en nog eens een kwartier als je naar de stad op het eiland moest. Ik vond Korsted gigantisch, maar mijn oma vertelde dat het een heel klein stadje was in vergelijking met de stad aan de overkant op de vaste wal. De gedachte aan zo veel mensen maakte me bang. Ik voelde me niet op mijn gemak bij andere mensen. Met hen wist je het nooit, zei mijn vader. Je moest je niet voor de gek laten houden als ze glimlachten.

Het goede aan de andere mensen op het hoofdeiland was dat ze alles bezaten wat wij nodig hadden, dus in zekere zin konden we onszelf niet redden zonder hen.

Omdat mijn vader niet meer zo graag 's nachts 't Hoofd verliet, was ik vooral degene die van alles voor ons haalde, maar op dat moment had hij mij ook allang geleerd hoe je dat deed.

In het begin gingen we samen op pad in de open vrachtwagen. Het was meestal midden in de nacht, als mensen het diepst slapen. We konden altijd een goed plekje vinden om de auto te verstoppen, en dan slopen we rond en vonden spullen in schuren, aanbouwen en soms ook in woonkamers en keukens en zo. Een keer waren we zelfs in de slaapkamer bij een mevrouw die zo stomdronken was dat we haar dekbed wel durfden mee te nemen. Achteraf heb ik vaak nagedacht wat ze moest hebben gedacht toen ze wakker werd en het dekbed was verdwenen. Mijn vader vertelde dat hij haar de dag erna op straat in Korsted had gezien. Ze had wat verward geleken, maar dat was ook wel te begrijpen. Het dekbed was van ganzendons, want ze had een erfenis gehad, zei hij. Misschien dacht ze dat het uit zichzelf was weggevlogen?

Mijn moeder kreeg het ganzendonzen dekbed en ik kreeg haar oude, dat was er een die mijn vader eerder dat jaar tegen een uitstekende worstpers had geruild. Dat was van eendendons. Een paar maanden later haalden we de worstpers terug bij de kapper, want het was natuurlijk niet de bedoeling dat hij die zou houden. De kapper en zijn vrouw sliepen op de tweede verdieping en de keuken met de worstpers bevond zich op de begane grond. Ze deden de keukendeur niet eens op slot, dus het was zo makkelijk als wat. Op dat moment had ik ook het idee dat de kapper eigenlijk wel wist dat we onze spullen kwamen halen – of zijn spullen, of van wie de spullen nu ook waren. Zijn vrouw stonk altijd vreselijk; je kon haar in de keuken nog helemaal ruiken! Als ik de kapper was geweest, had ik liever gehad dat ze haar kwamen halen dan de worstpers. Mijn vader zei dat het parfum was.

Mijn moeders eendendonzen dekbed stonk nog heel lang naar de vrouw van de kapper, maar toen ik hem overnam, rook het godzijdank grotendeels naar mijn moeder, bijna niet naar parfum en helemaal niet naar eend. Het nieuwe ganzendonzen dekbed van moeder rook daarentegen nogal naar alcohol. Zelf dronk ze nooit iets sterkers dan koffie met room, en op het laatst dronk ze alleen nog water uit de pomp; maar daar kom ik later wel op terug.

Mijn vader was heel handig in het openkrijgen van deuren en ramen. Dat had hij van zijn eigen vader geleerd, zei hij. Ik heb mijn opa nooit ontmoet, maar ik weet dat hij Silas heette. Mijn vader leerde mij vervolgens hoe je dat deed en ik oefende thuis als een bezetene in de werkplaats op de deuren en ramen die we hadden gevonden. Daar waren er heel veel van op de stort aan de zuidkant van het eiland, en we namen zoveel mee als we op de laadbak konden vervoeren. Ik begrijp niet waarom mensen zulke dingen weggooien. Je kunt ze toch repareren – en openen en dichtdoen en ermee spelen.

De huizen die nieuwe deuren hadden gekregen gingen we doorgaans uit de weg, want daar kon je moeilijk binnenkomen als mensen ze op slot deden. Gelukkig deden veel mensen op het eiland dat niet. Maar als we het huis niet binnen konden komen, hadden ze in de regel een schuur of een aanbouw en dan vonden we toch iets om mee te nemen. Een keer namen we een varken mee. We misten nog een varken en de boer had er echt heel veel en kon ze onmogelijk allemaal zelf opeten. Ik verbaasde me er destijds over dat hij helemaal geen geluid gaf, nog geen gil van de schrik toen mijn vader hem optilde. Maar misschien kwam het doordat hij zo goed voor dieren was. Alle dieren. Hij was ook heel goed in ze doodmaken zonder dat ze iets merkten. Dat was gewoon een andere manier om goed te zijn voor dieren, zei hij.

Toen het zover was dat ik alleen op pad moest, voelde ik me eerst niet helemaal gerust. Vooral omdat het tijdens de laatste tocht met mijn vader bijna fout was gegaan. We hadden een paar lange, verroeste ijzeren draagbalken gevonden langs de weg en hadden die op de laadbak weten te krijgen, maar toen we in een dorp de hoek omsloegen raakte een ervan een muur en maakte een hels kabaal. In een paar huizen ging het licht aan, maar mijn vader wist op het laatste moment een grindweg in te slaan waar we ons achter een heg konden verschuilen zodat niemand ons zag. De volgende dag sleepten we de ijzeren draagbalken naar de eerste verdieping, waar ze net in de gang pasten. Je moest natuurlijk uitkijken dat je er met je tenen niet tegenaan stootte.

Een andere keer werden we ook bijna betrapt, maar dat was mijn schuld. Ik stapte in de garage van de loodgieter op een wieldop. Daarna hield ik me schuil in een hoek en hield mijn adem in, want ik hoorde dat de loodgieter de deur naar de garage opendeed. Als zijn kat er niet was geweest, die onmiddellijk op hem afsprong, had hij waarschijnlijk het licht aangedaan en mij gezien. In plaats daarvan snauwde hij tegen de kat. 'Verdorie, maak jij zo'n herrie? Vooruit, naar binnen.'

Toen ik de garage uitkwam, keek mijn vader heel ontdaan. Hij had aan de achterkant gestaan en had alles gehoord, en hij had geen idee dat er ook een kat was geweest.

Maar al snel begon ik bepaalde voordelen te ontdekken aan op pad gaan zonder mijn vader. Ik was kleiner en sneller en ik had geleerd me muisstil te bewegen. Ik liep of ik rende, want ik was nog niet groot genoeg om zelf te rijden en ik hield niet van fietsen. Ik kon ook beter in het donker zien dan mijn vader. 'Je moet net doen als de uil,' zei hij vaak, en dat deed ik dus, hoewel ik niet kon vliegen of mijn hoofd achterstevoren kon draaien. Ik oefende trouwens wel op beide, tot ik me realiseerde dat ik er nooit goed in zou worden. Carl probeerde het natuurlijk ook. Hem ging het wat beter af.

Mijn moeder zei niet zoveel. Ik denk eigenlijk niet dat ze er zo dol op was dat we 's nachts op pad gingen, maar ze was wel blij met de spullen die we meebrachten. Vooral met het spul uit de keuken van het hotel-restaurant.

*

Een van de eerste dingen die ik van mijn leven op 't Hoofd kan herinneren is de geur van hars: dat speciale gekriebel in je neus, het plakkerige gevoel in je handpalm en mijn vaders prettige stem die vertelde over het sap dat in een boomstam stroomde. Het was wonderbaarlijk sap, zei hij, want het kon beschermen tegen aanvallen, wonden genezen en kleine, dode dieren voor altijd en eeuwig conserveren. Ik herinner me dat ik daarna een kleine, levende mier zag die tegen de schors omhoog kroop, om de kleverige, goudkleurige druppels heen liep en in een kier verdween, om even later een stukje hogerop weer tevoorschijn te komen. Omhoog, omhoog, omhoog.

Later fluisterde ik tegen vele bloedende bomen dat hun wonden wel zouden genezen, want de hars was hun genezer en beschermer. De bomen waren mijn vrienden.

En de mieren waren onze gezamenlijke vrienden. Zij waren er altijd, als kleine, kranige wezens die de weg wisten te vinden. Langs bomen omhoog, langs bomen omlaag, door het gras, over het erf, door de keuken, naar boven in de kast, naar beneden in de honing, door de kamer en terug naar de mierenhoop. Gewoonlijk eten met zich mee slepend of iets wat onbruikbaar leek – en af en toe een dood familielid.

Ik weet eigenlijk niet of anderen de bomen achter ons huis een echt bos zouden noemen, want hoeveel bomen heb je nodig voor iets een bos is? Maar voor Carl en mij was het een bos, een gigantisch bos. Nee, het was meer dan dat. Het was een oneindige wereld van geuren en geluiden en leven, die ergens heel ver weg samensmolt met een landschap vol zingende leeuweriken en heide en zandhaver, die in het zand verdween dat in het water verdween dat doorliep in een eindeloze zee.

Maar het duurde een poosje voor ik dat van de heide en de zee ontdekte. In het begin was er alleen de boom. Die ene, bloedende boom en de slimme mier die het kleverige goud ontweek dat hem had kunnen verstikken.

Later ontdekte ik ook de andere bomen: de sparren die hun waaiers naar de grond bogen alsof ze wilden horen wat die hun toefluisterde. Ze leken altijd zo treurig, de sparrenbomen, en hoewel sommige van hen ongelooflijk hoog waren gegroeid was het alsof ze zich vol verlangen uitstrekten naar de plek op de grond waaruit ze omhoog waren gekomen. Heel anders was het met de dennenbomen. Die waren compact en sterk, zoals ze daar stonden met hun stekelige, uitstaande naalden en bolle dennenappels, en ik kreeg vaak het gevoel dat de aarde hen geen bal kon schelen. Ik weet zeker dat ze naar de lucht keken en misschien waren ze wel vrolijk weggevlogen als ze een manier hadden gevonden om uit de bosgrond op te stijgen. Ik kies ervoor te geloven dat ze toch terug zouden zijn gekomen. Ze hoorden er toch bij op 't Hoofd, net als ik.

Ik denk dat ik het meest hield van sparren, hoewel ik ook de gedachte aan vliegen mooi vond.

Dan waren er de ritselbomen. Zij verstopten zich tussen naaldbomen met hun ranke, grijzige stammen die eindigden in slingers van groene bladeren – kleine, gekartelde harten die klonken als muziek wanneer er een bries opstak. Ik hield zo van dat geluid dat ik onder een ritselboom kon gaan zitten om op de wind te wachten. Ik herinner me duidelijk hoe ik schrok toen de bladeren op een dag plotseling bij de eerste zucht van het najaar naar beneden vielen en zich op de grond om me heen verdeelden. Daar zat ik in een zee van verloren harten. Ik probeerde ze eerst weer aan de takken vast te zetten (de laagste takken, want ik was niet heel groot), maar mijn trillende inspanning zorgde er alleen maar voor dat meer bladeren hun greep loslieten. Ik begreep er niets van. Niet totdat ik mijn vader erbij riep en hij me alles vertelde.

Vanaf dat moment was het bos de veiligste plek op de wereld. Ik begreep dat alles terugkwam. Dat de kleuren elkaar aflosten: van lichtgroen tot donkergroen tot vlamrood tot goudbruin tot het zwartste zwart. Humus. Dat de grond iets te eten moest hebben, zodat hij nieuw leven het licht in kon duwen. Dat het donker het licht afloste, dat het donker afloste. Dat de harten weer uitgroeiden.

Tegenwoordig denk ik dat mijn vader daar het gelukkigst was. Midden in de natuur. Daar kon hij ademen. We hebben nooit zo veel lucht en zo veel daglicht gehad als destijds en ik weet zeker dat hij net als ik de zon in zijn buik had als wij op onze rug op de bosbodem lagen en naar de vogels in de boomtoppen keken. Ik kende de zang van alle vogels nog voor mijn moeder mij het alfabetlied had geleerd. Maar toen ze mij dat had geleerd, stond ik erop dat we eindigden met de letter -y.

Ik wilde per se met een -y eindigen en niet met een -z. Want de -y was van eiland.

Af en toe vraag ik me af of al die lucht mijn vader later in leven hield. Plus al dat licht. Misschien kun je dat in jezelf bewaren voor later gebruik, net als je herinneringen in je hoofd kunt bewaren – en stapels knäckebröd en biscuits in de bijkeuken, en paraplu's en wieldoppen en oude grammofoons in de keuken, en slangklemmen en visnetten en blikken met eten in de badkamer, en rollen stof en ijzeren draagbalken en mest en benzineblikken en kranten en kleden in de gang, en machineonderdelen en springmatrassen en fietsen en poppenkasten en violen en kippenvoer in de woonkamer, en handdoeken en aquaria en naaimachines en kaarsen en stapels boeken en koekjes in de slaapkamer, en een opgezet elandhoofd in de kamer ernaast, en cassettebandjes en dekbedden en droogzakjes en aluminiumbakjes en zakken met zout en blikken verf en teiltjes en teddyberen en kinderen in een oude container?

Oké, ik hoor wel dat het nogal merkwaardig klinkt als ik het op deze manier vertel, maar zo was het. Wij waren niet helemaal zoals andere mensen, ontdekte ik in de loop van de tijd. Mijn moeder wist dat ook best. Nu ga ik de brieven lezen die ze voor mij in een dunne, groene map heeft bewaard. AAN LIV, staat erop.

Zo heet ik. Liv.

Ik wil ze niet allemaal in één keer lezen. Ik moet er niet aan denken dat ze opraken, dus ik lees er gewoon één per keer. Ik heb zeeën van tijd.

Mijn vader was helemaal niet als andere mensen.
Zijn naam was Jens.
Jens Haarder.

*Beste Liv,*

*Ik leg dit papier boven aan in de map. Laat dit de inleiding zijn. De andere brieven kun je lezen in de volgorde die jij wilt. Er is waarschijnlijk geen volgorde.*

*Ik heb nooit de moed gehad je alles te vertellen wat ik graag wilde en toen mijn stem langzamerhand verdween, verloor ik die mogelijkheid. Maar ik kan schrijven en jij kunt lezen – daar heb ik voor gezorgd – en op zekere dag zul je misschien deze gedachten van mij lezen. Misschien. Ik weet niet of ik het moet hopen. Maar ik hoop dat je er oud genoeg voor zult zijn als je het doet.*

*Ik heb al een paar langere brieven aan je geschreven, maar er zitten ook een paar kortere brieven tussen, dat zijn eigenlijk slechts snelle aantekeningen, plotselinge ingevingen. Ik weet niet hoeveel brieven het uiteindelijk zullen worden. Of hoe het allemaal afloopt.*

*Ik verstop de map voor je vader, dat is waarschijnlijk het beste. Als ik hem tussen de rand van het bed en het matras stop en de deken eroverheen trek, is hij misschien niet te zien en op die manier is hij altijd heel dichtbij als ik je iets te vertellen heb.*

*Het is lastiger voor me geworden om hem te kunnen pakken. Ik ben zo zwaar en kan me bijna niet meer omdraaien. Ik heb nu ook overal pijn.*

*Vergeef het me als de inhoud van mijn brieven chaotisch lijkt. Maar jij weet hoe je in chaos moet navigeren, dus misschien begrijp jij alles wel. Misschien begrijp jij ook je vader.*

*Je moet weten dat ik van hem hou. Je moet ook weten dat hij me misschien op een dag vermoordt. Dat zou ik begrijpen, Liv. Maar zul jij het ook begrijpen?*

*Veel liefs,*

*je moeder.*

PS *Ik weet niet of ik ons leven een sprookje of een horrorverhaal moet noemen. Misschien is het een beetje van beide? Ik hoop dat je het sprookje erin kunt zien.*

# Jens Haarder

Er was een tijd dat Jens Haarder de knapste man op het eiland werd genoemd, maar in de loop van de jaren werd het moeilijk om daarvan de reden te ontdekken. Deels omdat zijn haar en zijn baard wild en woest groeiden, deels omdat het op een gegeven moment moeilijk werd hem überhaupt te zien – niet alleen achter zijn baard, maar achter alle spullen die zich rondom hem ophoopten. Niemand had gedacht dat het met Jens in zo'n gevaarlijk spektakel zou eindigen.

Op het eiland hadden ze hem altijd al gekend. Dat wil zeggen, ze wisten wie hij was. Hij viel op als hij in zijn stokoude open vrachtwagen door Korsted reed. Mensen van een zekere leeftijd, en dat wil zeggen de meesten op het eiland, wisten heel goed dat het precies dezelfde vrachtauto was waar zijn vader ooit in had rondgereden, in de regel met de laadbak vol pas gerestaureerde houten meubelen of te verkopen kerstbomen. En met Jens. Tussen alles in zat het knappe ventje gelukzalig mee te hobbelen zonder enige aanwijzing voor heibel of kwajongensstreken.

*

Het begon zo goed. Hij was een geliefd kind, net zo geliefd als zijn broer Mogens, en de twee jongens leefden een in vele opzichten bevoorrecht leven bij hun vader en moeder op 't Hoofd.

Ze waren elkaars beste vrienden, 't Hoofd was hun speelplaats, en toen vader hun gaandeweg leerde hem in zijn werkplaats te helpen, werd het ook hun werkplek.

Hun vader, Silas, kon veel, maar hij was in de eerste plaats een vakkundig meubelmaker. Hij maakte er een punt van zijn uiterste best te doen en hij beschouwde de boom als iets waardevols, een wonder der natuur, die hij met groot respect behandelde vanaf het moment dat die uit de grond omhoogschoot, of die nou zijn leven eindigde als brandhout, planken, meubels of gepensioneerde kerstboom. Of hem overleefde. De speciaal uitgekozen bomen werden prachtig gedecoreerde lijkkisten en konden zo terugkeren naar de aarde van waaruit ze waren opgeschoten.

Beide zonen erfden hun vaders talent voor het ambacht, maar daarmee hield de overeenkomst tussen de jongens ook op.

Jens was de jongste zoon. De jongste, de donkerste en de knapste, dacht zijn moeder altijd als de jongens op het erf aan het spelen waren en zij hen vanuit de keuken gadesloeg. Mogens was daarentegen een in alle opzichten helderder geest en dat stelde haar gerust, want dan was er hoop voor het bedrijf als de jongens dat ooit een keer zouden overnemen. Else Haarder had zo veel vertrouwen in het zakeninstinct van haar oudste zoon dat ze er diep vanbinnen van overtuigd was dat Mogens het nog beter zou doen dan zijn vader.

Want Silas was dan wel een vermaard meubelmaker, maar wat financiële aangelegenheden betrof waren zijn vaardigheden beperkt. Er kwam geld binnen, maar dat leek eerder te gaan naar dingen die ze niet nodig hadden dan naar de aanschaf van benodigdheden die het eigenlijke doel van zijn bedrijf moesten zijn. Hij was een regelmatige klant bij de beide tweedehandszaken op het hoofdeiland en had bovendien de zeldzame gave om precies die schuren te vinden waar iets in stond waar iemand graag van af wilde. Zo kwam Silas altijd met iets thuis waarvan hij blij was dat hij het had gevonden.

Het viel zelden in goede aarde bij zijn echtgenote, maar hij kon het niet laten. Hij was er dan ook volledig van overtuigd dat hij voor alles op een bepaald moment wel een toepassing zou vinden. Het ging erom dat je er oog voor had, zei hij. Voor de mogelijkheden! Zelfs in de armzaligste dingen kon een aanzienlijke waarde zitten. Had hij van twaalf oude hoefijzers soms geen prachtige kroonluchter gemaakt? Daar moest Else hem gelijk in geven. Hij was ongekend mooi en speciaal. Sindsdien had hij er een paar weten te verkopen aan een stel vakantiegangers op het zuidelijk deel van het hoofdeiland, en daarmee was er geld voor meer oude hoefijzers geweest.

Het talent van Silas voor houtbewerking beperkte zich niet alleen tot houtsnijwerk, timmeren en draaien; hij wist ook hoe hij voor het hout moest zorgen voordat het onder zijn schaaf terechtkwam. Hij ontfermde zich over alle bomen op 't Hoofd alsof hij hun biologische vader was. Wat zijn echte zonen betrof had hij enig geluk met het verdelen van zijn liefde tussen hen beiden: Jens hield van het bos met heel zijn hart en Mogens hield ervan met zijn verstand. Met andere woorden, Jens kreeg een brok in zijn keel als hij zag hoe een boom werd geveld, terwijl Mogens enthousiast de prijs berekende die hij waard was.

Silas Haarder hield van zijn beide zonen evenveel, natuurlijk. Maar misschien toch het meest van Jens.

Het idee om het bestaande stukje gemengd bos uit te breiden met een perceel kerstbomen was het meest visionaire idee dat Silas ooit had gehad en in elk geval het meest lucratieve. Nu waren er kerstbomen en kerstgroen voor de permanente eilandbewoners en de paar gasten die de kerst in hun vakantiehuisjes doorbrachten en daardoor was er geld voor allerlei fijne dingen bij het kerstdiner van het gezin Haarder. Maar wel alleen als Else Haarder ervoor zorgde het geld te incasseren voordat het werd gebruikt voor allerlei onbruikbaars.

Ruimte was er genoeg voor de sparren, omdat het gezin het gehele Hoofd voor zichzelf had. Niemand anders leek er ogenschijnlijk belangstelling voor te hebben zo afgezonderd te leven, ook niet in die tijd, toen bomen en bosjes zich nog niet ongebreideld hadden verspreid en de open stukken verstikten waar de dieren graasden. Daarentegen kwam men graag naar 't Hoofd om iets te laten repareren of gewoon voor een praatje, ook al was het een behoorlijk lange wandeling of autorit over de smalle landtong. Silas was geliefd bij de andere bewoners op het eiland. Ze stelden zijn vakmanschap op prijs en amuseerden zich tegelijkertijd over zijn kleine eigenaardigheden. Het was bijvoorbeeld bij iedereen bekend dat hij tegen zijn bomen praatte, en dat zijn kerstbomen zo populair waren kwam niet in de laatste plaats doordat de mensen er gek op waren hem afscheid te horen nemen van een boom, voor hij die aan een klant overhandigde. Vervolgens wreef hij dan meestal in de decemberkou zijn handen tegen elkaar en zag er wat verdrietig uit, terwijl zijn vrouw de betaling in ontvangst nam.

Een heel alledaagse man was Silas niet, maar aan zijn goedheid twijfelde niemand en de doodskisten die hij maakte waren zo mooi dat het als een voorrecht werd beschouwd om er in eentje te worden begraven.

Behalve Silas Haarder en zijn jongste zoon wist niemand dat de kisten werden uitgeprobeerd voor ze aan de juiste persoon werden overgedragen. De nacht nadat een kist klaar was, slopen de twee naar de werkplaats, terwijl Else Haarder en Mogens in diepe slaap waren. Dan gingen ze samen in de kist liggen, Silas onderin met Jens op zijn buik, omhuld door het donker en de geur van vers hout.

Jens kon zich bijna niets fijners en veiligers voorstellen dan dat. Zelfs vele jaren later, toen de ogenblikken in de doodskisten in vage jeugdherinneringen waren opgelost, droeg hij nog steeds dat gevoel met zich mee. Het donker was een vertrouwde vriend. Een liefdevolle omhelzing.

Ze keuvelden altijd wat over de fietsenmaker of de bakker of wie er nu ook net was overleden en er weldra in zou liggen. Silas kende de meeste mensen op het hoofdeiland, en anders kende hij wel iemand die hen kende. Niet dat hij roddelde. Hij vertelde altijd alleen maar mooie dingen over de doden. Dingen als dat de bakker altijd goed voor zijn ratten had gezorgd of dat de postbode zo veel liefde voor zijn echtgenote had gehad dat hij genoodzaakt was zijn genegenheid over maar liefst drie andere vrouwen op het zuidelijk deel van het hoofdeiland te verdelen.

Silas vertrouwde zijn jongste zoon ook toe dat de burgemeester in Korsted in de loop der jaren overal op zijn boerderij spullen had verstopt die je best mocht meenemen, maar alleen als je muisstil en onzichtbaar was en na afloop niets tegen iemand zei, ook niet tegen de burgemeester zelf. Het was een vrolijk spelletje dat de burgemeester met slechts een paar ingewijden speelde. Na zijn dood waren er anderen die met het spelletje doorgingen, maar het was heel erg geheim en Jens mocht het absoluut niet aan Mogens of aan iemand anders doorvertellen. En al helemaal niet aan zijn moeder, die niet van dit soort spelletjes hield.

Wat in de kist werd gezegd, bleef in de kist. Dat was de afspraak.

Daar stond tegenover dat niet alles wat in de kist werd gelegd ook in de kist bleef. Tijdens de nacht waarin ze een kist voor de bakker moesten uitproberen, kreeg Jens een plotselinge ingeving voordat hij bij zijn vader in de kist klom. Hij draaide zich om en begon in een krat achter de draaibank te rommelen.

'Wat doe je, Jens?' klonk het vanuit de kist.

'Ik heb zijn deegroller meegenomen,' fluisterde Jens trots toen hij terugkwam. 'Denk je niet dat de bakker blij zal zijn dat die meekomt in de kist, ook al is het handvat kapot?'

Er klonk een korte klap toen het ene uiteinde van de deegroller de bodem raakte. Het duurde even voordat Silas antwoord gaf.

'Tja, daar ben ik eigenlijk niet zo zeker van. Ik heb hem immers al een poosje, Jens. Ik ben erg gesteld geraakt op die deegroller – waarom denk je anders dat ik hem heb? Er is geen enkele reden om een prima voorwerp te begraven dat nog steeds bruikbaar is. Daarbij kan hij ons helpen aan de oude bakker te denken. Nee, het is beter dat hij bij ons blijft. De bakker heeft hem niet nodig daar waar hij naartoe gaat.'

'In de kist bedoel je?' fluisterde Jens.

'Ik zat meer te denken aan daarna.'

'Daarna? Waar gaat hij daarna dan naartoe?'

'Nou, dat hangt er een beetje van af hoe goed hij is geweest.'

'In brood bakken en zo?'

'Nee, dat niet. Maar hoe goed en netjes hij tijdens zijn leven is geweest tegenover andere mensen.'

'Hij heeft een keer een slagroomspuit achter me aan gegooid.'

'Echt waar?'

'Ja, omdat ik bleef staan om aan het deurkozijn van de bakkerij te voelen. Het was het deurkozijn dat jij dit voorjaar voor hem had gemaakt.'

'Heb je de slagroomspuit toen meegenomen?'

'Ja.'

'Goed zo.'

'Maar waar gaat hij dan heen? Als hij een slagroomspuit achter mij aan heeft gegooid?'

'Dat is moeilijk te zeggen, dat bepaalt de natuur. Maar als

zijn lichaam in de kist verrot, verlaat zijn ziel dat en wordt die iets anders. Dat wat hij nou eenmaal verdient te worden.'

'Wat zou dat dan zijn? Een vlinder? Een grassprietje? Een paardenkar?' vroeg Jens. 'Een mestvarken?' Hij zag de bakker wel als mestvarken voor zich.

'Tja, wie weet.'

'Kan hij weer bakker worden?'

'Ik mag hopen van niet.'

'Maar blijft hij op het eiland?'

'Dat valt niet te zeggen.'

Jens dacht lang na over wat er die nacht in de doodskist was gezegd. Hij vond het geruststellend om te weten dat het niet allemaal was afgelopen als je doodging. Aan de andere kant vond hij het vervelend dat hij geen idee had wat hij daarna werd. Welbeschouwd zou hij dan liever door blijven leven als zichzelf. Hij kon zich bijvoorbeeld helemaal niet voorstellen om een mug te worden. Dan liever een mier, die in elk geval niet rondvloog en mensen stak; of een boom die een mooie doodskist kon worden waarin iemand op zekere dag in kon liggen kletsen.

Hij dacht veel na over de dood, maar er was één ding in het bijzonder waarvan hij wilde dat hij er nooit aan had moeten denken: dat hij niet de enige was die dood zou gaan. Zijn moeder en Mogens zouden ook doodgaan. En zijn vader. En ongeacht wat ze daarna dan werden, ze zouden niet langer zijn moeder en Mogens en zijn vader zijn. Hij had een paar dagen pijn in zijn buik van die gedachte en hij vroeg zich af of het dan niet beter was om vóór hen dood te gaan zodat je hen niet hoefde te missen? Maar zouden ze jou dan niet missen en verdrietig zijn? En wat als je na je dood een boom of een paard of een vogelverschrikker werd, zouden ze dat dan eigenlijk wel merken? Kon je je iets ergers voorstellen dan een vogelverschrikker zijn die niet werd herkend, maar slechts wat hing en vogels wegjoeg? Kon je eigenlijk een deegroller worden? En wat gebeurde er dan als je kapot ging?

De gedachten krioelden in zijn hoofd en hij kreeg vreselijke nachtmerries over dat hij naar de vuilnisbelt werd gereden. Hij was een keer met zijn opa naar de vuilnisbelt op het zuidelijke deel van het eiland geweest, met een heleboel spullen die zijn moeder niet meer wilde houden omdat ze kapot waren gegaan. Toen ze thuiskwamen, was Silas teruggekomen uit het bos. Dat was de eerste keer dat de jongens hun vader woedend hadden gezien! Hij liep helemaal rood aan dat ze zonder zijn toestemming met de spullen waren vertrokken. Het kostte hun moeder bijna de hele middag om haar man weer te kalmeren. Maar toen zaten de twee dan ook hand in hand samen op de bank, terwijl de jongens opgelucht met een bal aan het spelen waren.

Een tijdje later overleed hun opa. Mogens en Jens dachten eerst dat ze er verdrietig over moesten zijn, maar ze kregen te horen dat het niet echt verdrietig was omdat hun opa een oude man was die eigenlijk wel klaar was met opa zijn en ook wel dood wilde gaan. Ze kenden hem ook niet heel goed, want hij woonde helemaal in Sønderby op het zuidelijke gedeelte van het eiland en kwam maar zelden op ’t Hoofd en zei ook amper iets als hij er was. Dus het was niet zo dat het een gemis was. Toch moest Jens er onwillekeurig aan denken wat zijn opa had gehoopt te worden. En of hij dat ook was geworden.

Tijdens de nacht dat de kist voor opa klaar was kon Jens eindelijk zijn gedachten uitspreken. Hij lag heel behaaglijk op de zachte buik van zijn vader met zijn grote, warme handen op zijn borstkas. Zo nu en dan voelde hij de baard van Silas op zijn voorhoofd en hoewel het een klein beetje schuurde, voelde het prettig. Ze haalden synchroon adem.

‘Wat denk jij dat opa wordt?’

‘Hij was een vriendelijke man. Ik denk dat hij iets goeds wordt.’

‘Dus geen mug?’

‘Nee, dat kan ik me eigenlijk niet voorstellen.’

‘Een boom?’

‘Ja, waarschijnlijk eerder een boom. Een mooie, grote spar.’

‘Dan moeten we oppassen dat we hem niet kappen!’

Jens voelde aan de baard dat zijn vader glimlachte.

‘Je mag best een boom omkappen als je het leven dat hij heeft gehad waardeert. Wat je opa betreft nam hij misschien niet altijd de juiste beslissingen, maar hij was een goed, liefdevol mens die geen kat kwaad zou doen. Daar moeten we ons hem om herinneren.’

Jens was een paar keer bij zijn opa in Sønderby geweest. Hij had geen idee dat hij katten had. Alleen dat hij een hondje had dat hem overal volgde en op commando kon doodliggen. Dat ging uitstekend, totdat hij op een dag niet meer overeind kwam. Sindsdien werd hij de gehoorzaamste hond op het eiland genoemd en zei opa geen woord meer. Toen ging hij zelf ook dood.

‘Hij zou zijn hond toch ook geen kwaad doen? Met opzet?’ vroeg Jens ongerust.

‘Jij bent ook een goed mens, Jens. Nee, je opa deed niemand kwaad. En nu heb je zijn pet gekregen. Die kun je best gebruiken, ook al is hij wat te groot voor je. Dat is toch een mooie manier om aan hem te denken, vind je niet?’

Jens knikte in het donker.

‘Word ik op een dag ook vader van iemand?’ vroeg hij plotseling.

‘Ja, dat denk ik wel.’

‘Als ik een zoon krijg, noem ik hem Carl.’

‘Carl? Waarom Carl?’

‘De dichter met wie ik op de vuilnisbelt gesproken heb, zegt dat hij Carl heet en meer dan honderd jaar oud is. Hij verwacht dat hij tweehonderd wordt.'

'Zegt hij dat echt?' zei Silas hoestend.

'Ja, en als je de jaarringen in zijn gezicht telt, lijkt het ook wel te kloppen. Het zijn er namelijk heel veel.'

'Kijk aan, dat zal ik de volgende keer als ik hem zie eens doen. Als ik tijd heb.'

'Maar als ik een dochter krijg noem ik haar Liv, net als die pasgeboren baby die we gisteren hebben gezien.'

'Dat is een mooie naam,' zei Silas glimlachend.

'Ja.'

Ze lagen een tijdje te luisteren naar het geruis van het bos dat het raam via een kier naar binnenliet. Samen met het geluid volgde een geur van dennen en vochtig mos die zich vermengde met de geur van de houten kist. Weldra zou de kamperfoelie volgen.

Toen kwam Silas in beweging.

'Goed, zullen we zeggen dat de kist nu klaar is voor opa? Laten we maar naar bed gaan. Kijk uit dat je je broer niet wakker maakt als je naar binnen gaat.'

'Dat heb ik nog nooit gedaan, hoor.'

'Nee, je hebt gelijk. Mogens slaapt ook altijd als een blok.'

Die nacht sliep Jens helemaal niet. Hij dacht na. Misschien waren blokken in werkelijkheid wel slapende mensen die te moe waren om iets anders te worden?

De begrafenis verliep uitstekend, vertelde Else Haarder toen ze uit de kerk van Korsted thuiskwam. Mogens en Jens waren samen met hun vader thuisgebleven op 't Hoofd. Silas hield veel van doodskisten, maar hij hield niet van begrafenissen en hield er helemaal niet van dat de jongens weg moesten. Het was al genoeg dat ze nu en dan naar school moesten in plaats van hem in de werkplaats, in het bos en met de dieren te helpen. Er was volop werk voor de twee te doen. Silas had trouwens niet al te veel vertrouwen in de kennis die ze op school opdeden. Soms begreep hij geen woord van waar Mogens het over had. Vierkantswortels?

Daarentegen was hij maar wat trots om te zien dat beide zoons groot talent voor het vak van meubelmaker hadden. Mogens vermoedelijk het meest. Maar Jens had dat bijzondere dat Silas niet onder woorden kon brengen en waar hij toch zoveel van hield. De eerste doodskistinwijding was haast bij toeval ontstaan. Hij wilde de knaap slechts de vreugde laten beleven van zich laten omsluiten door het hout en het handwerk dat hij op zekere dag zelf tot in perfectie zou beheersen. Hem de lijnen, de afmetingen laten voelen, de geur van het hout laten opsnuiven. Hem vertellen hoe de boom nog steeds leefde en rondom de overledene nog steeds werkte. Daar zou de schoolmeester amper belangstelling voor hebben!

Het was niet zijn bedoeling geweest dat hun doodskistinwijdingen zouden doorgaan, maar daar in het diepste geheim te liggen, zijn jongste zoon vasthoudend en luisterend naar zijn gedachten, vertrouwelijke mededelingen en vragen, gaf Silas' leven een doel dat het daarvoor niet had gehad.

Silas was niet geïnteresseerd in wat anderen ervan vonden. Hij vroeg zich niet eens af of het in de ogen van anderen misschien wel een beetje bizar zou kunnen overkomen. Hij was er alleen in geïnteresseerd dat deze plek – hun veilige, vertrouwelijke privéplek – zo lang mogelijk moest blijven bestaan.

Jens lette heel goed op dat hij niets tegen zijn oudere broer zei over alle belangrijke dingen die hij in de doodskist te weten was gekomen. Maar een enkele vraag drong zich op.

'Mogens, wat wil jij het liefst worden?'

'Als ik groot ben? Uitvinder, zeker weten!'

'Ja, maar wat dan als je doodgaat. Wat wil je dan worden?'

Mogens staarde hem een kort ogenblik aan.

'Ja, maar dat gebeurt niet. Ik ga niet dood. Ik wil iets uitvinden dat mij in leven houdt, en dan verdien ik er zo veel geld mee dat ik ervan kan leven. Maar dat mag je tegen niemand zeggen. Ik zal jou ook wel in leven houden.'

Daarmee had Jens nog veel meer om over na te denken en wat hij tegen niemand mocht zeggen.

*

Op een nacht in de herfst lagen Jens en Mogens wakker op hun kamer en luisterden naar de wind die aan de dakpannen rukte en dingen omverblies. Het was een aanhoudende, krachtige noordenwind die nu zijn hoogtepunt bereikte in een razende storm. Bij de stal kraakte de duodeur in zijn hengsels en een plotselinge windstoot liet hem met een knal openvliegen, waarna een bijzondere kakofonie van gehinnik, geloei en geblaat volgde. Er waren meer geluiden. Iets wat van het dak viel. De weerhaan? Iets wat over het grind rolde en iets anders ramde. Mogens gokte dat het een van de tonnen was die tegen de pomp was gesmakt en daarna probeerde hij Jens ermee gerust te stellen dat het veel erger zou zijn geweest als het een ooster- of westerstorm was geweest. Als de wind zoals tijdens deze nacht uit het noorden kwam, ving het bos de zwaarste klap op. De bomen stonden bovendien zo ver weg dat ze het huis niet zouden raken als ze omvielen, dus Jens hoefde zich nergens zorgen over te maken.

Maar Jens was niet gerustgesteld. Integendeel, hij werd doodsbang bij de gedachte aan de arme bomen die het huis met hun leven probeerden te beschermen. Een hard, scheurend geluid gevolgd door een doffe klap uit het bos snoerde zijn keel dicht. Hij drukte zich stevig tegen Mogens aan, die zijn jongere broertje in een liefdevolle omhelzing vasthield terwijl hij driftig fantaseerde over de uitvinding van een effectieve stormbescherming aan de zuidkant en het uitbreiden van de werkplaats aan de westkant.

De volgende ochtend liepen ze om het huis en de bijgebouwen heen en inspecteerden samen met hun vader de schade. Met de gebouwen was niets ernstigs gebeurd, maar er lagen overal spullen en het kostte hen enige tijd om ze bij elkaar te rapen en ze in stapels tegen de muren te leggen zo ongeveer als ze hadden gelegen. De dieren waren allang weer gekalmeerd en stonden in hun bescheiden onderkomens bedaard te kauwen.

Later gingen ze het bos in om te kijken wat er door de verwoestende wind was geveld. Ze liepen eerst door het gedeelte van het bos met de kerstbomen, dat zich verbazingwekkend goed had gehouden, vervolgens via de kronkelende paadjes in het gemengde bos waar een stuk of wat sparren als gevallen soldaten in de mist lagen. Een paar bomen hadden grote delen van de bosbodem losgescheurd waardoor het leek op een dik schild van aarde en wortels die uit een diep gat omhoogkwamen. Jens liep voorzichtig naar een van de gaten toe en staarde in de onderwereld die zich voor hem openbaarde: wortels in verschillende diktes en lengtes staken uit de verticale grond en wezen alle kanten op, als ontblote vangarmen, sommige bruut doormidden gescheurd, andere in dunne, dorstige punten uit elkaar getrokken. Onderaan hielden de meest halsstarrige wortels zich nog vast aan de ondergrond en bovenaan hing een mostapijt over de rand, als een waterval die onderweg naar beneden spijt had gekregen. Hier was niets van de gebruikelijke, natuurlijke orde en stille harmonie van de bosbodem overgebleven, maar ook deze onbekende chaos zoog Jens met een huiverend genot in zich op.

Weldra voelde hij een paar bekende handen op zijn schouders.

'Dat daar laten we maar zo liggen,' fluisterde Silas boven hem. 'Er komt vast een vos om daar zijn hol in te graven. Het was ook een oude boom. Ik denk dat ze dood wilde.'

Jens knikte. Mogens nam de maten van de boom op.

De jongens volgden hun vader op het smalle bospad dat zich tussen de sparren en de dennen en de eiken en de berken en de ratelpopulieren door slingerde, en telkens als Silas zich bukte voor een tak, bukte Jens zich ook, ook al duurde het nog wel een paar jaar voor hij het risico zou lopen die te raken. Zijn buik kriebelde toen ze de hoogste sparren passeerden en doorliepen naar het noorden. De jongens hadden strenge instructies gekregen om als ze alleen in het bos waren nooit verder te gaan dan naar de hoge sparren en Jens had het nooit aangedurfd dat verbod te trotseren. Hij staarde geschrokken, maar betoverd naar het bos met de kromgegroeide dennenbomen dat de sparren afloste. Het was alsof ze hun takken naar hem uitstrekten en hij kon er niet achter komen of dat was om hem te omhelzen of om hem te wurgen. Blijkbaar voelde Silas de ongerustheid van zijn jongste zoon, want hij bleef een ogenblik staan en legde een hand op een lange, gekromde tak die half over het pad stak.

'Kijk eens, Jens. Hier hebben we een trollenboom. Dat zijn heel vriendelijke bomen die graag gedag komen zeggen.'

Jens knikte blij, legde ook een hand op de knobbelige tak en begroette de stam beleefd.

Het pad maakte een bocht en plotseling was er meer ruimte tussen de bomen. De witte nevel, die de hele dag over het bos had gelegen, was langzaam naar het zuiden getrokken. Op dit moment liet deze de trollenbomen helemaal los en liet het landschap over aan de middagzon die over de bosbodem scheen en een gekrioel aan leven: glimmende kevers die zich een weg baanden over dampende graspollen, insecten die dansten in de lucht tussen de stammen, het onophoudelijke geritsel van een spitsmuis tussen de grassprieten. Een konijn schoot opeens langs hen heen alsof hij de mist wilde inhalen, en in een trillend web van zilverdraden snelde een spin op zijn buit af zonder zich ook maar enigszins bezwaard te voelen door het kruis dat hij op zijn rug droeg.

Jens hield zijn adem in toen ze de laatste bomen passeerden en op het open terrein kwamen dat het bos van de zee scheidde. Dit was de meent. De mysterieuze, grote meent die hij alleen kende uit de beschrijvingen van zijn vader, van zijn oudere broer en uit zijn eigen nachtelijke dromen.

Silas zei: 'Moet je de heide eens zien, hoe die bloeit, en ruik dan eens...'

Ze hoorden hem diep door zijn neus inademen. Jens deed hetzelfde, terwijl hij naar de paarse deken keek die zich voor hen uitstrekte. De geur was nieuw en betoverend: de zoute, frisse zeelucht werd gekruid door de heide en het stugge gras. Jens had het idee dat dit de vredigste plek op de wereld moest zijn. Hier wilde hij graag in het diepste geheim met zijn vader liggen kletsen.

'Kijk die daar eens... dat is duivelsbeet.' Silas wees naar een paar ronde, blauwe bloemen die op hoge stengels tussen heide en gras balanceerden.

'Duivelsbeet?'

Jens had alleen gehoord van een duivelschap die volgens de domineesvrouw bij de postmeester thuis aanwezig was. Afgaande op haar intonatie was dat niet heel fraai, en Jens hoopte dat die snel bij hen in de werkplaats werd gebracht ter reparatie zodat hij hem eindelijk eens kon zien.

'Ja, en deze zomer zal ik jullie de andere bloemen die hier groeien laten zien. Er is er een die heksenkruid heet...'

Dat was weer iets heel nieuws. Volgens Mogens konden vrouwen heksen zijn, maar Jens wist nog steeds niet goed wat een vrouw een heks maakte. Misschien als ze die bloemen at.

'En onzelievevrouwebedstro...'

Jens keek zijn vader verbluft aan. 'Slaapt zij hier?'

Hij had op school wel over Onze-Lieve-Vrouwe gehoord en wist dat ze een ezel had en met een timmerman was getrouwd! Meer kon hij zich niet herinneren, maar dat was ook voldoende om grote sympathie voor haar te voelen.

Silas glimlachte. 'Niet dat ik weet, maar als ze het zou uitproberen, ligt ze in elk geval zacht.' Hij knipoogde naar Jens, die dacht dat zijn vader iets in zijn oog had gekregen.

Mogens luisterde niet. Hij stond ongeduldig te trippelen om naar de zee te gaan, en zijn getrippel veranderde in fanatiek gestamp, toen hun werd gevraagd de adders weg te jagen die zich in de heide konden ophouden. Jens bleef tussen zijn vader en zijn broer lopen. Adders waren naast muggen de enige dieren waar hij niets van moest hebben.

'Kom Jens, kom!' riep Mogens enthousiast en hij rende het strand op naar de plek waar het water het laatst een lijn in het zand had getrokken. Hij viel in zijn korte broek op zijn knieën en wachtte. Een ogenblik later keerde het water terug en stroomde zachtjes onder zijn handen, knieën en de punten van zijn schoenen door, waardoor hij een beetje naar beneden zakte en een beetje natter werd dan hij had verwacht. Mogens grijnsde gelukkig.

Jens bleef in de zandhaver staan, die zijn benen boven de lange kousen als naaldenprikjes raakte. Maar hij voelde het nauwelijks. Hij stond te staren naar zijn grote broer en de zee.

Als de zee over het strand kroop, leek het een dunne, glanzende tong. Maar de tong had niets woests. Hij likte voorzichtig aan Mogens' knieën, zoals een aanhalige kat zou doen. Jens vond het een vriendelijke zee. Hij had om een of andere reden altijd gedacht dat de zee hier angstaanjagend zou zijn. Nu voelde hij zich in één klap veilig bij alles wat in het noorden lag.

Hij had wel eens in de laadbak van de vrachtauto gezeten en de zee als een blauw oppervlak aan beide kanten van De Hals gezien als ze over de smalle grindweg naar het hoofdeiland hobbelden. En hij had hem ook gezien tussen de heuvels als ze in de buurt van Korsted kwamen of met gerepareerde meubels naar de bewoners van het eiland reden. Hij was er altijd, als een omringende kleur en een geluid in de verte. Maar hij had hem nooit aangeraakt. Hij had nog nooit zijn schoenen en sokken uitgetrokken om erin te stappen en te voelen hoe het zachtjes langs zijn enkels bruiste en hij zich met een lichte zucht in het zand onder zijn voeten terugtrok. En hij had zich nog nooit voorovergebogen en hem tussen zijn vingers door voelen stromen – koud, zacht, mysterieus.

Tot dit moment.

Terwijl de jongens aan de waterkant speelden, zagen ze hun vader geconcentreerd staren in een sliert zeewier met kleine steentjes, die als een onregelmatig stuk kant langs het schuin lopende deel van het strand lag waar het water en het zand elkaar liefkoosden. Silas had zijn handen op zijn rug en boog licht voorover, terwijl hij langzaam doorstapte. Zo nu en dan stond hij stil en zocht tussen de stenen, voor hij in hetzelfde langzame tempo verder wandelde.

'Misschien zoekt hij goud?' fluisterde Mogens.

Misschien zoekt hij opa? dacht Jens.

Silas zocht naar barnsteen en vond wat hij zocht. Hij vond zelfs meer dan dat. De jongens staarden nieuwsgierig naar de kleine geelbruine klomp die hij hun toonde. Hij legde uit hoe je wist dat het barnsteen was en niet een gewone steen, en liet hen er voorzichtig in bijten.

'Is het iets waard? Zoals goud?' vroeg Mogens.

‘Grote stukken barnsteen kunnen best wat waard zijn; het wordt in sieraden gebruikt. Maar nee, het is niet waardevol op dezelfde manier als goud dat is.’

‘Maar wat is het dan? Waar komt het vandaan?’ vroeg Jens.

Silas glimlachte. ‘Dat zal ik jullie zo meteen laten zien, maar eerst moeten jullie dit hier zien.’ Hij stak zijn hand in zijn zak en haalde nog een gouden klomp tevoorschijn. Deze was wat groter.

‘In zekere zin is hij toch meer waard dan goud, want kijk eens wat erin verstopt zit.’

‘Het lijkt wel… een mier?’ fluisterde Jens.

‘Het is een mier. Het speciale is dat deze mier heel, heel oud is. Er is barnsteen gevonden met dieren die miljoenen jaren oud waren.’

‘Ook grote dieren?’

‘Nee, toch voornamelijk kleine dieren. Maar stel je eens voor dat barnsteen ze zo kan bewaren. Is het niet fantastisch?’

De jongens knikten synchroon zonder hun blik van de mier te halen. Plotseling staarde Jens met grote ogen naar zijn vader.

‘Maar mensen dan? Kleine mensen… kinderen? Hebben ze ook stokoude kinderen in zo’n klomp gevonden?’

Silas schudde zijn hoofd en negeerde het gegniffel van Mogens. ‘Nee, dat heb ik nog nooit gehoord.’ Toen krabde hij in zijn baard, zoals hij altijd deed als hem iets interessants te binnen schoot. ‘En toch…’

Mogens zweeg onmiddellijk.

‘Lang geleden…’ begon Silas. ‘Nee, kom even mee. Het is beter dat ik het jullie laat zien.’

Silas zei niks, maar leidde zijn zoons over de heide terug naar het bos. Het was wat kouder geworden, maar de zon hing nog steeds aan de hemel in het westen en perste lange stralen door de hoge sparrenbomen.

'We moeten een gewonde boom zoeken,' zei hij uiteindelijk en hij verliet het pad om tussen een paar dennen door te stappen. 'Probeer een boom te vinden die een beschadiging in de bast heeft.'

Mogens vond er na een paar seconden eentje. 'Hier!' riep hij zo hard dat je zou denken dat hij goud had ontdekt.

Mogens had geen betere boom kunnen vinden, en Silas Haarder wist heel goed dat precies daar een den stond met een wond op kinderhoogte. Hij kende al zijn bomen.

'Goed gedaan. Kijk er eens goed naar. Zien jullie die goudkleurige druppels? Dat is een soort sap dat binnen in de boom stroomt. Als de bast beschadigd raakt, loopt het sap in de wond en wordt het dik. Het helpt mee om de boom te genezen en om schadelijke dieren op afstand te houden. Raak het eens aan... het plakt... en ruik dan daarna eens aan je vingers.'

'Het ruikt vies,' zei Mogens.

'Ik vind het lekker ruiken,' zei Jens.

'Jij vindt het lekker ruiken,' zei Silas vriendelijk. Toen haalde hij het stuk barnsteen met de mier erin uit zijn zak. 'Wat jullie op de boom zien heet hars. En de kleine klomp barnsteen is oeroude hars van een oeroude boom.'

'...waarin een oeroude mier is gevangen?'

'Precies.'

'Maar die kinderen dan?' vroeg Jens die de zin die hun vader aan het water was begonnen niet was vergeten.

'Ja, het schoot me te binnen dat de oude Egyptenaren – dat wil zeggen bepaalde mensen die heel lang geleden leefden – hars gebruikten als ze hun overledenen balsemden.'

De jongens keken hem niet-begrijpend aan.

'Weten jullie, de Egyptenaren dachten dat de ziel in het lichaam van de overledene doorleefde, als je het lichaam behandelde op een manier zodat het niet verging. Voor dat doel gebruikten ze hars.'

'Maar wil dat dan zeggen dat het niet verrotte?' Jens had nieuwsgierig de ontbinding gevolgd van een dood vossenjong dat onderaan aan De Hals langs de kant van de weg had gelegen. Het was na verloop van tijd heel donker en plat geworden. En het zat vol vliegen.

'Ja, hoe konden ze dat voorkomen?' vroeg Mogens. 'Wat deden ze dan precies?'

Silas lachte en zei: 'Ja, nu wordt het een beetje technisch, maar *all right*... eerst haalden ze alle inwendige organen uit het lichaam, longen en lever en darmen en zo, net als jullie mij hebben zien doen als ik een dier schoonmaak.'

De jongens knikten enthousiast.

'Maar ze lieten het hart zitten; dat moest de overledene meenemen. Vervolgens maakten ze het lichaam grondig schoon en daarna lieten ze het drogen door het in een zoutbad te leggen. Zout trekt al het vocht eruit en er mag helemaal geen enkele vloeistof in zo'n lichaam overblijven. Vocht zorgt ervoor dat een lichaam begint te rotten. Daarna smeerden ze de overledene in met vloeibare hars en verschillende oliën en wikkelden hem in windsels. Ook het gezicht en de tenen.' Silas kon niet anders dan zich vrolijk maken over het feit dat wat hij hun nu leerde iets was dat ze nooit op school zouden leren.

'Windsels?' zei Jens terwijl hij het woord proefde.

'Ja, stroken dunne stof... net als die ik om jouw arm bond toen jij je had bezeerd. Ze schilderden ook een portret van de overledene, dat ze vastmaakten op de plek waar het gezicht onder de stof verstopt zat.'

'Maar wat deden ze na afloop dan met hem?' vroeg Mogens die zijn voorhoofd had gefronst en probeerde het proces tot in de details te begrijpen.

'Ze legden de persoon in een soort doodskist, die ze op een droge plek neerzetten om hem zo goed mogelijk te bewaren.

En het werkte! Ze hebben gebalsemde lichamen gevonden die duizenden jaren oud zijn.'

'Ook kinderen?'

'Ja, ik weet bijna zeker dat ze ook gebalsemde kinderen hebben gevonden.'

Mogens keek naar het kleine beetje hars dat de boom voor hen had geproduceerd. 'Maar hoe krijg je er zoveel van?' vroeg hij terwijl hij zich bij gebrek aan een baard op zijn kin krabde.

'Je kunt het op een bepaalde manier uit de boom tappen, zodat je er heel veel van krijgt. Dat kan ik jullie misschien een andere keer laten zien. Nu gaan we naar huis! Jullie moeder heeft waarschijnlijk het eten al bijna klaar.'

'Wát heeft hij jullie verteld?'

Jens had zijn moeder zelden met zulke grote, wilde ogen gezien als toen hij over de belevenissen van die dag vertelde. Zijn vader en Mogens waren bij de dieren, en hij hielp zijn moeder de tafel te dekken. Ze leek niet erg blij met die eeuwenoude kinderen in hars.

Sinds die maaltijd was hij heel waakzaam dat alles wat in het bos werd gezegd in het bos bleef.

# Getroffen

Het ging goed totdat het misging. Silas Haarder werd gevonden door zijn jongste zoon, die zijn overleden vader over de heide en door het bos naar het erf sleepte, waar hij hem in een verblindend heldere middagzon in het grind legde.

Daarop zakte Jens uitgeput naast zijn vader in elkaar.

Niemand begreep waar de jongen de kracht vandaan had gehaald om de meubelmaker zo'n eind te slepen. Hij was dan wel dertien, maar hij was tenger gebouwd en was lang niet zo groot en sterk als zijn vier jaar oudere broer.

Ondanks zijn uitputting weigerde Jens het dode lichaam te verlaten. Hij hield zich krampachtig vast aan zijn vaders overhemd en schreeuwde als iemand dichterbij kwam. Pas na een paar uur kon zijn oudere broer hem optillen en naar binnen dragen. Op dat moment sliep Jens als een os.

Men dacht dat de meubelmaker op de meent plotseling door de bliksem was getroffen, want hij had brandplekken op zijn benen en zijn rug. Mooie, sierlijke vertakkingen die op het werk van een kunstenaar leken. Er was die ochtend inderdaad een korte onweersbui geweest, maar die was overgedreven voordat iemand het in de gaten had gehad.

Een paar dagen later werd Silas op het kerkhof van Korsted begraven in een machinaal gemaakte kist in aanwezigheid van een handvol zwijgzame eilandbewoners, een diepongelukkige weduwe en haar oudste zoon.

De jongste wilde niet mee.

Na de dood van zijn vader werd Jens heel stil. Als hij van school spijbelde, iets wat hij weldra regelmatig deed, zwierf hij rond op het hoofdeiland en onderzocht in het geheim bijgebouwen en schuren van mensen. Het allerliefst was hij alleen in de werkplaats of 's ochtends heel vroeg in het bos, voordat het licht werd. Op een gegeven moment liet hij zich helemaal niet meer op school zien en Else Haarder vond dat prima. Hij werkte hard in de werkplaats, zorgde goed voor de dieren en zag met grote ernst toe op de bomen; dat was in wezen het belangrijkste.

Zijn oudere broer droeg na de dood van Silas de hoofdverantwoordelijkheid voor de meubelmakerij. Er kwamen nog steeds bestellingen binnen, want de mensen wisten heel goed dat de zonen niet alleen het bedrijf van hun vader hadden overgenomen, maar ook zijn talent bezaten.

Het was niet zo dat ze nog steeds echt een meubelmaker nodig hadden, helemaal nadat het zo eenvoudig was geworden om nieuwe spullen te kopen. Maar men probeerde een handje te helpen. Om dezelfde reden zag men door de vingers dat Mogens in de vrachtauto rondreed zonder dat hij daar waarschijnlijk toestemming voor had. Hij reed immers prima. Toen op zekere dag Jens degene was die met een paar gerepareerde ramen achterop door de hoofdstraat van Korsted reed, werd dat als een vanzelfsprekendheid beschouwd.

Het ene jaar vloeide over in het andere.

Else had in haar jongste zoon altijd al haar man gezien, maar naarmate Jens ouder werd, werden de overeenkomsten duidelijker. Zijn mond kreeg precies dezelfde vorm als die van zijn vader: een droevige lijn die in elke mondhoek toch omhoogliep en iets van een glimlach uitdrukte (zoals de uitdrukking bij een geliefde teddybeer die opgetogen moet zijn over alle liefkozingen die hij ontvangt en ongelukkig over alle die hij niet kan geven). Ook zijn blik had Jens van zijn vader geërfd. De warme, bijna pikzwarte ogen hadden hetzelfde dromerige schijnsel.

Maar Jens was nog geslotener dan Silas ooit was geweest. Zijn afwezigheid en eeuwige stilzwijgen deden denken aan een vlucht en dat maakte Else ongerust. Ze wilde dat hij haar in zijn wereld zou toelaten; haar tot een vertrouwelinge zou maken, zoals zijn vader dat voor hém was geweest. Haar dat vertrouwen tonen. Tegelijkertijd was ze opvallend bang voor wat ze daarbinnen zou aantreffen. Het was of iets in hem kapot was gegaan en zij was er niet zeker van dat het gerepareerd kon worden.

Mogens leek niet op dezelfde manier door de dood van zijn vader te zijn getroffen. Hij had kennelijk vrij snel besloten het verdriet en het gemis achter zich te laten en door te gaan. Hij was sowieso een heel ander type, dat veel rationeler te werk ging. Hij nam geen genoegen met dromen. Als hij een goed idee kreeg, moest hij dat ook verwezenlijken. Verder bezat hij een gevoel voor orde dat Jens niet had. Zo ordelijk als het bij Mogens was in de werkplaats, zo slordig en wanordelijk lagen de spullen in de buurt van zijn jongere broer.

Else Haarder bleef zich erover verbazen dat de twee broers zich zo verschillend konden ontwikkelden. Sinds Mogens een kleine jongen was had ze bij alles wat hij deed een drang gevoeld om te presteren, te groeien, zich te ontwikkelen en grenzen te verleggen. Hij rende en sprong, het liefst in het licht, was voortdurend in beweging en op weg naar nieuwe avonturen.

Jens sprong niet en verlegde ook geen grenzen. Hij wilde ogenschijnlijk gewoon zijn waar hij was en het liefst alleen. Als hij aan het werk was, werd hij één met het ding waaraan hij werkte; hij kon zo in beslag genomen zijn dat hij bleef doorwerken, ook als het donker allang was ingevallen en het project onmogelijk gemaakt zou moeten hebben.

Op een avond laat vond Else hem diep in slaap onder de draaibank op een bed van houtspaanders. Er hing een oprechte onschuld om Jens heen, zoals hij daar rustig ademend in het donker lag. Op dat moment dacht ze dat haar jongste zoon de zachtmoedigste mens op de hele wereld moest zijn.

De eerste periode na Silas' dood had vooral de zekerheid over Mogens' vakkundigheid en overzicht Else een plezierig vertrouwen gegeven dat zij drieën de toekomst wel aankonden. Daarom baarde het haar zorgen toen Mogens na een paar jaar 't Hoofd steeds vaker verliet. Bijna elke dag ging hij naar het hoofdeiland onder een of ander voorwendsel dat ze niet helemaal kon peilen. De laadbak van de vrachtauto was in de regel leeg, of hij nu vertrok of terugkwam. Ze begon hem uit te schelden, maar dat maakte hem alleen maar dwars en zorgde ervoor dat hij steeds vaker wegbleef.

Op een dag hield ze hem tegen toen hij naar de vrachtauto liep, voor hij kon wegrijden. Jens hoorde hen vanuit de werkplaats, waar hij over een commode gebogen stond die nieuwe poten nodig had.

Er klonk een knal toen zijn moeder het keukenraam opengooide.

'Mogens! Moet je nou alweer weg? Zonder spullen? Zou je niet beter je broer in de werkplaats helpen? Waar moet je steeds naartoe? Is het een meisje? Waarom blijf je niet thuis en maak je je nuttig? Jens zegt dat jullie vandaag een aantal sparren moeten vellen. Dat wil je hem toch niet alleen laten doen? Alweer?'

Jens had het allemaal al talloze keren gehoord. De woorden. Maar deze dag waren de geluiden anders. Mogens voetstappen in het grind stopten voor ze bij de vrachtauto waren. Dan draaide hij zich blijkbaar om.

Jens hief zijn hoofd en luisterde.

'Mogens?' werd er geroepen. 'Blijf hier, zei ik. Wat beeld jij je eigenlijk in? Waar ben jij mee bezig? Wat moet je met die fiets...?'

'Ik stik hier gewoon!'

Er klonken een paar sprongetjes en daarna het rammelende geluid van een fiets die in het grind op gang werd getrapt. Het geluid veranderde in een geknars in de verte en verdween al snel helemaal in het gezang van de leeuwerik. Toen Jens naar buiten keek, was er niets anders te zien dan een lege vrachtauto die in de verblindend heldere middagzon stond.

Na een paar maanden ontvingen ze een brief. Met geld. M, stond er achter op de envelop. De maand erna kwam er opnieuw een brief, en zo ging het maand na maand. Else Haarder betaalde haar rekeningen op tijd, Jens zei niets. Niemand stelde vragen. Ook de postbode niet, die toch wel zijn eigen ideeën had over de weduwe en haar jongste zoon en de brieven van M.

*

Else Haarder kreeg problemen met haar gezondheid. Ze had pijn. In haar rectum, zoals de dokter zei. Ja, soms bloedde ze gewoon, zodat ze met een ding onder haar kleren moest lopen, iets waar ze beslist niet trots op was. Ze kreeg moeite de dagelijkse plichten in huis te verrichten, iets waar ze zo van hield en haar hele leven trots op was geweest. Het greep haar aan, en de verbittering zorgde er alleen maar voor dat ze meer pijn kreeg.

Er waren dagen dat ze helemaal niet uit bed kwam.

Het was duidelijk dat ze hulp nodig hadden en ze namen daarom een jong meisje in dienst. Zolang Jens nog steeds wat wist te verdienen met verschillende soorten reparaties hadden ze er geld voor. Het meisje kon wonen op de kamer die

Mogens voor zichzelf had weten in te richten achter de werkplaats; er was zelfs een eigen ingang vanaf het erf. 'De witte kamer' noemden ze die, want Mogens had erop gestaan dat hij licht moest zijn.

Else twijfelde er niet aan dat de bruine enveloppen van M elke maand zouden blijven komen. Ze kwamen met een regelmaat die ze op prijs stelde. Maar ze had niet de energie om zich af te vragen of ze haar oudste zoon ronduit dankbaar zou moeten zijn.

Er was een mooi, jong meisje van de vaste wal dat zich aanbood voor de betrekking. Als enige trouwens, want de meisjes van het eiland zelf wilden liever naar de vaste wal om werk te zoeken. De meesten van hen waren zich ook gaan kleden op een manier die Else onrustig maakte. Het baarde haar vooral zorgen dat velen er blijkbaar voor kozen geen bh onder hun blouse te dragen. Else vond zichzelf niet ouderwets en ze kon ook best leven met broeken met wijde pijpen op 't Hoofd, maar bij de bh trok ze een streep. Aan losbandigheid bestonden grenzen!

Daarom kwam Maria Svendsen als een geschenk uit de hemel. Met een fatsoenlijke bh en een nette lange broek.

*

Normaal gesproken deed ze haar haar in een knot in haar nek, zodat het niet in de weg zat, maar anders had ze lang, blond haar dat zich in zachte golven om haar gezicht en hals vleide. Jens zag het toevallig op een dag toen hij onbewust door het raam in de witte kamer keek op het moment dat hij er langsliep. Hij keek snel weg, maar de aanblik van Maria die door het glas naar hem glimlachte liet hem maar niet los.

Zo nu en dan kwam ze bij hem in de werkplaats en dan praatten ze wat over het weer en de meubels. Ze vermeed behendig om te veel over zijn moeder te zeggen, maar Jens begreep toch wel dat Else niet de gemakkelijkste was om tevreden te stellen.

In het begin zeiden ze trouwens niet veel tegen elkaar, want Maria was bijna net zo zwijgzaam van nature als Jens dat in de loop van de tijd was geworden. Maar in de wederzijdse geslotenheid vond Maria de moed en de veiligheid om meer te zeggen. Ze begon over haar huishoudelijke plichten te vertellen en wat ze die dag nog allemaal moest doen, en Jens luisterde geïnteresseerd en dankbaar naar het kleinste detail.

Weldra groeiden haar verhalen tot buiten 't Hoofd. Ja, helemaal tot buiten het eiland. Ze vertelde over haar jeugd aan de vaste wal, over haar hardwerkende ouders. Over school, waar ze niet zo dol op was omdat ze iedereen vreselijk vond – en toch hield ze meer van lezen en schrijven dan wat ook.

Toen vertelde ze over boeken die ze had gelezen, en over boeken die ze nog wilde lezen. Ze vertelde hoe ze wel eens bladzijden overschreef, alleen om maar te schrijven, en hoe ze zo nu en dan verder schreef aan de teksten die ze had overgeschreven, gewoon om haar fantasie te gebruiken. En hoe ze af en toe haar gedachten opschreef, om ze kwijt te zijn. En hoe ze af en toe haar neus tegen het papier duwde om het te kunnen opsnuiven.

Toen ze haar neus tegen het papier had geduwd kon Jens meedoen. 'Weet je wel dat papier van hout is gemaakt?' vroeg hij.

Elke dag werd Jens meer betoverd door Maria. Ze had een lichtheid om zich heen die hij nog nooit bij een andere persoon had meegemaakt. Misschien kwam dat omdat hij niet veel mensen van de vaste wal had ontmoet. Misschien waren die wat luchtiger, dacht hij.

Hij luisterde naar haar stem, die zo weinig zei en toch zoveel. Toen ze eindelijk praatte, was dat volstrekt onbezorgd.

Als ze ademhaalde, deed ze dat zo rustig en zo diep, dat je zou denken dat ze zich daar elke keer van bewust was.

Dat was ze niet, maar het was bijna of Jens zich bewust was van elke keer dat Maria lucht door haar kleine neusgaten diep in haar zachte lichaam opzoog. En hoewel hij niet direct durfde te kijken, zag hij toch haar borst onder haar blouse omhooggaan en hoorde het geluid dat erbij hoorde, en hij dacht aan de zee die in het noorden rustig tegen het strand sloeg als je daar aan het eind van de middag met je vader en je oudere broer kwam. Het zachte ruisen, het zachte schuimen en dan weer het zachte ruisen. Een geruststellende continuïteit.

Ja, precies zo klonk het als Maria ademde. Af en toe vergat hij zelf te ademen.

En haar mond was wonderbaarlijk.

Het was alsof er in de zachte mondhoeken een glimlach huisde die nooit door neerslachtigheid kon worden verdreven. Hij was er zeker van dat Maria, zelfs als ze huilde, een klein beetje glimlachte, op dezelfde manier als een paard altijd een ondoorgrondelijke glimlach in zijn donkere mond verstopt.

Jens voelde een kracht in haar zachtheid, een diepgewortelde rust achter haar voorzichtigheid, maar ook een zachtheid in de onverklaarbare energie die ze toonde als ze aan het werk was. Hij zag haar met teilen slepen en kleren en beddengoed en pannen en zakken, zonder ook maar een moment te blijven staan om het zweet van haar voorhoofd te vegen. En hij zag haar voor de dieren zorgen alsof ze nooit anders had gedaan. Zonder angst en zonder aarzeling, met zachte, sterke handen en een stem die ze begrepen. De dieren waren dol op haar.

Jens begreep ze wel.

In september liet hij haar het bos zien, en zij lachte toen hij hars in zijn haar kreeg. In maart liet hij haar de zee zien, en zij lachte toen hij natte sokken kreeg. In juni liet hij haar de meent zien, en zij zoende hem op het onzelievevrouwebedstro.

*Beste Liv,*

*Er waren keuzes die ik niet had moeten maken. Misschien had ik je vader nooit moeten ontmoeten. Misschien was alles veel eenvoudiger geweest als ik aan wal was gebleven en met mijn politiek actieve achterneef was getrouwd, zoals mijn vader mij zo vriendelijk had verzocht. Dat zou de zaak veilig hebben gesteld. Mijn vader dreef een boekhandel.*

*Maar ik was zo jong, veel te jong. En mijn achterneef had weerzinwekkende, indringende ogen en handen die groot en grof waren, ondanks het feit dat ze slechts toespraken neerpenden en rekeningen uitschreven. Ik was bang voor hem en voor zijn grote handen, ook al verzekerde mijn vader me dat hij een goede partij was – en niet in de laatste plaats dat zijn partij een goede partij was die de in het nauw gedrongen kleine ondernemers zou beschermen. En in het bijzonder als je door familierelaties was verbonden.*

*Ja, mijn achterneef was een goede partij die heel veel belangstelling voor de verlegen dochter van de boekhandelaar had. Een wellustige, ondernemende man die een complete eierdozenfabriek van zijn zieke vader zou erven. Ik denk dat zijn handen elk willekeurig ei dat hij had vastgepakt zou hebben verbrijzeld. Ik voelde mij net zo breekbaar als een pas gelegd ei. Geloof het of niet, maar destijds was ik net zo slank als jij.*

*Natuurlijk moest ik niets doen wat ik niet wilde, zei mijn vader. Maar ik zag aan zijn ogen dat hij geen nee accepteerde, en ik zag aan mijn moeders ogen dat zij het niet kon verdragen mij in de handen van de eierdozenfabrikant te zien. Zij zag hetzelfde als ik.*

*Wat ik ook koos, een van beiden zou er kapot van zijn.*

*Ik koos ervoor om mijn moeder te sparen. Dat probeerde ik in elk geval. Een jaar nadat ik was vertrokken, kreeg ik het bericht dat ze aan een longontsteking was overleden. Ik heb tenminste haar hart niet gebroken.*

*De eierdozenfabriek is later failliet gegaan, heb ik gelezen, maar de boekhandel bestaat nog steeds. Toen ik op een gegeven moment de mogelijkheid kreeg een telefoon te gebruiken, belde ik erheen om het te onderzoeken. Ik heb niets gezegd toen mijn vader opnam. Hij klonk oud, maar hij zei: 'Boekhandel Svendsen.'*

*De gedachte dat de boeken het toch hebben gewonnen van de eierdozen doet me plezier.*

*Goed, ik reisde wat rond en probeerde een paar baantjes als winkelbediende, maar dat vond ik niet echt leuk. Op een dag zei iemand dat ik het eens op het eiland kon proberen. Bij de veerhaven hoorde ik dat Else Haarder en haar zoon Jens hulp in de huishouding zochten.*

*Zo ben ik hier terechtgekomen. Bij je vader en je oma.*

*Liv, ik kan je rustig toevertrouwen dat je vader de knapste jongeman was die ik ooit heb gezien. En hij was zo zachtmoedig. Met zachte, zorgzame handen en warme, donkere ogen. Hij had niets kwaadaardigs of indringends, niets! Ik was zo veilig bij hem en ik twijfelde geen seconde dat dit was waar ik wilde zijn.*

*O, ik weet niet of ik je dit zou moeten vertellen – je bent nog maar een kind. Maar ik wil het zo graag aan iemand vertellen. Aan jou.*

*De eerste keer dat jouw vader en ik met elkaar vrijden was op de meent in een zee van gele bloemen. We waren allebei zo bang voor adders en toch gingen we daar liggen, zonder angst. Kun je je dat indenken? Hij vertelde me over de vlinders, herinner ik me. En over de leeuwerik. En de bijen. En de bloemen… het was heel belangrijk dat we in de gele bloemen lagen, want daar had de natuur een bed voor me gemaakt, zei hij. Het was de enige keer dat ik hem heb horen stotteren, en de enige keer dat ik zijn handen heb zien trillen. Dat kwam niet door de adder. Dat kwam door wat er zou gebeuren. Ik trilde ook.*

*Ik herinner me nog steeds hoe voorzichtig zijn lippen de mijne raakten. Hij trilde als een vlinder, en ik voelde me zo lieflijk en teer als een bloem die behoedzaam openging. Zo kan ik me af en toe nog steeds voelen, lieflijk en teer.*

*Wat de liefde betrof wisten je vader en ik niets, maar we ontdekten het samen. En als jij op een dag een man zult liefhebben, hoop ik dat jij ook een vlinder vindt.*

*Nee, ik heb geen spijt dat ik je vader heb ontmoet. Ik was oprecht verliefd en ik hou nog steeds van hem. Op een bepaalde manier weegt het op tegen al het andere. Zelfs ikzelf, zoals ik hier nu lig, groot en zwaar. Zelfs dat met je oma Else. En Carl. Zelfs al die troep. Het vuil dat ik veins niet te zien. Ja, alles wat er is misgegaan, ook met jou.*

*Ik weet niet hoe het afloopt. Ik weet immers alleen wat jij me vertelt en ik heb het gevoel dat je me niet alles vertelt. Dat het de verkeerde kant op gaat. Ik heb het gevoel dat er dingen buiten deze slaapkamer gebeuren die ik niet mag weten. Het had nooit zo fout mogen gaan. En toch kan ik mijn liefde voor hem niet betreuren. Misschien is hij helemaal niet degene die ziek is. Misschien ben ik dat. Misschien ben ik ziek, omdat ik het niet betreur.*

*Af en toe denk ik aan je vader als een vlinder die tegen de tijd in vliegt en nu bezig is zich te verpoppen.*

*Maar daar ben ik misschien ook wel mee bezig.*

*Veel liefs,*

*je moeder.*

# Geluk

In het begin voelden Else Haarder en het jonge meisje veel sympathie voor elkaar. Maria werd met thee en zelfgemaakt gebak welkom geheten en mevrouw Haarder wekte de indruk dat het allemaal wel goed zou komen. Maria twijfelde er niet aan dat de weduwe het meende en ze had zich nog nooit zo gelukkig gevoeld als toen ze in de witte kamer bij het gezin op 't Hoofd ging wonen.

De kamer was eenvoudig en netjes, met witgeschilderde houten wanden en lichte gordijnen. Maria was blij dat er geen jute op de muren zat en geen posters van idolen aan het plafond hingen, zoals op het laatste kamertje waar ze had gewoond, toen ze bij een bakkerszaak in de stad werkte. Na een paar dagen had ze er genoeg van gehad naar langharige mannen te moeten staren, om nog maar te zwijgen van de merkwaardige geur die in het zolderkamertje hing. Die was heel anders dan de geur in de bakkerij en leek in niets op de boekhandel uit haar jeugd. Ze was waarschijnlijk niet zo'n fan van jute en beatmuziek en misschien was dat ook wel de reden dat het leven op het eiland zo aantrekkelijk had geleken.

Hier stonden najaarsbloemen op het bureau en het beddengoed rook zo heerlijk naar frisse lucht en sparren dat ze na haar eerste werkdag in een zalige slaap viel.

Zelfs van de meubels genoot ze. Ze waren allemaal gemaakt door de oude meubelmaker, had Else Haarder verteld, en Maria was oprecht onder de indruk. Alles was nauwkeurig gemeten, geschaafd en geschuurd en toen ze aan het laatje van het kleine bureau trok, gleed het zonder enige weerstand open. Het was leeg, en ze legde haar schrijfblokken en notitieboekjes erin voordat ze de rest van haar bagage uitpakte. Het enige wat er in de kamer ontbrak was een boekenkast voor haar vele boeken, die ze in plaats daarvan keurig tegen de muur opstapelde. Voor alle naaispullen, bestaande uit haar naaidoos en rollen stof, vond ze plek onder haar bed.

Toch kon het Maria niet ontgaan dat netheid niet het boerderijtje kenmerkte. Het hoofdgebouw – met keuken, bijkeuken, hal, badkamer en de grote woonkamer plus slaapkamer en de twee kleinere kamers op de eerste verdieping – was niet uitgesproken rommelig, maar er waren veel dingen om rekening mee te houden en niet in de laatste plaats schoon te maken, en het was overduidelijk dat Else Haarder die taak niet langer alleen aankon.

Maar veel erger stond het ervoor met de stal, de werkplaats en het terrein rondom de boerderij. Overal slingerden spullen rond en het was zo te zien van alles, van timmerhout en meubels en oude machineonderdelen tot vaten en tractorbanden en delen van een paardenkar. Het meeste zag eruit alsof het er al heel lang lag en nauwelijks nog ergens voor kon worden gebruikt.

Zo nu en dan had ze dit soort plekken op afstand gezien, huizen omgeven door troep, en telkens had ze zich verbaasd. Wie zou zo kunnen wonen?

Maria durfde niet aan mevrouw Haarder te vragen waarom ze die spullen niet allang hadden weggedaan. Het was toch gewoon een kwestie van de rotzooi op de vrachtauto laden en het in een paar keer naar de stort te brengen. Oké, in een heleboel keer. Het stoorde haar tegen de rommel te moeten aankijken, want met haar inlijving bij het huishouden voelde ze een zekere verantwoordelijkheid voor de plek, niet in de laatste plaats voor de klanten die af en toe de werkplaats bezochten.

Aan de andere kant was de werkplaats zelf het exclusieve domein van Jens en daar was het rommeliger dan waar ook, dus het had wellicht weinig zin iets aan de rest te doen. Geleidelijk aan kreeg Maria in de gaten dat het hoofdzakelijk Jens was die geen afstand kon doen van de troep. Zijn moeder had het allang opgegeven daar iets aan te veranderen.

Precies op dat punt leken Else Haarder en Maria Svendsen een beetje op elkaar. Want Maria hield dan wel veel van netheid, maar ze hield al snel nog veel meer van Jens.

Vanaf de eerste keer dat ze hem zag, werd ze op een merkwaardige manier naar hem toegetrokken. Ze begroetten elkaar slechts heel kort, maar ze herkende zijn geslotenheid en voelde meteen een soort verbondenheid met hem. Een spontane sympathie. Zijn ogen waren zo donker dat ze dacht dat ze haast zwart moesten zijn. Of vulde de pupil ze op? Zijn haar en zijn snor waren donkerbruin, zijn huid gaaf en glad, zijn lichaam slank en sterk. Ze kreeg zin een overhemd voor hem te naaien en stelde zich voor hoe dat over zijn schouders en zijn borst zou vallen. Misschien kon ze dat een keer vragen. Of ze mocht. Dan zou ze zijn maten moeten opmeten.

Op haar vijfde werkdag durfde ze het aan de werkplaats binnen te stappen, terwijl Else Haarder lag te rusten. De weduwe had gezegd dat ze gruwelijk veel pijn had, maar niet waar, en aan haar luide gesnurk te horen was er niets wat haar van haar slaap weerhield. Maria vond het natuurlijk vreselijk dat de moeder van Jens zulke ondraaglijke pijnen leed. Toch vond ze de ziekte van mevrouw Haarder toen al een beetje mysterieus.

Ze had een kan koffie en een taart, vers uit de oven, voor Jens meegenomen en hoopte dat die in goede aarde zouden vallen. Ze wilde koste wat het kost niet opdringerig overkomen. De deur stond op een kier en omdat ze geen vrije hand had om mee te kunnen aankloppen, duwde ze hem voorzichtig met haar schouder open. Hij stond bij de draaibank, volledig in beslag genomen door zijn werk, en zag haar niet. Ze bleef een moment staan om hem te bestuderen. Ze keek naar zijn handen. Ze leken meer op die van een kunstenaar dan van een ambachtsman zoals hij ze over de stoelpoot liet glijden die hij aan het draaien was.

Onder hem lag het bezaaid met schilfers en snippers die op de gekrulde bladeren van de kronkelwilg leken.

Maria schraapte haar keel. En schraapte haar keel nog eens. Eindelijk keek hij op, nogal geschrokken. Ze had onmiddellijk spijt van haar idee. Maar toen glimlachte hij en wenkte haar dichterbij, en even later rende hij naar de keuken voor een extra kopje. Ze hoorde zijn stappen in het grind. Ze holden heen en terug en haar hart sloeg wat sneller. Ze bleef onbeweeglijk staan met het dienblad, terwijl hij een paar dingen aan de kant schoof en een kist tevoorschijn trok die ze als tafel konden gebruiken. Daarna haalde hij een extra krukje achter een paar zakken in een hoek vandaan en veegde het met zijn mouw schoon. Al snel zaten ze laag maar goed, in een geur van koffie en vers dennenhout, en keken elkaar met wijd geopende ogen aan.

De maanden die volgden waren de gelukkigste in Maria's leven. De moeder van Jens had niets in de gaten en zij vertelden niets, tot de dag dat ze in de stal stond en hen achter het vaarskalf zag staan zoenen.

*

Else Haarder was niet bepaald enthousiast. Ze vertelde de jonge mensen dat hun interesse voor elkaar ten koste zou gaan van hun werk. En ze vertelde zichzelf dat het veel te vroeg was voor haar jongste zoon om een vriendinnetje te hebben, hoewel anderen van mening zouden zijn dat het hoog tijd werd.

Maria en Jens ontkenden ten stelligste dat er een kern van waarheid achter haar beweringen zat, en mevrouw Haarder zag – met een bepaalde ontevredenheid – hoe Maria alleen nog maar harder werkte in het huishouden. Er was niets op haar aan te merken. Hetzelfde gold voor Jens. Hij werkte bijna de hele dag als een paard om 's avonds vrij te kunnen nemen en Maria's hand te kunnen vasthouden. Zodra ze met Else in de woonkamer na het eten hun koffie hadden gedronken, verdwenen ze altijd naar de witte kamer, en naarmate de tijd verstreek waren de kopjes steeds eerder leeg.

Hoe meer ze zich in elkaar verdiepten, hoe meer pijn Else kreeg.

Else beeldde zich in dat het in het belang van alle partijen was dat zij heimelijk kleine hoeveelheden vuil op de vloeren liet vallen die Maria net had schoongemaakt, vlekken maakte op het tafelkleed dat Maria net had gewassen en haar neus optrok voor het eten dat Maria net had bereid.

'Jens, ik denk we er beter aan doen een andere hulp te vinden. Maria is slordig geworden,' vertrouwde ze haar zoon op een dag toe, terwijl Maria voor een boodschap naar het hoofdeiland was. 'Ik heb al met de weduwe Angel gesproken, die heel geïnteresseerd en heel ervaren is.'

Weduwe Angel was ook heel corpulent en leek in de verste verte niet op een engel. Else kon zich maar moeilijk voorstellen dat zij er met haar zoon vandoor zou vliegen.

De gebalde vuisten van Jens ramden de tafel met zo'n kracht dat zijn moeder terstond een tikkeltje zieker werd.

'Om de dooie dood niet! Als Maria vertrekt, vertrek ik ook,' bulderde hij. Niet als een kind, maar als de jonge man die Maria van hem had gemaakt. Zijn stem was donkerder dan ooit.

Else was een moment sprakeloos, terwijl ze probeerde van

de eerste schok te bekomen. Jens was dan wel eerder opstandig geweest, in het bijzonder toen hij zijn vader verloor – en destijds was dat ook begrijpelijk – maar hij had zich nog nooit zo tegen zijn moeder verzet. Ze was geschokt dat hij zo kon praten tegen de persoon van wie hij op de hele wereld het meeste hield; op dat moment deed hij denken aan haar andere zoon. Maar in de allereerste plaats bevestigde het Elses theorie dat Maria een bedreiging vormde.

Precies op dat ogenblik hoorde ze het geluid van fietsbanden in het grind. Maria was terug.

'Goed, als je er zo erg op tegen bent...' zei ze zo vriendelijk mogelijk. 'Je weet dat ik alleen het beste met voor je heb, Jens. Wij houden toch zoveel van elkaar. Jij zou je zieke moeder toch niet in de steek laten!'

Jens draaide zich om en liet zijn zieke moeder achter in de woonkamer. Ze bleef voor zich uit staren met het idee dat dit een van de ergste dagen uit haar leven was.

Maar even later kwam hij de woonkamer weer binnen en Else werd onmiddellijk warm om het hart bij de aanblik van haar jongste zoon, die met zijn milde blik en zijn zachte natuur terugkeerde. Hij glimlachte op die vriendelijke manier zoals alleen haar Jens kon glimlachen. Zijn donkere ogen straalden.

'Maria is in verwachting,' zei hij gelukkig.

Ze trouwden met alle liefde en in alle haast bij de burgemeester in Korsted. Een handjevol bekenden keek toe en wenste hun geluk, terwijl men speculeerde of er wellicht een nieuwe, kleine Haarder onderweg was op 't Hoofd. Bolde de buik van de bruid niet al een beetje op? Uit algemene beleefdheid volstond men met roddelen in plaats van het te vragen. Men was hoe dan ook blij, want niemand twijfelde eraan dat Jens Haarder het moeilijk moest hebben gehad met eerst zijn vaders dood en later de plotselinge verdwijning van zijn broer, ook al had hij het daar nooit over. Jens was in het algemeen een man van weinig woorden. Hij was vriendelijk en behulpzaam, net als zijn vader dat was geweest, maar hij zei nooit meer dan het allernoodzakelijkste en dat maakte het bijna onmogelijk een gesprek met hem te voeren. Bijna niemand had eigenlijk gedacht dat het hem ooit zou lukken een meisje te vinden, maar misschien had zij hem gevonden? Men overwoog de mogelijkheden. Het meisje was lief en knap, maar ook een beetje gereserveerd. Had zijn moeder in werkelijkheid alles geregeld?

Na de inzegening werd er in het hotel-restaurant getrakteerd op *smørrebrød*. Er werd geproost en een bruiloftslied gezongen, en Jens en Maria gingen naar huis, samen met de moeder van de bruidegom die vond dat het na een uurtje wel genoeg was. Ze had pijn.

Maria woonde nog steeds in de witte kamer achter de werkplaats, waar Jens nu zijn zwangere vrouw gezelschap hield in de twijfelaar, terwijl zijn moeder in het woonhuis het tweepersoonsbed deelde met haar pijn.

*

Jens wilde diep vanbinnen een jongen, Maria wilde diep vanbinnen een meisje en Else Haarder wilde diep vanbinnen dat er een ramp gebeurde. In zekere zin werden de wensen van alle drie vervuld.

Maria kreeg een tweeling.

Ze werden Carl en Liv genoemd. Hun moeder had geen bezwaar. Hun oma had andere suggesties, maar geen medestanders.

Pas toen de kinderen er waren, lukte het Jens zijn moeder zover te krijgen de slaapkamer op de eerste verdieping te verlaten, zodat Maria en hij zich daar konden installeren. Else betrok niet zonder tegenzin Jens' oude kinderkamer verderop in de gang. Het was er nogal klein en ze hield niet van de geur daarbinnen. Maar aangezien er alleen in de grote slaapkamer van het woonhuis plek genoeg was voor twee volwassenen en twee wiegjes, was ze door haar argumenten heen.

Dat Jens erop had aangedrongen de ouderlijke slaapkamer over te nemen was echter niet uitsluitend vanwege de twee pasgeborenen en hun wiegjes. Maria was zelf niet het type om het te berde te brengen, maar het punt was dat zij tijdens haar zwangerschap heel wat was aangekomen en het lukte haar blijkbaar niet die extra kilo's er weer af te krijgen. Jens had het idee dat het een beetje krap was geworden in het bed dat ze tot dan toe hadden gedeeld. Het was er in elk geval een beetje krap geworden voor hem.

Jens had in de tijd tot aan de bevalling aan de wiegjes gewerkt, toen het duidelijk werd dat er maar liefst twee kinderen zouden komen. Hij had nog nooit eerder een wieg gemaakt, maar desalniettemin werden het de mooiste wiegjes die men sinds mensenheugenis had gezien. Hij had elk detail liefdevol afgewerkt, net als zijn eigen vader dat ooit met de doodskisten had gedaan. Toen de tweede wieg klaar was, legde Jens zijn gezicht erin, sloot hij zijn ogen en dacht hij aan het goede leven dat uit die kleine ruimte zou groeien.

Zijn moeder was tijdens Maria's zwangerschap niet gemakkelijk in de omgang. Je zou haast denken dat bij Else de hormonen door het lijf gierden, als ze stond te schreeuwen en te tieren om een plak brood of schone vaatdoeken. Helaas werd het alleen maar erger toen de kinderen er eenmaal waren. Ondanks de beperkte ruimte verbleef Else de meeste tijd op haar kamer en verzocht haar eten daar geserveerd te krijgen, terwijl ze zich luidkeels over het menu beklaagde.

Maria verrichte haar huishoudelijke taken nog steeds zo goed ze kon. Voor alle partijen probeerde ze de onredelijke wensen van haar schoonmoeder met een glimlach tegemoet te treden, hoewel ze inwendig kookte en mevrouw Haarder zo nu en dan naar de maan wenste. Ze dacht dat het Jens op dezelfde manier verging, maar bracht het onderwerp niet ter tafel. Maria wist dat hij een bijzondere band met zijn moeder had en ze durfde niet te testen of die sterker was dan de band met zijn echtgenote.

Hoewel Jens zich inwendig ook aan zijn moeder ergerde, was hij in wezen zo dankbaar voor de liefde van zijn vrouw en voor de twee kinderen die hij en zijn geliefde op de wereld hadden gezet dat niets hem van zijn stuk kon brengen. En ondanks Elses verwoede afleidingsmanoeuvres was zijn aandacht in de allereerste plaats gericht op de tweeling, op Maria en op dit onbegrijpelijke geluksgevoel dat hem dagelijks overweldigde.

Een tijdje.

Op een dag toen Maria in de stal was en Else Haarder in diepe slaap lag op haar kamer, ging Jens bij de kinderen kijken, zoals hij altijd deed rond het middaguur. Het meisje sliep net zo diep als haar oma. Het jongetje lag op de vloer onder zijn wieg. In een plas bloed.

# Mijn oma

Ze hebben me nooit verteld wat er destijds met mijn broertje Carl is gebeurd. Ik heb alleen te horen gekregen dat hij een ongeluk heeft gehad toen we heel klein waren, en vervolgens is mijn oma naar haar nicht aan de vaste wal verhuisd. Wij bleven daar wonen en groeien. Vooral mijn moeder.

Dat van mijn oma kreeg ik wel pas veel later te horen. Van haarzelf. Tot die tijd had ik geen idee dat ik überhaupt een oma hád. Maar op een dag dook ze dus op en ging in de kamer achter de werkplaats wonen en bakte bijna een maand lang pannenkoeken. Het was december.

Mijn vader wilde niet over haar praten. Blijkbaar wilde hij amper mét haar praten en ik vond het allemaal heel raar. Hoewel ik dol was op haar pannenkoeken en haar graag over de vaste wal hoorde vertellen, was ik een beetje verdrietig dat ze dit effect op mijn vader had. Mijn moeder mocht haar ook niet. En dat was niet alleen omdat ze snurkte. Ze snurkte namelijk héél hard! Als ze haar middagslaapje deed, hoorde je het helemaal in het hoofdgebouw.

Pas toen mijn oma bij ons kwam wonen, begon het allemaal echt mis te gaan. Ik denk dat er iets in mijn vader knapte. In elk geval toen ze zei dat ze me wilde meenemen naar de vaste wal om me daar naar school te sturen, omdat dat voor mij het beste zou zijn. Ze wisten niet dat ik buiten bij de deur stond en alles hoorde.

*Beste Liv,*

*Je oma Else nam veel ruimte in. Niet zoals ik, maar op een andere manier. Het was een ware opluchting dat ze vertrok toen jij nog een baby was en ik had niet verwacht dat ze na al die jaren zou terugkeren. Jij was bijna zeven, volgens mij.*

*Het was me bijna gelukt haar te vergeten.*

*Toen ik haar weer zag, was het alsof ik bij mijn keel werd gegrepen; alsof alle lucht van 't Hoofd verdween. Ze had ons verlaten als een gewond roofdier dat zich terugtrok om te sterven, en diep vanbinnen hoopte ik dat dat zou gebeuren. Nu stond ze daar plotseling en glimlachte met ontblote tanden en leek ze gezond en fit en sterker dan ooit. Ze nam veel ruimte in!*

*Ik wist niet wat ze wilde. Ik wist niet of ze wist wat ze had gedaan. Ze had een aantal brieven gestuurd naar je vader, maar hij verbrandde ze telkens zonder ze te lezen. Zonder erover te praten.*

*We hadden nooit meer over haar gesproken sinds ze was vertrokken. Nooit gesproken over wat er was gebeurd. We hadden onszelf ertegen beschermd.*

*En ik was weer in verwachting.*

*Veel liefs,*

*je moeder.*

# Terugkeer

Else Haarder had opeens alles begrepen en voelde zich vreselijk in de steek gelaten door haar zoon, toen hij haar had verzocht 't Hoofd te verlaten.

Het haar had bevolen.

In eerste instantie had ze in haar woede gedacht dat zij hén het huis uit moest gooien – dat haar zoon het huis uit zou moeten gaan. Maar zover durfde ze toch niet te gaan. Ze moest er trouwens niet aan denken om daar helemaal alleen te wonen, zonder Silas, zonder Mogens, zonder Jens... met al die herinneringen en alle pijn in bijna volledige afzondering. Haar nicht had haar man verloren en bood haar hulp aan en een kamer, en plotseling had de gedachte om het eiland helemaal te verlaten aantrekkelijk geleken. De uitweg zou een bevrijding blijken te zijn.

Else vond het hoogst merkwaardig dat je midden in Gods natuur kon wonen – omgeven door bos en weilanden en oceanen van schone lucht – en je zo gevangen voelen zoals zij dat de laatste tijd had ervaren, en dat je je dan tussen de opdringerige gevels, scherpe hoeken en wolken uitlaatgassen van de grote stad zo vrij als een vogel voelde. Maar zo verging het haar. In de stad kon ze weer ademen. Zelfs haar ziekte was van karakter veranderd. Haar pijnen waren afgenomen, de bloedingen waren gestopt en na verloop van tijd begon ze zichzelf als gezond te beschouwen.

Haar nicht was een verstandige vrouw met een achtergrond

als verpleegster en Else voelde zich in alle opzichten in veilige handen bij haar. Het was voor haar een opluchting om met iemand 'van buitenaf' te praten. Verder was er de woning. Wat had Else ervan genoten in een opgeruimd huis te wonen! Hoe meer tijd er verstreek, hoe onbegrijpelijker het voor haar werd dat haar overleden man en haar jongste zoon konden leven in de rotzooi die ze om zich heen creëerden.

Else had, moest ze toegeven, zowel voor als na het ongeluk een verschrikkelijke tijd gehad. Nadat Jens en Maria ouders waren geworden, werd ze zo geplaagd door pijn, neerslachtigheid en onverklaarbare woede dat ze zichzelf niet kon uitstaan. Ze had haar schoondochter overspoeld met onredelijke eisen in plaats van de nieuwbakken moeder te helpen, en ze had tegengewerkt, was kwaad geweest en had getierd en was bijna gestikt in haar eigen gesnauw.

Daarom had ze ervoor gekozen om voor alles weg te vluchten: naar haar bed, waar ze niet hoefde om te gaan met al die afschuwelijke gevoelens die haar overmanden als ze de twee jonge mensen samen gelukkig zag zijn. Nog nooit had ze zich zo eenzaam en overbodig gevoeld als na de geboorte van de tweeling. En nooit had ze haar eigen moederlijke jaloezie zo gehaat. Het was als een dwangbuis die ze zelf had aangetrokken en waaraan ze zich niet meer wist te ontworstelen. Haar verlangen naar vergeving en liefde waren dan ook vermengd met een obsessieve drang om de afschuw te voelen waarvan ze heel goed wist dat ze die verdiende.

Toen ze haar verjoegen naar het kleine kamertje waar de muren van alle kanten op haar afkwamen en vooral het dagelijkse gehuil van het jongetje als een zuur door de mortel heendrong, had ze zich verdoofd met medicijnen en slaap en had ze zo geprobeerd haar nachtmerries op afstand te houden. Ze was gaan verlangen haar geliefde Silas in het hiernamaals te ontmoeten en weer rust te vinden.

Op de dag dat het ongeluk plaatsvond, had ze zowaar gebeden dat ze zachtjes mocht inslapen. Ook dat had ze haar nicht toevertrouwd, die haar er droogjes van verzekerde dat rustig slapen niet typerend voor Else was.

Maar er was een bepaald ding dat Else nooit aan iemand vertelde. Ze had een gruwelijk gevoel over het ongeluk dat haar niet los wilde laten:

Maria wilde zo graag een meisje. Dat had Else gelezen in een notitieboekje dat ze onder in een la van Maria's nachtkastje had gevonden. GEDACHTEN, stond er voorop. Else wist natuurlijk best dat ze zoiets intiems niet moest lezen, maar het verlangen in de gesloten wereld van de jonge mensen door te dringen had het uiteindelijk gewonnen van haar morele bezwaren.

Dat Maria een meisje had gewild was zoals het was, en ze had haar wens immers in vervulling zien gaan. Het was iets anders in het notitieboekje wat Else zorgen baarde:

*Ik ben zo blij en dankbaar dat ik twee gezonde kinderen op de wereld heb gezet. Ze zijn een geschenk. Maar toch knaagt de frustratie aan mij. Het voelt volstrekt ondoenlijk om voor maar liefst twee levens verantwoordelijk te zijn, ook al doen we het met z'n tweeën. Jens is fantastisch en ik hou meer van hem dan van wie ook. Maar hij is ook zoals Jens is... Soms verdwijnt hij in zichzelf. En God weet dat we van zijn moeder geen hulp kunnen verwachten!*

*Kunnen we het aan? Kan ik het aan? Het jongetje slaapt onrustig. Hij huilt veel. Het houdt me wakker en drijft me tot waanzin. In mijn donkerste momenten zou ik willen dat we alleen het meisje hadden gekregen.*

Else kon zichzelf er niet toe zetten haar verdenking onder woorden te brengen, voor zichzelf noch voor haar nicht. Toch plaagde die haar in de loop van de tijd steeds meer.

Er verstreek meer dan zes jaar voor ze terugging. In al die tijd had ze geen woord van hen gehoord. Haar brieven werden nooit beantwoord en ze hadden op 't Hoofd nog steeds geen telefoon laten aanleggen. Je moest naar het hotel-restaurant in Korsted, en daar kwamen ze blijkbaar niet meer. Toen Else een keer naar het hotel-restaurant belde, kon de eigenaar vertellen dat Jens Haarder een zeldzame gast in de stad was geworden. Else was oprecht bezorgd, en de aanblik die haar op 't Hoofd tegemoet trad toen ze uit de taxi stapte, maakte haar ongerustheid er niet minder op.

Het was alsof ze de boel maar hadden veronachtzaamd. Overal rond de gebouwen lagen spullen, veel meer dan voorheen. En dat was niet het enige wat ruimte in beslag nam.

Toen Maria naar buiten ging om te kijken wie er onaangekondigd op bezoek kwam, kende Else haar schoondochter amper terug.

Maria's ooit zo fraaie figuur was veranderd in iets vormeloos, en ze leek enorm belemmerd. Ze moest steun zoeken tegen de muur om de twee treden van het stoepje bij de voordeur af te stappen, en haar lichte tred was vervangen door een wanstaltig gewaggel.

Else probeerde haar ontzetting te verbergen.

'Dag Maria,' zei ze vriendelijk. 'Dat is lang geleden.'

Maria knikte en glimlachte geforceerd. Else was er niet helemaal zeker van of dat kwam door de aanblik van haar schoonmoeder of vanwege haar eigen lichamelijke uitdagingen.

'Dag, Else. Dat is wel een... verrassing. Ik wist niet... Ik haal Jens.' De taxi die Else van de veerboot naar 't Hoofd had gebracht keerde langzaam en verdween over de grindweg naar De Hals en het hoofdeiland. Maria keek hem een ogenblik na. 'Hier komen niet zo veel mensen meer,' zei ze.

'Maar de post komt toch wel?' vraagt Else zonder precies te weten welk antwoord ze het liefst wilde horen.

'Ja, de post komt af en toe,' antwoordde Maria zonder haar aan te kijken. 'Wij krijgen immers van... ja, dat weet je. Ik haal Jens even.'

Else dacht aan Mogens. Ze had al die jaren niets meer van haar oudste zoon gehoord, maar het stelde haar gerust te horen dat hij nog steeds geld naar 't Hoofd stuurde. Er had altijd alleen maar HAARDER, 'T HOOFD op de enveloppen gestaan. Dat kon iedere Haarder op 't Hoofd zijn, zowel moeder als broer.

Zelf had ze JENS HAARDER op al die van haar geschreven.

De deur van de werkplaats ging achter Maria dicht en het constante, luide geklop dat van binnen had geklonken stopte abrupt.

Elses blik volgde een eenzame sneeuwvlok, die door de lucht dwarrelde voor hij de grond raakte en verdween. Het erf had duidelijk al jaren geen nieuw grind gekregen, zodat de meeste kleine steentjes nu met aarde werden bedekt. Op verschillende plekken staken verdord gras en geknakte sprieten uit de grond, als getuige dat het hier 's zomers behoorlijk begroeid moest zijn. Ze keek om zich heen en zag de bergen rotzooi die gestaag de ruimte tussen de gebouwen verdrong, en ze rilde in de koude lucht. Tussen een aantal machineonderdelen kwam een zwarte kat tevoorschijn. Toen deze Else in de gaten kreeg, verdween hij onmiddellijk weer.

Even later kwam Jens naar buiten.

Else had haar zoon niet meer gezien sinds hij haar naar de veerboot had gebracht op die verschrikkelijke dag toen ze uit haar eigen huis was verbannen. Destijds had ze zich een moment afgevraagd of hij haar helemaal bij de veerboot zou afzetten of op het laatste moment zou kiezen voor de vuilnisbelt, die daar niet ver vandaan lag. Het zou in dat geval de eerste keer in vele jaren zijn dat hij iets bij de vuilnisbelt zou afleveren in plaats van dat hij iets meesleepte naar huis.

Hij was niet aangekomen, zoals zijn vrouw, eerder het tegenovergestelde, maar zijn baard was aanzienlijk gegroeid. Het kleine snorretje was veranderd in een dikke, donkere volle baard en zijn haar viel tot ver over zijn oren. De pet was dezelfde als altijd. Else voelde een merkwaardige verscheurdheid bij het zien van Jens, die op zijn vader leek en tegelijkertijd niet langer op het kind dat ze zich herinnerde.

'Dag moeder,' zei hij en hij gaf haar een onbeholpen zoen op haar wang. Ze wilde hem een moment in de omhelzing vasthouden, maar hij stapte snel achteruit. 'We wisten niet dat je zou komen,' zei hij en hij keek naar de twee grote tassen die ze op de grond had gezet.

Else had niet de kracht om zich af te vragen of hij loog, of dat hij werkelijk de laatste twee brieven die ze had gestuurd niet had gelezen.

Ze zei: 'Ik ga weer terug, maar ik hoop dat ik hier een poosje mag logeren...' Ze aarzelde even. 'Ik had er zo'n behoefte aan om te zien hoe het met jullie gaat.'

'Het gaat uitstekend,' zei Jens zonder aarzeling. 'Gaat het ook goed bij...?'

'Nicht Karen. Ja, ik ben heel blij dat ik daar woon. Ik hou verrassend veel van de grote stad.'

'Het is ook heerlijk... in de stad... vooral in december,' zei Maria, en Else voelde dat als een hint voor haar om zo snel mogelijk naar de gelukzaligheden van de winkelstraat terug te keren.

'Hoelang was je van plan hier te blijven?' Jens' blik gleed een ogenblik naar het verre einde van de werkplaats waar de deur van de witte kamer was. Ervoor lagen delen van een mestverspreider.

Zijn moeder haalde haar schouders op. 'Nou, ik dacht, dat hangt af van...'

Op dat moment kwam degene van wie het afhing om de hoek van de stal rennen. Ze was buiten in het weiland erachter geweest.

'Papa, mag de ram wel...' Het meisje bleef abrupt staan toen ze Else zag staan. 'Wie is dat?' vroeg ze en ze wees met een mengeling van argwaan en nieuwsgierigheid naar haar oma. Waarschijnlijk vooral argwaan.

Else wilde antwoorden, maar haar zoon was haar voor. 'Deze mevrouw komt hier een paar dagen logeren. Wat was er met de ram?'

Het meisje sperde haar ogen wagenwijd open. Ze was duidelijk niet gewend aan gasten die bleven overnachten.

'Wat was er met de ram, Liv?'

'Hij heeft een van de... Maar waar moet ze dan slapen, papa?' Liv kon haar ogen niet afhouden van de vrouw die een paar dagen bij hen zou logeren. En Else bestudeerde haar kleinkind met een brok in haar keel.

Het meisje zag er zo op het eerste gezicht godzijdank gezond uit. Ze leek meer op haar vader dan op haar moeder. Ze had geen grammetje vet te veel aan haar lijf, haar haar was kortgeknipt, haar ogen waren donker en intens. De meeste mensen zouden waarschijnlijk denken dat ze een jongetje was, want haar bewegingen en kleding hadden niets meisjesachtigs. Ze leek op haar gemak in een versleten spijkerbroek, die er daarentegen uitzag alsof die lange tijd niet gewassen was. De canvas schoenen waren waarschijnlijk ooit wit geweest, maar waren schijnbaar nooit meer schoongemaakt, en haar bloes was haast tot op de draad versleten. Alsof het de natuurlijkste zaak van de wereld was droeg ze een dolk in een leren schede aan haar riem, en te oordelen aan de staat waarin het handvat verkeerde was het al flink gebruikt.

'De mevrouw logeert in de witte kamer. Ik breng even haar spullen erheen en dan kom ik naar de ram kijken. Je mag het paard wel aan de achterkant neerzetten, als je wilt.'

Liv draaide zich om en verdween in een blije galop, terwijl Jens de bagage van zijn moeder optilde en doelgericht naar het verste einde van het houten gebouw stapte.

Else staarde hem na.

'Ik zet even koffie,' klonk het achter haar. Maria liep met zware stappen naar het woonhuis.

Elses bezorgde vermoeden dat de rommel ook de vertrekken binnen begon te annexeren, bleek te kloppen.

Ze kon in de witte kamer amper plaats vinden voor haar tassen en er was niet zo heel veel wit meer te bespeuren, aangezien spullen zich hoog tegen de muren hadden opgehoopt. De prachtige slaapkamermeubels die Silas had gemaakt stonden verstopt achter half afgemaakte projecten uit de werkplaats en troep die afkomstig leek van de stort. Hier lag alles, van blokken en kroonluchters tot ski's, kussens en oude fotolijsten. Alles in zorgwekkende staat. Ze had geen idee waar het eventueel voor moest worden gebruikt.

Else had overwogen om naar haar oude kamer op de eerste verdieping te vragen, maar toen ze die terugzag, liet ze de gedachte onmiddellijk varen. Ze gaf de voorkeur aan het oerwoud van spullen boven de elandkop, die haar geschrokken aankeek vanaf het hoofdeinde van het bed waarin ze ooit geslapen had.

Er was blijkbaar geen enkel opgeruimd vertrek meer te vinden tussen alle spullen op 't Hoofd.

# Licht en lucht

Ik liet het paard in de paardenweide en zou normaal gesproken een paar lange, gelukkige momenten hebben doorgebracht met hem strelen en vertroetelen, samen met Carl, maar die dag wist ik niet veel beters te verzinnen dan naar hem zitten kijken, terwijl hij een stukje bij mij vandaan rondliep en in de grond schraapte. Mijn gedachten gingen uit naar die mevrouw. Ik had nog nooit eerder meegemaakt dat iemand zomaar verscheen en bij ons kwam logeren. Af en toe kwamen er mensen van het hoofdeiland die dingen gemaakt moesten hebben, maar er zat steeds meer tijd tussen en ze vertrokken altijd meteen weer. Mijn vader wilde ook het liefst zelf de spullen halen en brengen, zei hij. Hij vertrouwde hen niet.

Ik vertrouwde hen ook niet. Ik vertrouwde mijn vader.

Hij was ook begonnen de kerstbomen naar een grindplein buiten Korsted te brengen en ze daar te verkopen, in plaats van dat mensen naar ons toe kwamen. Ik denk dat het waarschijnlijk de laatste kerst was dat hij bomen verkocht. Daarna mocht alles gewoon blijven groeien.

De mevrouw die plotseling was komen opdagen was echt een oude dame met een tasje aan haar arm en een jas met glanzende knopen en met wit haar. Dat soort mevrouwen hadden wij verder alleen maar op het hoofdeiland gezien. Carl was een beetje bang voor ze als hun haar te wit was, maar dat vertelde hij alleen maar aan mij. Dus stelde ik hem gerust en herhaalde wat mijn vader had gezegd: 'Wit haar is heel natuurlijk. Dat krijgen we op een dag allemaal, als we niet van tevoren doodgaan.'

Carl en ik hielden elkaars haar nauwlettend in de gaten, om nog maar te zwijgen van het haar van onze vader en moeder. Toen de mevrouw die onze oma bleek te zijn bij ons arriveerde, hadden we op 't Hoofd nog geen enkele witte haar gevonden – als je de dieren even weglaat, natuurlijk, en de man die op zijn driewielbrommer langsreed om een urn voor zijn vrouw en een pijp voor zichzelf te laten draaien.

Ik denk dat het met wit haar misschien hetzelfde is als met gras. Dat het zich verspreidt als het eerst eenmaal is geworteld. In elk geval zagen wij, een poosje nadat mijn oma bij ons was komen logeren, dat mijn vader witte haren kreeg. Niet na een paar dagen, maar van de ene dag op de andere. Toen hij de ochtend nadat ik hen over mij had horen praten in de keuken stond, had hij een heleboel witte haren tussen de donkere. Zelfs in zijn baard. Carl schrok er haast van.

Dat was vlak voor kerst.

Dat najaar was anders het beste ooit geweest. Op een dag had mijn vader me meegenomen om op bot te vissen. Het was de eerste keer dat ik mee mocht en ik was op van de zenuwen om te gaan vissen en misschien nog het meest omdat ik zo enthousiast was dat ik helemaal alleen met mijn vader in de kleine jol zou zitten. We spraken op het water over van alles. Hij vertelde me dat vissen daarbeneden in het water niet verdronken, maar juist stikten als ze in de lucht kwamen.

Dat was nogal andersom, vond ik.

Hij vertelde me ook dat je de vissen hielp door ze dood te slaan voordat ze door de lucht stikten. Toen we een mooie, platte bot hadden gevangen met twee ogen die helemaal op de verkeerde plek zaten, liet hij me zien hoe. Hij sloeg hem op zijn kop met een knots die ervoor bedoeld was. In eerste instantie vond ik het een van de vreselijkste dingen die ik ooit had gezien.

'Zo, Liv. Nu is hij dood,' zei hij toen hij hem een klap had gegeven. Maar hij kon niet dood zijn, want hij spartelde nog steeds. Ik wees geschrokken naar de vis en opende mijn mond zonder iets te kunnen zeggen.

'Het zijn slechts de zenuwen die maken dat hij nog spartelt,' zei mijn vader. 'Dat is heel natuurlijk. Hij is echt dood en ik zweer je dat hij niets voelt. We hebben het beste voor deze bot gedaan wat we konden doen, dus nu kunnen we hem met een schoon geweten vanavond opeten.'

'Maar papa...'

'Ja?'

'Komt die bot ook terug?'

'Terug?'

'Ja, net als de bladeren... en het gras. Jij zegt altijd dat alles terugkomt.'

Mijn vader keek over het water. Hij had zijn pijp in zijn mond en het rook in de jol heerlijk naar tabaksrook en zeelucht. 'Ja, die bot komt ook terug.'

Ik kroop wat dichter naar hem toe en nam plaats op de bodem van de boot, zodat ik tussen zijn benen kon zitten, het teer kon ruiken en het hout om me heen kon horen kraken. Over de rand van de jol zag ik een blauwe lucht met donzige wolkenplukken die niet van hun plek kwamen. De zee kon ik niet zien, maar ik voelde die aan de andere kant van de knarsende planken.

'Als een nieuwe bot?' vroeg ik.

'Misschien. Of als iets anders.'

'Als iets anders? Een schol?'

'Tja, waarom niet.'

'Of een konijn? Of... misschien als een mens?' Ik draaide

mijn hoofd om en probeerde ergens boven zijn baard mijn vaders blik te vangen, maar het enige wat ik zag was een heleboel baard en de kop van een pijp. Misschien haalde hij zijn schouders op, ik weet het niet zeker, maar hij zei in elk geval iets merkwaardigs.

'Liv, op een dag is er misschien iemand die je over God zal vertellen.'

'God? Is dat die vis die lijkt op een pieterman?'

'Nee, het is geen vis. Het is... hoe moet ik dat zeggen? Er zijn veel mensen die geloven in deze man, die boven in de lucht zou zitten en alles zou beslissen.'

'In de lucht?' Mijn blik ging onmiddellijk van zijn baard naar de wolken. 'Hoe ziet hij eruit?' vroeg ik al turend.

'Tja, dat weet ik niet. Ze zeggen dat hij een lange, witte baard heeft.'

Daar zou Carl zich vast zorgen over maken.

'Lange, witte baard... in de lucht?' zei ik verrast.

'Ja, dat is niet goed te verklaren. Maar wat ik wil zeggen is dat het niet zeker is dat ze gelijk hebben. Ik geloof niet in God.'

'Liegt hij dan?' Ik realiseerde me toen al heel goed dat het verkeerd was om te liegen, tenzij het noodzakelijk was.

'Nee, ik bedoel alleen dat ik niet geloof dat hij er überhaupt is.'

'Ik heb daarboven nog nooit iemand gezien, dus ik geloof ook niet dat hij er is,' zei ik beslist. 'Maar ik geloof wel dat dáár een meeuw vliegt!'

De baard wipte een moment omhoog om daarna weer helemaal naar beneden te wippen, zodat ik mijn vaders ogen kon zien. 'Precies. Wij geloven in de meeuw.'

Ik lachte. Toen trok ik mijn dolk uit de leren schede en hield hem omhoog zodat hij in het zonlicht schitterde. Er zat een groef in waar ik graag naar keek. We hadden hem samen met wat andere spullen die we konden gebruiken in de schuur van de fietsenmaker gevonden. Onder andere een paar banden. En een zaklantaarn en een geknakte parasol en een zak drop.

We zaten een poosje te wachten.

'Mama gelooft toch ook niet in die man, of wel?'

Het lukte niet meer om antwoord te krijgen, want op datzelfde moment hadden we weer beet en moesten we aan de slag om een nieuwe bot binnen te halen. Deze keer mocht ik hem helpen dood te gaan en ik was er heel goed in, zei mijn vader. Toen we nog een paar vissen hadden gevangen, legde hij tot mijn grote spijt de vishengels weg.

'Je moet nooit meer uit de natuur nemen dan je nodig hebt,' legde hij uit. 'Als we alle vissen vangen, is er immers geen enkele meer over voor de volgende keer.'

Dat begreep ik en ik keek naar wat we hadden genomen. 'Een, twee, drie... vier botten. Dat is een voor ieder van ons.'

Mijn vader glimlachte. Toen liet hij mij de haak aan het uiteinde van het vissnoer zien. Er hingen een rechthoekig stuk lood en een paar kleurige kralen aan. 'Kijk eens, Liv. Morgen zal ik je laten zien hoe je zo'n stuk lood giet. Ik denk dat jij dat wel kunt.'

Dat kon ik ook wel. Na een tijdje kon ik ook mijn eigen knots maken om botten mee op hun kop te slaan, zodat ze meteen dood waren.

Die dag in de jol is de zonnigste dag die ik me kan herinneren. Als ik later in de container zat en heel stil moest zijn, dacht ik er af en toe aan. Het was fijn om aan iets zonnigs te denken als het zo donker was.

Niet lang daarna mocht ik mee om konijnenstroppen te plaatsen. De konijnenpaadjes waren eenvoudig aan de bosrand te vinden. Mijn vader liet me zien hoe ik een kleine dennenboom dwars op het paadje moest leggen en de takken precies af moest snijden op de plek waar het konijn passeerde zodat er een poort werd gecreëerd. Daarna maakten we een strop van ijzerdraad en lieten die van de stam hangen. Toen wij de volgende ochtend naar de val gingen kijken, vonden we een dood konijn dat recht in zijn eigen galg was gesprongen. Het ijzerdraadje zat zo strak rond zijn nek dat het in de vacht helemaal niet te zien was.

’s Avonds maakte mijn moeder ragout van het konijn met room van de koe, tijm van de meent en groente uit de moestuin. Waarom zou je geld uitgeven bij de kruidenier als we alles zelf hebben, zei mijn vader altijd. Hij wilde zijn geld het liefst uitgeven aan het meest noodzakelijke; voer voor de dieren bijvoorbeeld. Dat haalden we in Vesterby, en meestal lukte het ons om wat meer mee naar huis te nemen dan waar we voor hadden betaald. Dat was prima, zei mijn vader. In Vesterby hadden de mensen zoveel en wij waren immers goed voor onze dieren. Hetzelfde gold voor het magazijn van de kruidenier. Daar was zoveel, en daarom gaf het niks dat ik er even naartoe sloop en een paar blikken meenam, terwijl mijn vader met de kruidenier over het weer praatte.

Later leerde ik ook hoe je moet villen en uitbenen. Zo’n konijn was echt dun als je zijn vacht eraf haalde. Maar het ongelooflijkste was om te zien wat er allemaal in zijn buik zat: de roze longen en de donkerpaarse nieren en wat er verder nog was. En dan die lange, kronkelige darmen! Ik bedacht opeens dat mijn moeder in haar lichaam echt heel veel van dat spul moest hebben.

Het was ook het najaar waarin ik voor de bokkenjacht meeging naar het hoofdeiland. Mijn vader kende een plek in de buurt van een grote boerderij, waar je in het donker vaak een bok kon vinden, in het bos of in de weilanden. Mijn vader hield er niet van om de dieren met kruit vol te pompen, en aangezien ik niet wist wat kruit voor iets was, hield ik er ook niet van dat in ze te pompen. Hij zei dat het onnodig veel lawaai maakte, veel te veel verwoestte en veel, veel te duur was. Daar gaf ik hem dan ook gelijk in. We hielden niet van lawaai maken of geld uitgeven.

Daarom maakten wij gebruik van pijl en boog. Die van hem was gigantisch groot en zwaar. Die van mij was exact hetzelfde, maar paste bij mijn lengte. Hij had hem in de werkplaats voor mij gemaakt en hij had mij geholpen mijn eigen pijlen te maken van dennenhout en ganzenveren. Het hout moest precies de juiste dikte en soepelheid hebben om een goede pijl te worden, legde hij uit, en ik mocht voelen, buigen en draaien tot ik snapte wat hij bedoelde. De punten goten we van messing van een gescheurde kan die ik vond op de stapel die wij de 'dingenplek' noemden. 'Zo zie je maar,' zei hij telkens als ik iets in de stapels vond. 'Alles heeft waarde.'

Ik oefende wekenlang in het schieten op blikjes en op houtblokken voor ik in het schemerdonker op muizen mocht schieten. Toen ik er eindelijk een raakte, lag hij zo te kronkelen dat ik begon te huilen. Mijn pijl was door zijn achterste gegaan, vlak boven de staart, en als de muis bewoog schuurden pijl en ganzenveer met kleine rukjes tegen de grond. Even later had mijn vader hem met een stok helemaal doodgeslagen. Hij zei dat ik niet hoefde te huilen; in plaats daarvan moest ik denken aan hoe blij de vos zou zijn met zo'n maaltijd.

We gingen op bokkenjacht als er maanlicht was, want dan was het donker en licht tegelijk. Wij konden zien en de bok had dan geen pijn. Het donker nam de pijn weg.

De eerste keer dat ik mee was, stond hij in het weiland recht onder de volle maan. De reebok stond met de zijkant naar ons toe en werd door mijn vaders pijl recht in zijn hart geraakt. Maar hij viel niet meteen om. Hij draaide zijn kop, keek ons aan en deed vervolgens een paar passen in onze richting voordat hij zich voor ons neerlegde. Zijn bewegingen waren langzaam en hij leek heel rustig. Zijn dood was zelfs een van de vredigste dingen die ik ooit heb gezien. Ik weet zeker dat hij me recht in de ogen aankeek en niet boos was.

Mijn vader zei: 'Het was een oude bok. Nu is er ruimte voor een van de jongere bokken en hebben wij voor heel veel dagen eten. Alles is zoals het moet zijn.'

'Maar heeft hij geen kinderen voor wie hij moet zorgen?'

'Die zijn groot genoeg om zichzelf te kunnen redden.'

'Wanneer ben ik groot genoeg om mezelf te kunnen redden?'

'Zo goed als jij bent met je boog duurt dat niet lang meer,' zei mijn vader en hij glimlachte, en ik voelde me een moment trots en blij. Maar dat duurde slechts een moment.

'Maar hoe zit het dan met jou?'

'Met mij?' Hij hield een merkwaardige pauze. 'Ik blijf heus wel bij je, zelfs als je groot geworden bent en jezelf kan redden. Ik ga voorlopig nog niet dood.'

'Niet voordat je wit haar hebt gekregen, toch?'

'Nee, in elk geval niet voordat ik wit haar heb gekregen.'

Op dat moment kende ik nog niet het verhaal van mijn opa en de bliksem.

Een van de leukste dingen voor mijn vader en mij was om boeken te vinden voor mijn moeder, want ze werd telkens zo blij als we met een stapel thuiskwamen. Het was ongelooflijk hoeveel boeken mensen in hun schuurtjes in dozen hadden staan, en vaak kreeg ik de indruk dat ze ze nooit hadden gelezen en dat ook niet van plan waren. Mijn moeder had langzamerhand een zee aan boeken en zij was zeker van plan ze allemaal te lezen. De meeste bevonden zich in de slaapkamer en in de witte kamer, waar mijn vader een mooie, grote boekenkast voor ze had gemaakt. Gaandeweg werden voor de kast wel zo veel boeken en andere dingen opgestapeld dat je hem niet kon zien –

maar wij wisten dat hij er was en dat was het belangrijkste, zoals wij zeiden.

Ik was ook blij met de boeken. Toen mijn oma op 't Hoofd kwam wonen, was mijn moeder allang begonnen mij te leren lezen en schrijven. Ze zei dat het wel leek of ik het al had geleerd voor ik was geboren en ik het alleen maar even hoefde op te frissen. Het was gemakkelijk voor mij en het werd nog gemakkelijker, toen ik ontdekte hoe gelukkig ze werd als ze mij hardop hoorde lezen.

Daarom was het niet zo erg dat ik het potlood een beetje gek vasthield als ik schreef. Ik hield het vast alsof het een pijl was die ik wilde afschieten en het lukte me niet om de gebogen greep met mijn vingers te maken die mijn moeder me voordeed. Uiteindelijk waren we het erover eens dat het beter was dat ik een verkeerde greep had en goed schreef dan andersom. En het was in elk geval een geluk dat ik een pijl niet vasthield zoals ik een potlood moest vasthouden, want dan had ik nooit zo vaak raak geschoten.

Op een ochtend, toen ik met mijn boog achter het huis aan het oefenen was, ontdekte ik dat mijn moeder naar me stond te kijken over de was heen die ze aan het ophangen was.

'Ik weet welk verhaal we binnenkort moeten lezen,' zei ze opeens.

Het kwam niet zo vaak voor dat mijn moeder iets zei, als ze niet voorlas uit een boek of mij iets probeerde uit te leggen. Ik denk dat ze niet zo graag praatte, maar ze hield absoluut van lezen en ik hield van luisteren als we op haar bed lagen met een boek dat zij had gekozen. Ja, ik weet eigenlijk niet waar ik het meest van hield – de verhalen of mijn moeders stem.

Soms kon ik ze niet uit elkaar houden. Soms vergat ik de stem en verdween ik in het verhaal, andere keren vergat ik te luisteren omdat ik in haar stem verdween. Ze sprak niet heel hard, maar hard genoeg om in haar stem te kunnen verdwijnen. Er zat lucht in. Destijds.

Later, zo ontdekte ik, verdween de lucht. Toen werd haar stem steeds zwakker, tot hij slechts een vlies was dat op een scherpe medeklinker kon knappen. Bijvoorbeeld op een -l. Of een -v.

Ik ben blij dat ze me de letters had geleerd voordat haar stem het zo moeilijk kreeg met de medeklinkers dat ze die niet langer kon gebruiken. 'I' was het laatste dat ze me noemde, 'i'. Toen kwam ik bij haar in de slaapkamer die ze niet meer uit kon. En dan las ik haar voor uit een boek dat ik had uitgezocht.

Op een dag was het ook afgelopen met de klinkers.

Ik heb veel nagedacht over dat met haar stem. Ze had mij geleerd dat ik de woorden niet mocht inslikken als ik praatte. Maar misschien is dat wel wat zij uiteindelijk heeft gedaan. Misschien heeft ze haar eigen stem opgegeten. Eerst de lucht, daarna het geluid. Er waren zo veel dingen die ze opat.

*Robin Hood* was waar ze achter het wasgoed aan dacht.

*Beste Liv,*

*Je zult je vast hebben verbaasd over mijn stem. Ik kan je niet uitleggen wat ermee is gebeurd, behalve dat de woorden in mijn keel bleven steken. Het was alsof ze onderweg naar buiten leegliepen en ik niet de kracht had ze het laatste zetje te geven. Uiteindelijk was het het gemakkelijkst om het niet meer te proberen.*

*Stel je een keelontsteking voor die je voortdurend probeert te verzachten door er lauwe vloeistof en zacht eten langs te laten glijden. Zo voelde het. Hoe minder ik kon zeggen, hoe meer ik moest eten. Dat was wellicht een manier om een complete vernauwing te voorkomen.*

*In de loop van de tijd bleef er een grote massa van gestrande zinnen in mijn keel vastzitten. Woorden die kapot waren gegaan en niets met elkaar te maken hadden, afgebroken inleidingen, niet voltooide afsluitingen, zinnen zonder lucht ertussen, gebroken constructies, opgestapelde keelklanken.*

*Mijn verdriet zat daar en dat moest niet aan jou worden doorgegeven. Maar het moest ook niet aan je vader worden doorgegeven, want hij had zijn eigen verdriet al. Dus hield ik het in me, het was mijn manier om jou te beschermen. Jouw vader deed het op een andere manier.*

*Veel liefs,*

*je moeder.*

# Het donker en de rotzooi

Jens Haarder nam niet meer uit de natuur dan hij nodig had.

En toch, als het om hars ging leken er voor hem geen grenzen te bestaan.

Het begon met een nieuwsgierigheid. Zijn eigen vader had hem laten kennismaken met de gouden balsem van de bomen en hem over de kwaliteiten ervan verteld. Silas Haarder had zelfs, vlak voor zijn onverwachte heengaan, zijn zoon gedemonstreerd hoe je het trage sap van een den kon tappen door een stukje schors van de stam te verwijderen. Daaronder maakte je een v-vormige gleuf die het sap leidde naar een kopje dat je aan de punt bevestigde.

Jens ontdekte al vlug welke bomen het meest geschikt waren voor dit doel en op den duur begon hij ze regelmatig af te tappen. Dat gebeurde altijd heel voorzichtig, want de boom mocht door zijn ingreep niet lijden. Hij moest behoedzaam worden gemolken, net als een koe.

Hij wist dat hij de boom verwondde, maar het voelde noodzakelijk om redenen die hij niet kon verklaren. Misschien was de hars een soort naar sparren geurend genotsmiddel, een aromatisch pepmiddel waar hij niet zonder kon. Of misschien dacht Jens wel dat hij op zekere dag voor elke brok van de gestolde hars een toepassing zou vinden – als een groot, donker lichaam van onregelmatige klompen die elkaar node wilden loslaten. De aanblik riep herinneringen op aan een zak aan elkaar geplakte dropjes die hij een keer met zijn vader in een doodskist had gedeeld. Niets had ooit verrukkelijker gesmaakt dan de dropjes van die nacht.

Al experimenterend had Jens zich een methode eigen gemaakt om de klomp hars van onzuiverheden te ontdoen: hij legde hem op een stuk aluminiumfolie dat hij over een blik had gespannen en waarin hij kleine gaatjes had geprikt. Vervolgens liet hij de hars smelten door die boven een vlam te houden. Voor dat doel had hij een sierlijke constructie gemaakt van ijzeren stangen en hoefijzers waarop het blik kon staan. De onzuiverheden bleven dan boven op de folie liggen, terwijl de zuivere hars zich op de bodem van het blik verzamelde. Als de hars weer stolde, kon hij hem opbergen – de zuivere hars in de ene ton en de onzuivere in een andere. Zo kon hij altijd kiezen en er wat van omsmelten voor het doel dat zich aandiende. En dat waren er verschillende. Hars had antibiotische eigenschappen en met de juiste bewerking kon die worden verwerkt in zeep of gebruikt als uitstekende lijm. Ja, zelfs als brandstof, want als hij onzuivere hars om de punt van een stok smeerde, had hij een fakkel die feilloos brandde.

In zijn zak had hij een kleine mier die in een amberkleurig universum was geconserveerd. Hij zag eruit zoals hij er jaren geleden uitzag, toen Silas hem voor de eerste keer aan het Noorderstrand aan zijn zoons had laten zien. En hij zag eruit zoals hij er miljoenen jaren geleden daarvoor had uitgezien. Het was de taak van de mier geweest om kleine stukjes gedroogde hars naar de mierenhoop te slepen, waar de stof dienstdeed als bescherming tegen ziekten. Maar zijn noodlot werd om in de kleverige vorm van het spul te worden gevangen en daarmee zijn leven te verliezen, maar niet zijn lijf.

De tegelijkertijd genezende, dodelijke als conserverende eigenschappen van de hars fascineerden Jens Haarder.

De tonnen met hars waren het enige ordelijke element in zijn werkplaats. Een soort oog van de storm. Ze stonden naast elkaar als drie vuilnisemmers, die echter dat bevatten waar hij wellicht het allerminst zonder kon. Te midden van een chaos aan dozen, zakken, gereedschap, machineonderdelen, rollen stof, kabels, etensresten, kranten, plastic tassen en verder spullen van allerlei soorten en allerlei materialen stonden ze daar en herinnerden eraan dat het ooit allemaal om bomen had gedraaid. Bomen en het leven dat erdoorheen stroomde.

Op den duur verdronken ook de tonnen tussen de spullen, waardoor je ze onmogelijk in de ruimte kon ontwaren. Maar Jens kon ze altijd zonder problemen terugvinden, want hij navigeerde moeiteloos tussen al zijn spullen door. Zijn opvatting over orde was een andere dan die gold bij de weinige andere mensen die de deur van de werkplaats openden en naar binnen keken. Na verloop van tijd mocht niemand anders behalve zijn dochter daar komen.

Haar moeder had ook binnen mogen komen, als ze daartoe in staat was geweest.

De wereld van Jens Haarder werd niet geregeerd door dezelfde systemen en regels waar de mens zich normaal gesproken aan vasthoudt. Hij had geen verstand van indelen en organiseren. Hij had verstand van gevoelens en herinneringen. Een vijl hoefde niet per se naast een andere vijl te liggen. Als de vijl er een was die je ooit uit een berg spullen op een vuilnisbelt had opgegraven, was de natuurlijke plek daarvan misschien wel naast de olielamp en de uniformjas die uit dezelfde berg spullen afkomstig waren. Het had zijn eigen logica.

En dat de zeis zijn vaste plek had tegen de grote kaart van het eiland die aan de muur achter de draaibank hing, kwam omdat hij Jens deed denken aan de landtong die ten noordoosten van Korsted in zee liep en een kleine baai vormde. De kaart zat nu bijna verstopt achter dozen; maar Jens wist dat hij er was. Dat was de hoofdzaak. Alleen het Noorderstrand kon je in het donker nog onderscheiden.

Voor de kaart achter de spullen was verdwenen, had Jens er vele uren samen met zijn vader naar zitten kijken. Destijds leek het eiland hem enorm. Samen hadden ze ontdekt dat het op een mens leek. Ze hadden zich ermee geamuseerd dat Korsted het hart was en de vuilnisbelt de kont; dat als ze de bomen op 't Hoofd ongestoord lieten groeien, de mens dan wilder haar en een baard zou krijgen. Maar de mens was kaal bovenop, daar waar het strand lag. Het eiland was een lichaam in verandering en zij konden het veranderen. In een wildeman.

Maar waar de wereld normaal gesproken kleiner wordt als je zelf groter wordt, zou de wereld buiten 't Hoofd voor Jens alleen maar groeien. Als volwassene vond hij haar onoverzichtelijk en steeds vreemder naarmate nieuwe mensen zich er vestigden en er andere soorten winkels, beroepen en machines bijkwamen. De wereld werd een ondefinieerbare bedreiging, die zich aan hem leek op te dringen en zijn bestaan wilde overnemen.

Mensen waren personen geworden die kwamen om iets te veranderen, om hem te vertellen dat er op 't Hoofd dingen moesten veranderen. Dat de rotzooi zich ophoopte. Dat hij te veel spullen om zich heen had. Of hij die troep niet eens weg moest doen?

Ze glimlachten als ze het zeiden. Dat was bijna het ergste.

Op een dag hadden er opeens twee vrouwen in de stal gestaan en gezegd dat hij in een onvergeeflijke chaos leefde, maar dat er toch hoop was, want God wilde helpen. God zou schoon schip maken als Jens van hem hield als van een vader.

Jens had niets weten uit te brengen, maar hij had hen aangestaard en met een mestvork gedreigd.

Zij lachten in elk geval niet toen ze vertrokken.

Jens zag iets anders dan zij. Als hij zijn landschap van objecten bekeek, zag hij geen chaos of troep. Hij zag een onverbrekelijke eenheid. Als hij iets weghaalde, ruïneerde hij het beeld.

Ze begrepen niet dat alle spullen die hij om zich heen had verzameld een plek en een waarde hadden – en een noodzaak. Een vergeelde krant die als verpakking voor een oude terracottavaas had gediend kon informatie bevatten die hij op een dag nodig kon hebben, hoewel hij nooit kranten las. Een oud paardentuig herinnerde hem aan de keer dat hij met paard en wagen naar Korsted was gereden. De zaklantaarn kon worden gebruikt als hij hem repareerde. Hij had stapels batterijen en een paar ervan deden het vast nog wel. De cassettebandjes werkten geheid! Ze waren rechtstreeks afkomstig van een pallet achter de radiozaak en lagen nog kaarsrecht in de plastic verpakking, die je ongetwijfeld ook nog ergens voor kon gebruiken. Conservenblikken waren altijd goed om te hebben voor het geval ze echt in nood zaten, en in houdbaarheidsdata had hij toch nooit geloofd. De schaaf was van zijn vader geweest en deed het feilloos. De hoeden kon hij gebruiken als de pet van zijn opa op een dag versleten zou zijn. De kandelaar was mooi door zijn symmetrie, die hoefde alleen nog te worden opgepoetst. Paraplu's kon je altijd gebruiken en er daarom nooit genoeg van hebben, en een die kapot was kon hij ook wel weer oplappen. Dat iemand een keer een hele zak met wegwerpbestek had weggedaan was voor hem onbegrijpelijk. Er was niets wat je maar één keer kon gebruiken. Op een dag zou hij het allemaal schoonmaken. Voor de zakken zout die hij uit de schuur bij een boer had meegenomen – de man die voor het strooien verantwoordelijk was – vond hij ook wel een toepassing. Een betere toepassing dan het op de wegen te smijten.

Jens voelde zich ronduit verantwoordelijk voor het bewaren van deze dingen, waarvan niemand de waarde inzag. Ook voelde hij een blijdschap, een emotionele band met elk afzonderlijk voorwerp. Deze verbondenheid was voor hem een stimulans. En het was uitputtend als iemand die wilde doorbreken. Het vervulde hem zelfs met angst.

Het was dan ook fout gegaan bij de keren dat hij voor iemand anders – eerst zijn moeder en later zijn vrouw – een poging had gedaan om zich van sommige dingen te ontdoen. Hij kon het niet; hij worstelde met zichzelf. Zijn moeder had het nooit begrepen. Zijn geliefde Maria begreep het ook niet, maar zij accepteerde hem zoals hij was en wist dat het niet anders kon. Zijn vader zou alles hebben begrepen.

Gaandeweg begon een heel bijzondere angst Jens te kwellen: de gedachte dat hij onbewust iets onvervangbaars zou weggooien. Iets wat zich verborg tussen iets anders, onder iets anders, in iets anders. Zelfs toen niemand hem meer vroeg om op te ruimen en weg te gooien nam die angst toe. Voorwerpen en ideeën vloeiden in onwerkelijke scenario's in elkaar over en hij had nachtmerries dat hij een vogeljong op een sinaasappelschil over het hoofd zag, een klein hulpeloos leven dat te gronde zou gaan als hij de schil zou weggooien. Of een baby.

Nee, niets kon worden gemist. Wat hem verliet, keerde niet terug. Daarom verliet niets hem ook.

Daarentegen kwam er regelmatig iets bij. Lange tijd waren het spullen die hij zelf verzamelde; later ook dingen waar zijn dochter mee thuiskwam als ze op het hoofdeiland was geweest om eten en andere benodigdheden te halen. Hij was het liefst samen met haar op pad gegaan, zodat hij haar niet uit het oog verloor, maar uiteindelijk zorgden de omstandigheden ervoor dat hij erop moest vertrouwen dat ze naar huis terugkeerde.

Dat deed ze ook. Ze hadden een onverbrekelijke band, zij tweeën. Liv begreep hem, ze had een beetje hetzelfde in zich.

Er zat een zandloper dwars in de ene schaafbank vastgeklemd. Ooit hadden Silas Haarder en zijn jongste zoon die in een la gevonden, hem meegenomen naar de werkplaats en die trouw steeds weer omgedraaid, terwijl ze seconden en ademhalingen telden en keken naar de tijd die rustig, maar gestaag door de smalle hals stroomde. Decennialang had hij daar in de lengterichting gehangen, met fijn zand, donker hout en dun glas, begraven onder het stof en herinneringen aan een verdrongen toekomst.

Jens had naar Liv staan kijken die de vastgeklemde zandloper bestudeerde. Ze wist dat ze er niet aan mocht komen. Een keer had ze gevraagd of ze hem niet zouden losmaken. Ze wilde het zand zo graag zien stromen.

Maar zelfs Liv kreeg geen toestemming om de tijd in beweging te zetten.

# December

Ik weet niet precies hoelang mijn oma bij ons woonde, maar ik dénk dat het een hele maand moet zijn geweest. Het was in elk geval in de aanloop naar kerst, want ze heeft me geleerd kerstharten te vlechten en kerstliedjes te zingen over Maria en Jezus, die ik maar Jens bleef noemen. Ik begreep nog steeds niet hoe het zat met Jens' vader, maar het idee om in een stal geboren te worden beviel mij wel. 's Nachts.

Toen ik mijn moeder vroeg wanneer Carl en ik waren geboren antwoordde ze dat het in de loop van de middag was geweest, dat er een mevrouw was geweest om te helpen en dat het nogal veel pijn had gedaan om ons te baren. Ik zou willen dat ze had gewacht tot het donker was, maar ik was in elk geval blij dat Carl en ik samen waren geweest. Ook toen. Ik vond het maar niks om alleen te zijn.

Misschien was dat ook wel de reden dat ik het fijn vond om naar de tekeningen van Carl en mij te kijken. Ze hingen aan een spijker boven het bed in de slaapkamer. Mijn vader had ze gemaakt. Hij tekende ons elk jaar als de kamperfoelie bloeide, en je kon duidelijk aan onze gezichten zien hoe we veranderden, maar toch op elkaar leken. De nieuwe tekeningen werden over de oude gehangen, zodat je kon terugbladeren en kon zien hoe we er als baby's uitzagen. Ik hield ervan om model te zitten, want dan kon ik ondertussen ook naar mijn vader kijken en zijn haar en zijn baard in de gaten houden die maar bleven groeien.

Mijn vader had mijn moeder ook ooit getekend. Die tekening hing in een mooi, klein lijstje. Ik heb nooit andere tekeningen van haar gezien. Daartegenover staat dat ik ook nog nooit een mooiere tekening van een mooiere vrouw heb gezien.

Toen mijn oma haar intrek nam in de kamer achter de werkplaats, was het alsof ze in één keer het hele huis bewoonde. Carl voelde het ook, maar in het begin vonden we het allemaal zo spannend dat we er niet zoveel over nadachten; over hoe gevaarlijk het kon worden.

Toen ze die ochtend in mijn slaapkamer kwam en bij mij op bed kwam zitten, was dat de eerste keer dat ik met iemand van buitenaf sprak, ik bedoel serieus, zo alleen wij tweeën. Gek genoeg was ik helemaal niet bang. Ja, eerst wel natuurlijk, want mijn moeder was in de wasruimte achter de stal en mijn vader was naar de kerstbomen, dus als ik gilde zou niemand me kunnen horen.

Maar ze léék niet gevaarlijk. De mevrouw. Ze glimlachte en ging op de rand van het bed zitten, daar waar ruimte was en zei: 'Dag Liv, wat ben je aan het doen?'

Dat vond ik eigenlijk een gekke vraag, want ze kon toch wel zien dat ik in bed zat en naar de tekeningen keek.

Ik zei niets, maar ik wees. Naar Carl en naar mij.

Zij keek ook naar ons. Heel lang. Daarna ging ze staan, liep naar ons toe en begon terug te bladeren naar ons als baby's. Ze stond met haar rug naar me toe.

'We lijken op elkaar,' zei ik toen.

Ze knikte.

'Mijn vader heeft ons getekend.'

Ze knikte opnieuw.

Ik keek niet meer naar de tekeningen. Ik keek naar de mevrouw, van wie ik nog niet wist dat het mijn oma was en die naar Carl en mij als baby's keek. Ik vroeg me af of ik haar over het ongeluk moest vertellen.

'Er is iets mijn tweelingbroer gebeurd,' zei ik ten slotte.

Ze knikte opnieuw. Ik vond dat ze nu wel iets anders mocht doen. Misschien wist ze dat van Carl ook wel.

Eindelijk draaide ze zich om en keek me aan. Ze glimlachte.

'Hou jij van pannenkoeken?' vroeg ze.

Ik wist niet wat ik moest zeggen. Ik had geen idee wat pannenkoeken waren. Dus deed ik maar net als zij.

Ik knikte.

Een poosje later ontdekte ik dat ik inderdaad van pannenkoeken hield.

Ze strooide suiker op de eerste en toen rolde ze hem op tot een worst en gaf hem aan mij, terwijl zij de volgende maakte. Ik nam een hap en ik vergat de worst samen te knijpen, en er viel suiker uit het uiteinde, en ik kon het op de vloer horen vallen en hoorde de mevrouw iets zeggen. Maar ik gaf er niets om, want het was de zoetste hap die ik ooit had geproefd.

Ze maakte de vloer schoon en aaide over mijn haar, en ik kreeg nog een pannenkoek met suiker, en toen ik de vierde opat, moest ik op de grond gaan zitten, midden in de suiker, en zij zei dat het niet erg was en we moesten lachen.

Toen kwam mijn moeder binnen.

Het rare was dat ze niets zeiden. Ze keken elkaar alleen maar aan en toen draaide mijn moeder zich om en ging weer weg. Naar de stal, volgens mij. Eerst wist ik niet goed of ik met haar mee moest gaan of in de suiker moest blijven zitten. Maar toen begon de mevrouw te praten, en ik bleef zitten.

'Heb jij leuke vriendjes om mee te spelen, Liv?'

Ik knikte. Ik had immers Carl en alle dieren.

Ze keek me aan, maar ik zei niets, want ik had toch geknikt.

'Ik bedoel, speel je met andere kinderen?' Op dat moment overhandigde ze me een nieuwe pannenkoek. 'Let op de suiker, hè, liefje.'

Ik knikte weer en strekte mijn arm uit naar de zoete rol.

'Ja, ik speel met Carl.'

De pannenkoek bleef in de lucht hangen, en nu was zij degene die de suiker eruit liet lopen. Het duurde een poosje voor ze hem losliet.

Toen kwam Carl bij ons in de keuken. Hij staarde naar de mevrouw, en op dat moment werd hij geloof ik een beetje bang voor haar. Ze keek ook zo vreemd. Verder was er natuurlijk nog haar haar. Dat was behoorlijk wit.

Een tijd lang stond ze elke ochtend op en maakte ze pannenkoeken voor ons. De eerst keren gebruikte ze iets uit een paar dozen die ze bij zich had. Maar toen dat opraakte, hielp ik haar met eieren halen bij de kippen, melk bij de koe en meel uit de zakken die op dat moment waarschijnlijk in de hal stonden; de pannenkoeken smaakten zelfs nóg beter omdat ik had meegeholpen.

Mijn vader at er niet veel en zei niet zoveel. Mijn moeder at er heel veel en zei niets. Ik at zoveel als ik op kon.

Wij zouden heel wat tijd met elkaar doorbrengen, want mijn vader en moeder hadden genoeg te doen en ik denk dat ze de mevrouw ook een beetje uit de weg gingen. Mijn vader had het druk met kerstbomen vellen en ze naar het hoofdeiland brengen en diverse boodschappen doen, en daarnaast moest hij toch nog een kerstcadeau maken. Om diezelfde reden was het de laatste dagen voor kerstavond verboden in de werkplaats te komen. Mijn moeder was in de slaapkamer ook met iets heel geheims bezig.

Ik had geen idee waar ze aan werkten. Het jaar ervoor waren

het een poppenkast en een paar handschoenen van konijnenbont geweest.

In de woonkamer was mijn vader alweer begonnen om dingen aan het plafond te hangen, zodat er meer ruimte was voor ons om te bewegen. Ik vond het fijn om in de groene leunstoel te zitten en om me heen te kijken. Hij maakte er een sprookjesachtig hol van en toen de spullen geleidelijk boven de ramen uitgroeiden, werd het steeds donkerder.

Een van de dingen waar ik graag naar keek was de viool die aan een touwtje boven de houtkachel hing. Als de kachel brandde, draaide de viool als een weerhaan in het rond. Over vogels gesproken trouwens, vanuit de hoek staarde de opgezette uil van de apotheker naar mij. Hij stond op een bank die op zijn kant was gezet achter de paspop en de stapel tijdschriften. Ik was gek op die uil. Als ik 's nachts buiten was, oefende ik om net zo stil te zijn als hij. Om heel eerlijk te zijn kostte het mij wat tijd om erachter te komen dat de uil van de apotheker een dode uil was. Hij gedroeg zich immers precies zoals de uilen die ik in het bos zag.

Af en toe dacht ik dat we binnenkort alle spullen op het eiland wel zouden hebben verzameld, en toch kon je altijd nog meer dingen vinden. Mijn vader had bijvoorbeeld de dag voordat de mevrouw verscheen een piano meegenomen naar huis, die hij voor een kerstboom had geruild. Er ontbraken een paar toetsen en een pedaal, maar verder was er niets mis mee, zei hij. Door een paar koffers te verplaatsen maakte hij er ruimte voor in de kamer, op de vloer nog wel. Daarna plaatste hij drie grote radio's boven op de piano – en een buste van iemand die er ooit op gespeeld zou hebben. Dat zette mij behoorlijk aan het denken, omdat de man geen armen en benen had.

Ik had helaas heel duidelijk de indruk dat het de mevrouw niet beviel dat overal zo veel spullen stonden. Ze hoestte – bijna net zo hard als ze snurkte – als ze de woonkamer binnenkwam en ze mompelde vaak iets over dat het zo vreselijk was wat er in die paar jaar was gebeurd. Ik begreep niet wat ze bedoelde.

Ze moet ook heel onhandig zijn geweest, want ze bleef maar tegen dingen aan lopen. Op een dag schreeuwde ze het uit omdat ze haar grote teen stootte tegen een grammofoon die tegen de keukendeur stond. Ze vond dat hij daar niet hoorde; hij stond er anders al zolang ik me kon herinneren. Maar het was nog niets in vergelijking met de gil die ze gaf toen ze tegen de kast in de badkamer stootte en een hele doos tonijn in water op haar hoofd kreeg. Mijn vader kwam uit de werkplaats rennen om te kijken wat er was gebeurd. Ik kan me duidelijk herinneren dat hij in de deuropening stond en haar zonder iets te zeggen aanstaarde; en zij stond tegen de wasbak geleund en staarde hem aan, terwijl ze haar hoofd schudde. Toen liep hij weer weg. Nu had hij immers ook gezien dat haar hoofd het nog deed.

Na een paar dagen hield ze op met het zoeken naar de doos met kerstversiering die volgens haar ergens moest staan. Toen maakten we de versiering van spullen die ik vond. De hartjes maakten we van bruin papier van een rol in de bijkeuken. Ze werden heel mooi. Ik begrijp niet waarom zij ze liever in andere kleuren had gemaakt. Bruin is toch prachtig! En echte harten zijn ook behoorlijk bruin.

Ze had kerstcadeautjes meegenomen van de vaste wal, zei ze, en ik vroeg me af of het misschien de kleine radio en het bordspel konden zijn die ik in een van haar tassen had gevonden. Ik was met name geïnteresseerd in de batterijen voor de radio, want dat waren grote, ronde batterijen met een gestreept dier die op je tong trilden en verbrand smaakten. De dingen waren zorgvuldig in glanzend papier ingepakt, en nadat ik ze had onderzocht pakte ik ze bijna op dezelfde manier in, maar ik was niet zo goed met plakband.

Toen mijn vader binnenkwam met de boom en die in de

woonkamer omhoog takelde, vond ik het de mooiste boom die ik ooit had gezien. Carl was het met me eens. De ster die ik van de spaken van een fiets had gemaakt straalde mooi grijs onder de zolderbalken, en van de voet van de stam was het minstens een meter naar de grond, dus er was ruimte genoeg voor cadeautjes.

Het duurde nog steeds een paar dagen tot kerstavond en ik wist nog steeds niet dat de mevrouw mijn oma was. Ergens was het wel een beetje jammer dat ze nooit onze trapauto heeft kunnen zien. Of haar eigen. Af en toe ging ik vroeg in de ochtend naar haar toe in de keuken en om een plek te vinden waar ik kon zitten. Ik was nog steeds niet bang voor haar geworden, maar Carl wel een beetje. Ik vond het leuk om met haar te praten en een aai over mijn bol te krijgen. Ze rook ook nog eens heel lekker.

Ze had een aantal echt interessante spullen in haar bagage en ik was veel tijd kwijt met het onderzoeken ervan als ze zelf niet in de buurt was. Behalve de pakjes vond ik spullen die je op je hoofd moest smeren en op schoenen, en ze had kleren die ik nog nooit eerder had gezien. Paarse panty's en lichtbruine leren schoenen. Ik had geen idee dat er zulke mooie schoenen bestonden.

De mevrouw wilde altijd graag horen wat ik zoal deed, en dan vertelde ik wat ik me kon herinneren. Dan had ik bijvoorbeeld wat extra pijlen voor mijn boog gemaakt, de berg spullen onderzocht of geholpen met de dieren. Op een ochtend, toen ze vroeg waarom ik zo slaperig was, vertelde ik per ongeluk dat ik op bokkenjacht was geweest. Het was helemaal niet de bedoeling geweest dat ik dat zou zeggen, want ik had mijn vader beloofd dat ik niemand zou vertellen wat we 's nachts deden. We waren zelfs extra voorzichtig geweest met de vrachtauto en hadden die op de grindweg neergezet, zodat ze niet hoorde dat de motor werd gestart.

'Gaan jullie vaak 's nachts naar buiten… in plaats van te slapen?' vroeg de mevrouw toen. Ze keek mij zo merkwaardig aan dat Carl mij in mijn zij duwde om mij mee te krijgen naar buiten. Maar ik bleef zitten.

Ik dacht heel lang na of het op dat moment nodig was om te liegen.

'Carl wel,' zei ik ten slotte.

Ik vond het leuk haar over de vaste wal te horen vertellen. Het klonk alsof de stad waar ze woonde enorm was. Ik stelde me voor dat daar ongelooflijk veel spullen moesten zijn – vast meer dan wij op 't Hoofd konden hebben. Ze praatte ook veel over dat er andere kinderen waren die met elkaar speelden. En dat ze allemaal naar een school gingen, waar ze leerden lezen, schrijven en rekenen.

Toen zong ik het alfabetlied voor haar en eindigde met de letter -y. En met '*Als je goed hebt opgelet, ken je nu het alfabet*'.

Ze zei: 'Knap hoor. Maar je mist de letter -z.'

Dat vond ik nogal irritant.

Ze ging verder: 'Anders zijn het maar zesentwintig letters. En "y" rijmt ook niet op "alfabet".'

Dat was nog irritanter. Mijn moeder liet me gelukkig het lied eindigen waar ik wilde. Zij wist immers best dat ik best wist dat er ook nog een -z kwam. Ik geloof niet dat de mevrouw wist dat ik al kon lezen en schrijven.

En ze ging nog door. 'We kunnen toch niet zonder de -z, hoor. Hoe moeten we anders rijmen op "alfabet"?'

Dat hoeft toch niet, dacht ik zonder het zeggen.

'Ik vind de -y mooier, want de -y is van eiland en daar wonen wij op,' zei ik ten slotte.

'Aha, oké.' Ze hield een korte pauze en ik probeerde erachter te komen of ik haar nog steeds leuk vond.

'Vertel me eens, Liv. Hebben je vader en moeder het er niet

over gehad dat je binnenkort naar school moet? In Korsted?'

Ik wist wel dat er een school was in Korsted. Soms, als we er langsreden, had ik de kinderen op het plein aan de andere kant van de muur gezien. Er was altijd wel iemand aan het schreeuwen, of een volwassene die iemand een standje gaf. En er liep niemand met een dolk rond. Er was niets op het plein. Alleen asfalt en witte strepen.

Mijn vader zei dat hij er niks van moest hebben.

Ik had geen idee dat ik daarnaartoe moest.

Ik zei: 'Mijn moeder leert me lezen en schrijven. En mijn vader leert me dingen te maken van andere dingen en een knots draaien en gewichtjes en pijlpunten en vislood gieten en een worstpers maken en valstrikken zetten en een konijn uitsnijden. En het doet geen pijn omdat het donker is. En ik ken ook dat spel met spullen halen zonder dat mensen wakker worden. En verder heb ik een dolk en daar speel ik ook mee.'

Ze keek weer op die speciale manier en weer begon ik te twijfelen of ik ook te veel had gezegd. Waarschijnlijk wel. Ik was helemaal niet gewend dat ik zo moest opletten. Het was heel vermoeiend.

Toen zei ze: 'Ik denk dat het heel goed voor je zou zijn om naar school te gaan. En om je dolk thuis te laten.'

Nu was ik degene die zat te staren. Carl liep naar buiten om papa te halen. Ik wist niet wat ik moest zeggen. Het leek er echter op dat ze niet meer kon stoppen.

'Liv, ik denk dat het voor jou niet zo goed is om op 't Hoofd te wonen als hier zo veel rommel en stof en viezigheid is. Je kunt je bezeren of ziek worden... Ik denk dat het veel beter voor je zou zijn als je eens een tijdje ergens anders bent. Ik zal er met je vader over praten.'

'Waar ken jij mijn vader eigenlijk van?' vroeg ik toen. Ik was wantrouwig geworden. Misschien had Carl de hele tijd gelijk gehad dat zij iets onbetrouwbaars had.

Ze aarzelde even.

'Je vader is mijn zoon. Ik ben je oma.'

Daar begreep ik helemaal niks van. En Carl was weg.

'Jouw opa, mijn man Silas, heeft jouw vader geleerd om zulke mooie dingen van hout te maken. En de pet die je vader altijd draagt… die was van *míjn* vader.'

Toen brandde de pannenkoek aan.

'…En we moeten het ook over Carl hebben,' ging ze verder, terwijl ze de pan snel van het vuur haalde.

'Maar hij is hier niet,' zei ik en ik hoopte dat mijn vader en Carl snel zouden komen.

'Nee, dat weet ik,' zei ze. 'Maar weet jij wel waar hij is?'

Die avond hoorde ik ze in de woonkamer praten, terwijl ik achter de deur stond te luisteren. Ze praatten alle drie, zelfs mijn moeder, en op een gegeven moment begon mijn vader te schreeuwen. Ik heb hem nog nooit eerder zo horen schreeuwen. En de volgende ochtend begon hij witte haren te krijgen.

Het waren nog maar twee dagen tot de kerst en die werden heel merkwaardig.

Niemand zei er echt iets over. Ik denk dat ze nadachten. Ik dacht ook na. Over wat ik had gehoord, dat ze me wilde meenemen naar de vaste wal en dat ik daar naar school moest en andere kinderen moest ontmoeten en iets over instanties en een dokter die moest komen, en over een gebruikte container die ze had besteld.

Ik herinner me duidelijk dat ze zei dat er eens grondig uitgemest moest worden. Ik begreep best dat mijn vader daar kwaad over werd, want hij was altijd zeer zorgvuldig met het weghalen van alle mest bij de dieren om die op het land te verspreiden, waar het van nut was.

Maar toch vond ik een cadeautje voor haar. Een doosje dat heerlijk naar tabak rook. Het was om kleine dingetjes in te stoppen, dacht ik (uiteindelijk hield ik hem zelf). Voor mijn moeder had ik een boek over vlinders gevonden, en voor mijn vader had ik een heel blik met hars die ik voor hem had verzameld. Daarnaast kreeg hij ook nog een bijzonder mooie, roodgele klomp, want daar zat een dode kever in opgesloten. Als hij de klomp lang genoeg bewaarde, kon het misschien veranderen in barnsteen, net als die steen die hij altijd in zijn zak had of die in een holte van de schaafbank lag. Die met de mier. Ik had nog niet tot een miljoen jaar leren tellen, maar ik had wel in de gaten dat het een heel lange tijd was. De kever was niet meer te redden geweest. Ik had het geprobeerd, maar hij zat al reddeloos vast, toen ik hem zag. Toen sloeg ik hem voorzichtig op zijn kop.

Voor mijn oma kwam, had ik er nooit over nagedacht waarom wij kerst vierden. Het was gewoon iets wat je deed, omdat het gezellig was, dacht ik waarschijnlijk. Mijn vader en moeder hadden er nooit iets over uitgelegd en ik had er nooit naar gevraagd. Door met mijn oma te praten ontdekte ik ook dat er een relatie was tussen de man die Jezus heette, de kerstboom, mijn ster gemaakt van spaken, onze ganzen en de tuinkabouters van de visboer. Wat die relatie precies is, begrijp ik nog steeds niet helemaal.

Ik wist ook niet wat een container was, tot hij er opeens stond. Het was vlak na Nieuwjaar. Er kwam een reusachtige vrachtwagen aanrijden met de container op de laadbak. Het rammelde en kraakte, toen hij over de grindweg kwam aanrijden, en ik kwam aanstuiven van de pomp achter de stal om te kijken wat het was. De container werd vlak achter de werkplaats van de laadbak getakeld. Het was een rechthoekige, gesloten kist van blauw metaal. De zijkanten liepen bovenaan wat schuin af en aan een van de lange zijden zaten drie dubbele luiken.

'Dit is afgesproken met ene Else Haarder,' hoorde ik de man

tegen mijn vader zeggen. Ik denk niet dat hij wist dat wij oma om het leven hadden gebracht. Daarna vertrok de vrachtwagen weer zonder container, en de chauffeur zwaaide naar mij. Het was de laatste keer in lange tijd dat een vreemde mij zag.

*Beste Liv,*

*Ik weet niet of het goed was om je als dood op te geven. Maar we waren zo bang, we waren zo bang om je kwijt te raken. Wat we je oma hebben aangedaan was iets verschrikkelijks. Maar wat zij ons wilde aandoen was nog afschuwelijker.*

*We hadden geen keus!*

*Ik kies ervoor om te geloven dat we geen keus hadden.*

*Veel liefs,*

*je moeder.*

# De moord

Misschien wist Jens Haarder diep vanbinnen wel dat zijn moeder het beste met hen voorhad; dat haar voorstellen tekenen waren van zorg en liefde. Misschien wist hij zelfs dat ze reden had tot ongerustheid. Toch was hij niet in staat om Elses voorstellen anders op te vatten dan als een bedreiging; roodgloeiende signalen voor een nieuwe catastrofe die niet te verdragen was.

Maria huilde, toen ze die avond samen in bed lagen. Hij had haar niet meer zo hartverscheurend horen huilen sinds het moment dat haar moeder de laatste keer hun huis geterroriseerd had. Sinds het ongeluk.

'Je moet haar wegsturen,' zei ze snikkend. Binnenin haar groeide een nieuw leven. Nog een leven. Het andere sliep de slaap der onschuldigen op haar kamertje verderop in de gang. Met haar dolk op haar buik. Alleen.

Op dat moment knapte er iets in Jens. De laatste draad van een band met een andere persoon, het laatste stukje navelstreng.

Hij greep Maria's hand in het donker. 'Ja, ik stuur haar weg,' fluisterde hij, terwijl hij in het donker boven hem staarde. 'Voor altijd weg! Er zit niets anders op.'

Er was maar één persoon die gemist kon worden.

'Ik doe het voor kerstavond.'

Zijn vrouw hoorde wat hij fluisterde. Ze begreep ook precies wat hij eigenlijk bedoelde. En ze wist dat ze moest protesteren. Maar ze kon het niet.

Jens stond op uit bed, boog over Maria heen en gaf haar een zoen op haar voorhoofd, voordat hij zijn kleren aantrok. Daarna verdween hij.

Even later hoorde ze hem in de werkplaats aan het werk.

*

Else Haarder hoorde hem ook vanuit de witte kamer, waar ze geheel tegen haar gewoonte in nog niet in slaap was gevallen.

Ze dacht dat Jens achterliep met het maken van zijn kerstcadeaus, maar dat het toch wel merkwaardig was dat hij er midden in de nacht aan werkte. Aan de andere kant was er bijna niets meer waarmee haar jongste zoon haar kon verbazen. Hij en zijn kleine gezin leken in een totaal andere wereld te leven, een zieke wereld waarin alles chaos was. Else wist als geen ander hoe afzondering iemand naar het hoofd kon stijgen, maar dit... dit was echt ziek.

Hoezeer het haar ook door de ziel sneed, ze twijfelde er niet meer aan dat ze haar kleinkind moest redden van het noodlot waar Liv in mee leek te worden getrokken. Het meisje was zo op het eerste gezicht al jaren niet door een dokter onderzocht, omdat haar ouders 'niets moesten hebben van dokters en zo', en Else had het vermoeden dat het meisje nog nooit met een kind van het hoofdeiland had gespeeld en misschien zelfs niet eens met een ander kind had gesproken. Maria was dan waarschijnlijk wel belezen, maar vast niet voldoende om het kind thuis les te geven, zoals ze zei dat ze zou doen! Voor Liv was het absoluut noodzakelijk om weg te komen en andere mensen te ontmoeten – iemand die niet bezig was zich dood te eten of zijn huis om te vormen tot een vuilnisbelt. Niets was normaal in het leven van het arme meisje.

Verder waren er nog de nachtelijke expedities die Else zorgen baarden, om nog maar te zwijgen over dat met Carl. In wezen was het allemaal misschien een zaak voor de politie, een trieste zaak. Dan moest ze er maar op vertrouwen dat ze niet begonnen te graven in het ongeluk waardoor al het oude weer werd opgerakeld. Dat was het laatste wat ze nodig hadden.

Er moest hoe dan ook iets gebeuren, en nu had Else alvast een gesloten container besteld en betaald, een oude gebruikte die even na Nieuwjaar zou komen. Jens had geen onraad geroken. Hij had haar die dag gewoon bij het postkantoor afgezet en haar zoals afgesproken een poosje later weer opgepikt. Met hulp van de vrouw op het postkantoor had ze een bedrijf gevonden, dat vanuit de telefooncel op het postkantoor gebeld en meteen een cheque gestuurd. Het was wat prijzig, maar noodzakelijk, had Else gedacht. Ze wist dat de cheque gedekt was, want haar eeuwig behulpzame nicht had erop gestaan met een extra bedrag voor onvoorziene uitgaven bij te springen. Karen zou dat van die container wel begrijpen.

Het baarde Else alleen zorgen dat ze haar nicht niet te pakken kon krijgen. Op het moment dat ze hadden afgesproken met elkaar te bellen nam ze de telefoon niet op. Hopelijk was haar niets overkomen.

Else voelde zich niet helemaal op haar gemak dat ze de container achter Jens' rug om had besteld, want ze wist best dat het een inmenging van jewelste was. Maar als het ding er eenmaal stond, moest er volgens haar een kans zijn om te beginnen met opruimen en wat frisse lucht in de woning te krijgen. Misschien was het de enige manier waarop ze haar zoon uit zijn chaos kon bevrijden. Het kon ook zijn dat Maria de mogelijkheid zou grijpen.

Else wilde van ganser harte blijven helpen zolang het nodig was, maar ze had weinig hoop dat ze daar toestemming voor kreeg.

Misschien was het ook beter dat ze er niet was om hen te storen.

Maar Liv moest ze helpen! Ze had besloten contact te zoeken met de instanties, maar pas na Nieuwjaar. Nu moesten ze eerst proberen het beste van de kerstdagen zien te maken.

Toen ze uiteindelijk haar tobbende gedachten van zich af wist te zetten en in slaap viel, werd er in de werkplaats naast haar nog steeds gezaagd en getimmerd.

De avond voor kerst aten ze in stilte. Else had erop aangedrongen boodschappen te doen en eten te koken, en ze had de indruk dat ze alleen toestemming kreeg omdat Jens zo koppig was dat hij alleen maar met een hoofdknik kon antwoorden.

De hele dag was het voor haar onmogelijk geweest haar zoons blik te vangen. Nadat hij zijn ochtendkoffie had gehaald, was hij ver bij haar uit de buurt gebleven. Hetzelfde gold voor Maria. Ze was weer dichtgeklapt als een oester en zei zelfs nog geen goedemorgen toen ze beneden kwam, maar haar rode, opgezwollen ogen verrieden dat ze een zware nacht had gehad. In de loop van de dag hoorde Else haar rondscharrelen in huis en zag ze haar moeizaam bewegen rond de schuur, maar in de keuken liet ze zich niet zien. Dat was maar goed ook, want met de beperkte ruimte hadden ze daar amper tegelijk kunnen zijn. Liv liep in en uit, maar zelfs zij wekte de indruk dat ze niet wist wat ze met zichzelf aan moest. Op een gegeven moment zag Else haar met haar pijl en boog het bos in verdwijnen. Pas uren later dook ze weer op.

Dat deed Else denken aan een tijd waarin ze vanuit dezelfde keuken had staan kijken hoe haar zonen tussen dezelfde bomen verdwenen. Destijds was Mogens altijd de eerste die naar huis terugkeerde, en in de regel koerste hij doelbewust op de werkplaats af met een of ander nieuw idee in zijn hoofd. Jens bleef soms zo lang weg dat ze ongerust werd. Als hij ten slotte thuiskwam en zij hem vroeg wat hij had gedaan, antwoordde hij alleen maar dat hij bij de bomen was geweest. Silas maakte zich nooit ongerust over hem.

Ze zouden gehaktbrood eten. Jens was als kleine jongen dol op zijn moeders gehaktbrood, en ze had een sprankje hoop dat hij via het eten haar goede wil zou voelen.

Als hij dat al voelde, dan verborg hij dat goed. Hij at, maar blijkbaar meer uit honger of gewoonte dan uit plezier. Else was er niet eens zeker van dat hij in de gaten had wat er op tafel stond, want hij staarde het grootste deel van de tijd naar het tafelblad en bewoog zijn vork zonder ernaar te kijken. Hij zag er plotseling een stuk ouder uit.

Niemand was geïnteresseerd in de wijn die op tafel stond.

Maria at ook, maar zoals gebruikelijk zonder een woord te zeggen, en ze negeerde volledig dat Liv wantrouwig in het gehakt zat te prikken en stukjes wortel, prei en ui in kleine stapeltjes sorteerde waardoor een deel van het vlees op het tafelkleed viel. Normaal zou Maria ogenblikkelijk hebben ingegrepen als Liv haar tafelmanieren vergat.

Else wilde het meisje terechtwijzen, maar toen ze zich realiseerde dat dit dan wellicht de enige woorden waren die tijdens het eten zouden worden gesproken, liet ze het na. 'Verheug je je op morgen, Liv?' vroeg ze haar kleinkind toen maar.

Liv keek op van de chaos die zich op haar bord ontvouwde. Ze knikte en glimlachte even als een kind dat zich op kerstavond verheugde. O, godzijdank, een glimp normaliteit, dacht Else en ze beantwoordde Livs glimlach.

Er klonken geen protesten toen ze zei dat zij wel zou afruimen en afwassen. Niemand had waarschijnlijk iets anders verwacht. In de loop van een paar seconden waren Jens en Maria vertrokken naar respectievelijk werkplaats en slaapkamer, en Liv speelde in de woonkamer. Else kon het kind daarbinnen met zichzelf horen keuvelen.

Voor ze zich in haar kamer terugtrok, dronk ze een glas wijn aan de keukentafel. Ze had de afwas gedaan, maar dit was een keuken waarin het ondoenlijk was om schoon te maken en op te ruimen. Het donker drong zich van alle kanten op.

Ze begon te snikken.

Buiten huilde een uil.

*

Wanneer Jens zijn dochter uitlegde dat het donker de pijn opslokte, was dat geen echte leugen. Hij voelde zich het meest op zijn gemak in het donker, dat hij als een warme omhelzing ervoer. Ergens in zijn herinnering voelde hij de armen van zijn vader in de kist, zijn warme adem in zijn nek, de geur van pas geschaafd hout. Begrip, vertrouwelijkheid, geborgenheid.

Jens wist in het donker van hun slaapkamer precies waar alles zich bevond. Hij wilde Maria niet wekken, dus stapte hij voorzichtig uit bed zonder het licht aan te doen en zonder op de boeken te stappen, zonder tegen de naaimachine aan te stoten of tegen het lege aquarium of een van de vele dozen die tussen het bed en de deur veel plek innamen. Hij bewoog muisstil door de gang, de trap af, en door de hal de voordeur uit.

Schuin voor hem lag de werkplaats als een rechthoekige schaduw in het ochtenddonker en aan de achterkant van het gebouw lag de witte kamer waarin zijn moeder sliep. Hij dacht nooit na over hoe misleidend die aanduiding in de loop van de tijd was geworden.

Vanuit het bos waaide een koude wind, die lichte sneeuwvlokken met zich meedroeg als een vluchtige waarschuwing voor een witte kerst. Hij hapte enigszins geschrokken naar adem, toen hij op een bosje dennentakjes stapte dat van de spijker in de deur van de kamer was gewaaid. Hij was niet gewend dat juist daar iets op de grond lag. Onder de arm had hij het hoofdkussen waarmee hij van plan was haar te smoren.

De deur was niet op slot. Else en Silas hadden op 't Hoofd nooit een deur op slot gedaan en even vroeg Jens zich af of ze haar deur in de stad wel op slot deed. Al die mensen. Iemand zou langs kunnen komen om iets te doen, iets mee te nemen.

Hij deed de deur altijd op slot.

Er klonk een luid gesnurk uit het bed. Een vertrouwd geluid voor Jens, die er geborgenheid en walging tegelijk bij voelde. Op dit moment was het een ruggensteun, als een soort oriëntatiepunt en als een geruststelling van de diepe slaap van zijn moeder. Hij stapte voorzichtig naar binnen en trok de deur met een zachte klik achter zich dicht. Hij stond een paar minuten stokstijf stil en luisterde naar het snurken en de stilte, terwijl zijn ogen wenden aan het donker in het vertrek. Langzaam begonnen de contouren te verschijnen, waaronder de contouren van zijn dochter, die geruisloos aan de andere kant van het bed ging staan.

Hij fluisterde: 'Liv? Wat doe je?'

Met onhoorbare stappen kwam Liv naar haar vader toe, en hij knielde voor haar, zodat ze op ooghoogte kwamen.

'Ik oefen het spel,' fluisterde ze enthousiast. 'Ik kijk naar de spullen in haar tassen. Daar zit echt heel veel in!'

Toen legde ze een hand op zijn knie. 'Maar wat doe jij, papa?' Ze staarde nieuwsgierig naar het kussen. 'Ga jij hier slapen?'

'Nee, ik...' Jens aarzelde. Het leek verkeerd om haar weg te sturen. Op een onverklaarbare manier leek het zelfs goed dat zij daar was. Ze was gewend om overal bij te zijn.

'Liv, jij weet toch dat het goed kan zijn om een oude reebok te doden?'

Ze knikte hevig.

'Op dit moment is het het beste om je oma te doden.'

Jens bestudeerde het gezicht van zijn dochter. Het heftige

knikken was abrupt afgelost door volledige onbeweeglijkheid. Hij zag de glans in haar ogen.

'Oké,' zei ze uiteindelijk. Haar gefluister had een nadenkende inhoud gekregen die het nog niet eerder had gehad. Iets volwassens. 'Maar waarom?'

'Ze heeft een lang en goed leven gehad, en ze is klaar om verder te gaan.'

'Ja, maar... ze is toch jouw móeder? Dat heeft ze me eergisteren verteld en jij zei dat dat waar was.'

'Ja.'

'Mag je je moeder doodmaken?'

'Liv, als ik het niet doe, zal ze je van ons afpakken! Dan mag je hier niet blijven wonen. Dat zouden je moeder en ik eenvoudigweg niet aankunnen... Jij wel?'

Liv schudde resoluut haar hoofd. Vanuit het bed ging het diepe gesnurk met chronometrische precisie verder.

Toen legde ze haar handen op zijn schouders, leunde naar hem toe en fluisterde hem in zijn oor.

'Dan kun je het maar beter doen.'

Jens legde zijn arm om zijn dochter heen en kuste haar zacht op haar wang. Hij fluisterde: 'Goed, liefje. Ik doe het zo snel dat ze er niets van merkt.'

'Het is immers ook donker.'

Jens knikte, liet haar los en ging langzaam staan.

'Maar papa?' fluisterde Liv en ze pakte onverwachts zijn arm weer beet. 'Hoe ga je het doen?'

Het was een moment stil. Muisstil, want Else Haarders gesnurk was plotseling opgehouden. Nu konden ze het heel zwakke geluid horen van sneeuwvlokjes die als zachte kristallen tegen het venster sloegen.

Ze hoorden haar bewegen, het dekbed over zich heen trekken en een zucht slaken, die zich overal tussen slapen en waken kon bevinden.

Ze wachtten.

Uiteindelijk werd haar ademhaling zwaarder om ten slotte over te gaan in de herkenbare diepe inademing.

Uiteindelijk antwoordde Jens zijn dochter.

'Ik doe het hiermee.' Hij pakte het kussen stevig vast. Toen keek hij weer naar Liv. Hij zag haar nu duidelijk in het donker, maar realiseerde zich ook dat ze hem nog beter zag. Haar nachtzicht was indrukwekkend. 'Misschien kun je beter weggaan?'

'Nee, ik wil blijven!' klonk het zonder aarzeling. Liv kon heel beslist zijn.

Jens voelde een merkwaardig plezier in zijn buik. Hij wilde graag dat ze erbij was. Dat ze dit samen konden ervaren, net als alle andere dingen die ze deelden.

'Ga dan daar maar staan,' fluisterde hij en hij knikte naar de andere kant van het bed. 'Je moet niet te dicht in de buurt komen. Ze zal waarschijnlijk een beetje spartelen.'

'Net als de botten?'

'Ja, net als de botten.'

Else Haarder lag op haar rug met haar handen boven op de donsdeken als in gebed gevouwen. Het was haast alsof ze had gehoord waar ze het over hadden en ze haar zoon het werk gemakkelijk wilde maken.

Het duurde maar even.

In de tussentijd klemde haar kleinkind een onzichtbare hand vast in het donker.

*PS,*

*Ik wist niet dat jij het had gezien, totdat jij het achteraf vertelde. Dat was niet de bedoeling! Ik denk dat ik hem zou hebben tegengehouden als ik had geweten dat jij erbij was. Maar dan had hij het later gedaan, want het moest gebeuren. Het was de enige uitweg.*

*Jij bent niet medeschuldig, ook al heb je het bijgewoond. Maar ik wel! Het enige wat ik wilde was dat je vader je oma om het leven bracht zodat wij met rust gelaten werden. Het was in de allereerste plaats mijn wil die hem ertoe heeft gedreven. Hij is geen moordenaar, Liv. Maar ik misschien wel.*

# De nieuwkomer

Het hotel-restaurant in Korsted lag in de bocht vlak na de slager en de begrafenisondernemer, als je de stad richting het noorden uitreed. Het was niet groot, maar het was het enige op het eiland sinds ze het andere in het zuiden hadden gesloten en hadden omgebouwd tot supermarkt. Tijdens de wintermaanden stonden de meeste kamers leeg, maar de trouwe bar- en eetgasten zorgden ervoor dat de zaak zich financieel kon bedruipen. Men wilde de plek niet missen. Niet alleen was het eten een klasse apart, maar het hotel was ook belangrijk om andere redenen: het cafégedeelte was het middelpunt voor dit deel van het eiland. Hier fietste je naartoe om de telefoon te gebruiken als je bij de mensen hoorde die nog geen telefoon hadden laten aanleggen; maar je kwam er vooral om de laatste, discrete roddels te horen of om programma's te kijken op de kleurentelevisie die in de achterkamer stond. Dat laatste vooral op zaterdag, als er voor de voetbaltoto werd gespeeld. Voor elke bel die klonk om aan te geven dat er in een Engelse voetbalwedstrijd was gescoord, werd er nog wat meer bier in de oude gelagkamer gedronken.

Het hotel-restaurant hield de lokale bevolking bij elkaar, en het vakwerk hield de rode bakstenen bij elkaar, zelfs de stenen die dreigden te verweren. Het rieten dak kon nog wel een jaar of twintig mee, dacht men. Het was goed riet. Maar het mos aan de noordkant zou moeten worden verwijderd voor het vocht naar binnen drong.

Roald had de zaak overgenomen nadat zijn oom plotseling aan een hartstilstand was overleden. De kans was gekomen als een openbaring. Toen de brief van zijn tante opengevouwen op de keukentafel in zijn appartement lag, realiseerde hij zich dat het knagende gevoel dat al een paar jaar aan hem vrat niet permanent hoefde te zijn. Ze smeekte hem zo indringend zonder een ja te verwachten. *Ik wil niet verkopen zonder jou een aanbod te doen, Roald.*

Het was een kwestie van durven: de stap wagen, handelen, inpakken, in de auto naar de veerboot rijden en de veerboot nemen naar een nieuw bestaan. Hij was gescheiden en ze hadden geen kinderen die ze tussen hen beiden moesten delen. Helaas. Als zijn zaadcellen wat hulpvaardiger geweest waren, had hij misschien kinderen en ook haar nog gehad.

Nu was ze moeder van twee prachtige spruiten en veel te gelukkig met een langharige beroemdheid die vurige liedjes zong over liefde en vrede op de wereld. Roald haatte zichzelf dat hij de man haatte.

Als een soort van wanhopige tegenzet had Roald er dus voor gekozen om met zijn werk getrouwd te zijn. Het was geen bijzonder gelukkige relatie, maar het had toch het duidelijke voordeel dat de tijd ermee verstreek. Ja, eigenlijk verdronk de tijd in uren voorbereiding, correctiewerk, lerarenvergaderingen en onbenullig geroddel over de nieuwe woning van de rector en de affaires tussen collega's.

In de loop der tijd kwam er een klein korstje op de wond.

Als die nu maar wat meer lucht kreeg, zou de korst aangroeien en eraf vallen. Dat wist hij zeker. Precies dat knaagde aan hem. Hij had lucht nodig. Elke andere lucht dan die, die niet alleen in de lerarenkamer, maar in de hele stad hing. De lucht die hem vulde met rook en routines en hem zo tegen het asfalt duwde dat hij zich al steunend naar de derde verdieping sleepte, met zijn boodschappentassen en zijn schuldgevoel over de sigaretten, de whisky en alle verrukkelijke meiden voor wie hij geen energie had om ze bij hem thuis uit te nodigen en uit te kleden. Hij begon na te denken over alle tijd die hij nooit nam, al dat heerlijke eten dat hij niet kookte, al die goede boeken die hij niet las, al die dromen die hij zich niet meer kon herinneren. Het was alsof alles tot niets was geworden.

Er was maar één antwoord.

*

De veerman met de grijze baard keek Roald discreet, maar onderzoekend aan toen deze voor een retourticket bedankte. Zijn blik gleed ook naar de tjokvolle auto: tassen, een plant, boeken, een boekenkast die in delen uit elkaar was gehaald en was vergeeld op de plekken waar boeken het hout niet maagdelijk blank hadden gehouden. Op de voorstoel stond een doos met een transistorradio en een stapel cassettebandjes. Werd de chauffeur van de auto getaxeerd als de verloren stadsbewoner die hij was, of als een mogelijke aanwinst voor het eiland?

De veerman liet niets los. Hij nam slechts het geld aan door het autovenster en stak het in zijn zwarte buiktas, waarna hij met zijn ene hand naar het open dek achter zich wees en de volgende auto met zijn andere naar voren wenkte. De roestrode metalen platen klepperden onder de Simca, toen de nieuwe hoteleigenaar aan boord reed.

Op een eenzame weg met overal korenvelden ernaast stapte Roald even uit. De zachte eilandlucht trof hem alsof de hemel in een oogwenk zijn longen binnenglipte en deze liet opzwellen. Weldra vond de geur zijn weg naar een plek in zijn neus, waar de sterkste herinnering woont, en kriebelde hem met heel lichte herinneringen aan fietstochten, aan koeien en volwassen mensen die steentjes keilden aan de waterkant en in de avondzon vers gevangen vis aten.

Hij ging op zijn rug liggen in een zee van rogge en gloeiende klaprozen en nam alles in zich op. De energieke zang van een leeuwerik vulde plotseling de wereld. Uiteindelijk wist hij hem te spotten, een klein, flikkerend puntje hoog in al het blauw. Het hing daar en droeg het hele firmament.

Na een paar jaar waren ze aan hem gewend. De stamgasten.

Ze waren op de welkomstavond langsgekomen, en de hartelijke introductie van haar neef door zijn tante had blijkbaar wonderen gedaan. Het was duidelijk dat ze haar graag mochten. Het was eveneens duidelijk dat ze het jammer vonden dat ze nu bij haar familie aan de vaste wal ging wonen. Maar de kleinkinderen trokken aan haar en haar reuma speelde op. En het gemis van Oluf. Men begreep dat wel.

Men begreep daarentegen niet dat Roald alleen kwam. Scheiden, daar deden ze niet aan op het eiland. Je bleef doorgaan en verkaste eventueel naar een andere kamer als dat alles gemakkelijker maakte en het huis groot genoeg was. Je sprak er niet openlijk over als er problemen waren en al helemaal niet met mensen die je niet goed kende. Elk gesprek over zulke privézaken speelde zich af tussen goede vrienden, en de bekentenissen beperkten zich tot een paar gedempte woorden die niet te veel onthulden.

Om dezelfde reden was het mogelijk niet Roalds beste zet geweest om zichzelf te presenteren als gescheiden middelbareschoolleraar en vrijuit te vertellen over hun niet echt geslaagde, open relatie. Hij had misschien ook niet moeten onthullen dat hij met het idee speelde ooit een roman te schrijven, of dat hij ervan hield om naakt te zwemmen. Maar destijds had hij gedacht dat het het beste was om vanaf het begin alle kaarten op tafel te leggen, zodat ze wisten met wie ze te maken hadden. Tegenwoordig zou hij het meeste niet hebben verteld.

Hoe dan ook, ze hadden hem een kans gegeven – waarschijnlijk vooral omdat ze geen andere plek hadden om samen te komen. En na verloop van tijd hadden ze hem geaccepteerd. Hij verdacht zelfs een paar mensen ervan dat ze een zekere sympathie voor hem koesterden. Dat was wederzijds.

Zijn absoluut beste zet op de kennismakingsavond was trouwens om hun ervan te verzekeren dat alles gewoon doorging als altijd, dat de keuken vanzelfsprekend zou blijven en dat er geen komma op de menukaart zou veranderen. Het zou anders het menu goed hebben gedaan om de interpunctie bij te werken en de -G in Gordon Bleu te vervangen door een -C. Maar ongeacht de spelling was het eten werkelijk uitstekend, en de kok was een gezellige kerel die niet veel zei maar wel vaak lachte. Hij bleek zelfs familie van Roald te zijn, een of andere achterneef, iets wat hij pas ontdekte toen de kok er zelf na een jaar over begon.

Hij kwam er nooit precies achter of de inbraken ook hadden plaatsgevonden in de tijd dat Oluf eigenaar van het hotel was.

Toen hij er aan de telefoon voorzichtig naar vroeg, antwoordde zijn tante dat Oluf nooit iets had gezegd over inbraken, maar hij had zich er af en toe wel eens over verbaasd dat de voorraadkamer zo snel leeg raakte. Ze klonk een beetje ongerust over de vraag en Roald wuifde het daarom snel weg als iets onbeduidends en wist haar interesse te vangen met het laatste nieuws over de voetjicht van de begrafenisondernemer.

Maar hij verbaasde zich ook. En op een dag ontdekte hij hoe de dief binnenkwam. Dat maakte de dingen er niet minder eigenaardig op.

*Beste Liv,*

*Als kind had ik in de boekhandel een onzichtbare vriend die John Steinbeck heette. Als mijn ouders het te druk hadden om zich om mij te bekommeren of als ik verdrietig was om school, kwam hij me gezelschap houden.*

*Mijn hele schooltijd ben ik er maar één keer uitgestuurd en dat was omdat John Steinbeck opeens zijn hoofd tussen de benen van mijn lerares Engels naar buiten stak, terwijl zij mij vragen stelde over* Of mice and men *(die moet je lezen). Ik moest zo lachen en kon niet meer ophouden. Mijn lerares Engels werd compleet hysterisch, omdat ik maar daar bij haar naar beneden bleef staren. Nu lig ik hier en moet ik bij de gedachte alleen al alweer lachen.*

*Na dat voorval lachten mijn klasgenoten op school mij nog meer uit, maar ik denk dat het hen ergerde dat ze nooit achter mijn geheim konden komen.*

*Ik heb nooit iemand over mijn onzichtbare vriend verteld, maar ik heb het gevoel dat ik het jou wel kan toevertrouwen.*

*Veel liefs,*

*je moeder.*

# Carl en het spel

Carl was ’s nachts altijd bij me. Het was goed om met iemand te kunnen praten, toen mijn vader niet langer mee wilde. Hij moest thuisblijven om op het huis, de spullen en mijn moeder te passen, zei hij, dus nu was het mijn beurt om voor het andere te zorgen. Ik zei niet dat ik Carl meenam. Het was immers de bedoeling dat ik het alleen zou doen.

Carl was in zekere zin alles wat ik niet was. Of niet wilde zijn. Bang, bijvoorbeeld. Bang voor mensen die niet op ’t Hoofd woonden, bang om niet genoeg spullen voor zijn vader en niet genoeg eten voor zijn moeder te kunnen vinden, bang om lawaai te maken, bang om ontdekt te worden, bang om op pad te gaan als het licht was, bang voor wat zich in het donker schuilhield. En bang om toe te geven dat hij bang was. Ik was de enige aan wie hij dat vertelde.

Maar hij kon ook verdrietig worden.

Of boos.

Hij kon bijvoorbeeld echt boos worden op mama, omdat ze zoveel at en zo weinig bewoog en zo dik werd dat we ons afvroegen of de vloer onder haar het zou houden. Er stonden zo veel spullen boven in die slaapkamer – en daartussen lag mijn moeder. Op een gegeven moment, een tijdje na de dood van mijn oma, ging mijn vader in de witte kamer slapen om mijn moeder meer ruimte te geven in het tweepersoonsbed, nu ze daar altijd was.

Eigenlijk begrijp ik niet dat ze zo dik werd. Ja, ze at veel, maar zoveel was het ook weer niet en het waren niet altijd koekjes en dat soort dingen. Soms was het alleen het witbrood dat ik meenam naar huis. En kalfsfilets uit het restaurant. En kaas en ham en aardappelen en wortels en diepgevroren erwten, die onderweg ontdooiden.

Maar het was alsof het eten groeide als het eenmaal in haar zat. Het wilde er ook niet echt meer uit zoals het moest, zei ze. En toch vroeg ze om meer. Vooral dat maakte Carl boos. Maar hij werd ook verdrietig, want onze mama was echt de allerliefste moeder die we ons konden voorstellen, en ooit was ze de knapste vrouw van de hele wereld of in elk geval op het eiland geweest. Nu verdween dat allemaal langzaam achter de vetkussens en haar ogen die niet langer glansden als die op de tekening van mijn vader. Ik denk dat de schoonheid en de glans zich ergens in haar buik verstopten samen met alle woorden en dat ze zaten te wachten tot ze werden bevrijd. Maar je kunt je moeders buik niet openbreken, toch?

Carl en ik spraken er wel over. Of je er niet gewoon een gat in kon maken en het overbodige wegsnijden, zodat ze alles wat haar bezwaarde weer kwijtraakte en weer op zichzelf leek. Maar we wisten niet zeker of je eigenlijk wel in iemand kon snijden die nog leefde zonder dat ze stopte met leven. Het allerlaatste wat we wilden was dat ze stopte met leven. Het mocht natuurlijk ook geen pijn doen.

Ik had Carl bijna overgehaald papa dat een keer te vragen, maar hij durfde niet. Ik denk eigenlijk ook niet dat mijn vader zou hebben geluisterd; hij luisterde nooit naar Carl.

Als ik heel eerlijk moet zijn, wist ik natuurlijk ook wel dat papa hem niet kon zien.

Ik merkte dat Carl wat boos was dat ze destijds niet beter op hem hadden gelet. En hoewel ik hem meestal kon zien en horen en met hem kon spelen, leek het er toch een beetje op dat hij ontbrak. Het zou in elk geval heel fijn zijn geweest als hij iets had kunnen dragen, want mijn tas was soms heel zwaar als we 's nachts naar huis gingen.

De beste plek om naartoe te gaan was het hotel-restaurant. Vaak kwamen Carl en ik niet verder, maar daar was ook vrijwel alles te vinden wat we nodig hadden. Mijn vader zei wel dat ik moest oppassen dat ik er niet te vaak kwam. Ik kon maar beter niet worden ontdekt!

Hij was er in het verleden een aantal keren geweest, maar het was voor hem te lastig geworden toen ze waren begonnen de achterdeur op slot te doen. Maar aan de achterkant van het hotel was een kelderraam dat 's nachts altijd op een kier stond. Het was veel te klein voor mijn vader, maar ik kon me er net doorheen wurmen. Langzamerhand werd ik echt goed in het losmaken van het haakje en kreeg ik het raam zo ver open dat ik mezelf achterwaarts naar binnen kon wurmen, met mijn voeten houvast vond op de radiator en me van daaraf geluidloos op de vloer liet glijden. Het raam leidde naar een gangetje, van waaruit je naar de voorraadkamer of naar de keuken kon.

Ik had altijd mijn kleinste zaklantaarn bij me, maar durfde die niet goed te gebruiken, vooral niet in de keuken, omdat een van de ramen daar vanaf de weg te zien was. Het beste was om je ogen aan het donker te laten wennen, om te proberen zo te zijn als de uil. Mijn ogen waren zo aan het donker gewend dat ik op den duur 's nachts het beste zag.

Ik nam van alles mee uit de voorraadkamer. In de regel waren het blikjes en wc-papier en zo, maar af en toe ook eten uit de grote diepvriezer. Als er snoep lag, nam ik er altijd wat van mee, want mijn moeder was dol op snoep. Omdat ik vooral op zoek ging naar zakken met vrij kleine snoepjes erin, bijvoorbeeld droppastilles en gombeertjes, dacht ik dat die haar niet dik konden maken. Ik wilde ook heel graag lekkere koekjes meenemen, want het had iets heel speciaals om met mijn moeder in bed koekjes te eten. We braken en schudden ze altijd voor we ze opaten. 'Zodat de calorieën eruit kunnen vallen,' zei ze altijd. Daar moesten we om lachen. Ik moet wel toegeven dat ik er nooit helemaal achter ben gekomen wat ze daarmee bedoelde. Ik heb nooit calorieën tussen de boeken en de andere spullen op het dekbed zien vallen. Desalniettemin brak en schudde ik mijn koekjes ook. Dat doe ik nog steeds. Zo smaken ze ook beter.

Ik dacht er elke keer aan om in de koelkast van het hotel te kijken, want daar kon ik meestal aluminiumbakjes met eten vinden dat al was gemaakt. Soms haalde ik ze eruit en stond dan lang de etensgeur op te snuiven. Ik proefde ook wel eens terwijl ik daar stond, en stopte ook wel eens wat in mijn tas. Het enige wat ik niet mocht was de koelkast te lang open laten staan, had mijn vader gezegd. Er brandde een lampje in en iemand zou dat door het raam kunnen zien. Er waren geen gordijnen.

De gedachte dat licht en geluid me konden ontmaskeren, maakte me doodsbang. Het donker en de stilte waren mijn vrienden.

Ik pakte niet te veel tegelijk. De bedoeling van het spel was om niet te veel te pakken. Anders zou je ontdekt kunnen worden en je wilde koste wat het kost niet worden ontdekt. Deels omdat het spel dan niet meer door kon gaan en deels omdat je niet wist wat ze deden als ze je ontdekten. De onbekenden.

In het begin dacht ik dat het spel onschuldig was, maar na verloop van tijd kwam ik erachter dat de consequenties van het ontdekt worden niet te overzien waren. Dat het spel dodelijke ernst was.

Mijn vader vertelde over hen, de andere mensen. Dat ze wel aan het spel meededen, maar niet op een leuke manier. De onbekenden hoopten ons te kunnen ontmaskeren, zodat ze onaangename dingen met ons konden doen. Carl en ik wilden dat hij dat nooit had gezegd, want het was moeilijk om er niet aan te denken als we alleen op pad waren. Van de gedachte begon Carls hart zo hard te kloppen dat zelfs ik het kon horen.

Toen ik mijn vader op een dag vroeg of we dan niet beter konden stoppen met spelen zei hij iets wat ik nooit zal vergeten: 'Dan zou je moeder doodgaan van de honger en zou ik ongelukkig worden.'

Hij keek mij zo eigenaardig aan terwijl hij het zei.

En op dat moment viel mij pas echt op wat er met zijn gezicht aan het gebeuren was. Zijn baard was echt gigantisch geworden. Eerder had ik altijd gedacht dat die leek op de larikshaag van de begrafenisondernemer als hij pas was geknipt. Die was ook zo lekker zacht om aan te raken. Nu leek de baard van mijn vader meer op een bundeltje rijshout. Het was droog, donker en wit tegelijk en er zaten houtspaanders en een beetje spinrag in. Ik ontdekte zelf dat er iets in de baard bewoog – misschien was het een dier dat in het spinrag gevangen zat, of misschien was het gewoon zijn mond die bewoog. Zijn haar was ook lang en gek, en zijn wenkbrauwen waren zo groot dat ze er een beetje gevaarlijk uitzagen.

Maar het merkwaardigste, en het ergste, waren zijn ogen die me van onder de grote wenkbrauwen aanstaarden. Ze staarden zonder iets te zien. Het was alsof er een melkachtig vlies lag over de liefste ogen die ik kende. Het was alsof ik mijn vader niet langer kon zien.

Die dag realiseerde ik me wat voor een verantwoordelijkheid er op mijn schouders lag. Hoeveel er afhing van wat ik in mijn tas mee naar huis sleepte. Die dag werd ik op een heel kleine manier groot, want ik moest door het kelderraam van het hotel naar binnen kruipen.

Als ik in de keuken van het hotel stond, keek ik altijd om me heen naar dingen die mijn vader leuk zou vinden. Er lag van alles in de laden en meestal vond ik iets wat we konden gebruiken. Een theedoek. Of een soeplepel. Of een rol huishoudfolie of een eiersnijder. Ik wist niet altijd wat ik meenam, maar als ik het leuk vond om naar te kijken en het aan te raken, dan zou mijn vader dat ook leuk vinden.

Het merkwaardigste wat ik op mijn uitstapjes ooit heb gevonden was een langwerpig ding dat in een zomerhuisje onder een bed verstopt lag. Er zaten batterijen in, maar die hoefde je er niet uit te halen om ze te laten trillen. Je hoefde alleen je tong ertegenaan te houden en op de knop te drukken en dan trilde het hele geval! Mijn vader vertelde dat het iets was dat je in de keuken gebruikte. Om er advocaat mee te maken, dacht hij, maar toen ik dat probeerde was ik nogal teleurgesteld over het resultaat. Toen gaf mijn vader het aan mijn moeder en heb ik hem nooit meer teruggezien. Misschien is hij net als al het andere ook wel in haar verdwenen.

Zo nu en dan stopte ik een van de potten of pannen in mijn tas. Daar moest ik extra voorzichtig mee zijn zei mijn vader. Het beste was om iets mee te nemen waarvan ze niet ontdekten dat het weg was, in elk geval niet meteen. Maar toen ik thuiskwam met de ene helft van het type fietsen dat je in het midden uit elkaar kunt halen, kon hij zijn enthousiasme niet verbergen en vroeg hij me om de andere helft bij de eerstvolgende gelegenheid ook mee te nemen.

Dat heb ik gedaan. En toen ik besefte hoe blij hij werd van fietsen begon ik er meer op te halen. Allerlei soorten. Het was gemakkelijk, want nu hoefde ik helemaal niet bij mensen naar binnen. De fietsen stonden meestal ergens waar je ze zo kon pakken, en als ze niet op slot stonden was het helemaal een makkie. Carl voelde zich niet zo veilig bij het fietsen, dus liep ik er via De Hals mee aan de hand naar huis. Omwille van hem.

Maar vóór dat alles. Voor mijn moeder zo dik werd dat ze helemaal niet meer uit de slaapkamer kon komen, voor mijn vader 's nachts op 't Hoofd thuisbleef om op alles te passen en voor ik het spinrag in zijn baard ontdekte. Vóór dat alles gebeurde er een aantal dingen.

Onder andere kreeg ik een zusje.

# De dode en de pasgeborene

Maria en Jens Haarder gaven hun dochter vlak na Nieuwjaar als vermist op. Men had helaas alle reden om te vrezen dat ze was verdronken. Jens Haarder kwam zelf opdraven bij de politieman in Korsted en vertelde wat er was gebeurd. Of liever, wat hij aannam wat er was gebeurd:

Liv had de dag ervoor buiten gespeeld. Daar was op zich niets gevaarlijks aan. Ze was gewend rond te zwerven op de open velden en het aangrenzende bos en ze hadden nooit aanleiding gehad om zich zorgen over haar te maken. Maar die dag was ze dus niet zoals gebruikelijk 's middags thuisgekomen. Het was donker geworden en Jens had haar overal op 't Hoofd lopen zoeken. Ze verliet 't Hoofd nooit in haar eentje, verzekerde hij de agent. Hij had gedacht dat ze misschien was gevallen en zich ergens tussen de bomen had bezeerd, en hij wilde niet stoppen met zijn zoektocht en naar het hoofdeiland gaan voor hij er zeker van was dat hij op alle plekken had gezocht waar ze kon zijn. Zijn vrouw, Maria, had ook gezocht, maar vooral in en rond het huis.

Jens Haarder had geleidelijk aan zijn zoektocht uitgebreid, vertelde hij, en uiteindelijk was hij helemaal aan het Noorderstrand gekomen, hoewel hij dacht dat Liv er nooit in haar eentje naartoe zou gaan, omdat ze heel goed wist dat het haar ten strengste verboden was. Desalniettemin wees iets erop dat ze er was geweest, want toen Jens Haarder het strand in het donker had nagezocht, was Livs dierbare leren armbandje in zijn lichtkegel opgedoken. Het had, half in het zand begraven, bij de kleine houten steiger gelegen waaraan hun jol vastgebonden lag, of beter gezegd: aan vastgebonden had moeten liggen. Jens Haarder had zich in zijn wildste fantasie niet kunnen voorstellen dat Liv helemaal naar het verlaten strand zou wandelen en zich bovendien ook nog in haar eentje in de jol op het water zou wagen. Maar ze was, moest hij toegeven, een eigenwijs ding, en als ze zich eenmaal iets in haar hoofd had gehaald, moesten er bijna bovenmenselijke krachten aan te pas komen om haar op andere gedachten te brengen. Ze had hem een paar dagen eerder aan zijn kop gezeurd dat ze gauw weer eens het water op moesten, maar dat had hij afgewimpeld. Het was in januari namelijk veel te koud voor zo'n klein meisje.

Maar nu leek het er dus op dat ze de zaak in eigen hand had genomen. En helaas had ze dat gedaan op een dag waarop het in de loop van de middag hard uit het westen was gaan waaien.

Terwijl Jens Haarder vertelde hoe hij het hele strand had afgezocht, voelde de agent de paniek van de vader en zag hij het schuim voor zich van de golven die in het donker als grijswitte explosies tegen de kust sloegen. Hij had een kind van dezelfde leeftijd. Hij was de avond ervoor zelf nog voor een boodschap buiten geweest en had de wind door de hoofdstraat zien razen en gezien hoe een ijskoude maan af en toe tussen de snel drijvende wolken tevoorschijn kwam. Stel je eens een kind in haar eentje onder die maan voor – je eigen kind…

Hij bestudeerde Jens Haarder, die hij de laatste paar jaren niet veel had gezien. Ooit, heel lang geleden, hadden ze bij elkaar in het kleine klaslokaal gezeten, maar na de plotselinge dood van Jens' vader hadden ze hem niet kunnen vasthouden, en op zekere dag kwam hij gewoon niet meer. Sinds die tijd had de school een beter onderdak gevonden in een nieuw gebouw en was het onderwijzend personeel uitgebreid. Het kind van de politieman zou daar binnenkort met school beginnen.

Hij had zo nu dan, heel zelden, een glimp opgevangen van Jens Haarders dochtertje, dat hij wel telkens voor een jongen had aangezien, in de vrachtauto bij haar vader. Dat had hem aan het denken gezet over het geïsoleerde leven dat zij op 't Hoofd moest leven. Hij had om dezelfde reden met de gedachte gespeeld om er een keer met zijn eigen dochter naartoe te rijden om een praatje te maken. Alleen maar om te zien hoe het er bij hen voorstond. Het privéleven was iets wat men op het hele eiland koesterde, en het was bekend dat met name de familie Haarder niet zo op bezoek gesteld was – maar toch, als er een kind was? Gezien de lengte van het kind in de auto was hij ervan uitgegaan dat de kinderen op school bij elkaar in de eerste klas zouden komen.

Maar zo zou het dus niet gaan.

Jens Haarder vertelde de agent dat hij uiteindelijk de kleine jol een stukje verderop langs de kustlijn had teruggevonden, daar waar het eiland de zee ontmoet met zijn grote rotsen en de schuine helling naar het bos. Met een gebroken hart had hij de lege boot ontdekt, ingeklemd tussen twee grote rotsen, klaarblijkelijk met de stroom meegedreven naar het oosten. Het achterste deel stond onder water. Niet ver daarvandaan had hij de ene roeispaan zien drijven in de golven, die hem in het donker meezogen om hem als een verloren lans weer terug te sturen naar de kust. Zo stelde de agent zich in elk geval het scenario voor. Op die plek was een gevaarlijke stroming.

Haarder had de jol vrij getrokken van de rotsen, maar was hem weer kwijtgeraakt toen de stroming hem mee naar buiten trok. Steeds weer had hij zijn dochter geroepen, zei hij, en hij had elke centimeter van de kustlijn met zijn krachtige zaklantaarn beschenen. Maar er was geen enkel spoor, geen enkele plek die je ook maar het minste vermoeden kon geven dat er een kind aan land was gekropen.

Hij had de hele nacht door gezocht, tot de zon uiteindelijk was opgekomen, maar had niets anders gevonden dan een pijnlijk bekende handschoen van konijnenvel die aan land was gespoeld. De agent stelde zich het decor voor: hoe de handschoen er daar aan de waterkant had uitgezien, donker en glanzend, als een verdronken dier. Hoe Jens Haarder inwendig moest hebben staan schreeuwen bij het besef wat dat betekende.

Uiteindelijk had de wanhopige vader zijn zoektocht opgegeven en was met het hartverscheurende nieuws naar zijn vrouw thuis teruggekeerd. Nu stond hij dus in zijn oude jas bij de politieagent, ingepakt in wollen sjaals en met een oude, versleten pet die uit een andere tijd leek te stammen. Zijn gezicht was ingevallen en bleek, en met de baard die hij de laatste jaren had laten staan zag hij er aanzienlijk ouder uit dan hij was. Niet in de laatste plaats omdat zowel baard als haar deze winter opmerkelijk grijs was geworden. Het was de agent al opgevallen toen hij Haarder vlak na kerst toevallig was tegengekomen. Er was zelfs bij de supermarkt over gepraat. Over dat Jens Haarder plotseling grijs was geworden.

En nu dit.

Zijn veel te verweerde hand omklemde een kleine leren armband.

'We moeten een team op pad sturen om haar te zoeken,' zei de agent met een stem die hem zelf vreemd was. 'Ik neem meteen contact op met de vaste wal. Misschien kunnen ze een helikopter sturen.' Hij zag aan het gekwelde gezicht voor zich dat de woorden geen greintje hoop wekten.

Jens Haarder zei: 'Ik ken mijn dochter. Als ze in leven was geweest, had ik het geweten.'

Hier stond een man die zonder enige twijfel wist dat hij zijn enige kind had verloren. Hij kwam niet om haar als vermist te melden, hij kwam om haar als dood op te geven.

Bij dat besef voelde de agent een moment een vreselijk verdriet, alsof hij degene was die daar stond. Hij probeerde zich te vermannen om zijn rol te vervullen met de rust die dat vereiste. Maar alles wat hij deed en zei, voelde verkeerd. In een poging om zijn oprechte medeleven te tonen glimlachte hij. Het was een volstrekt verkeerde glimlach. Het was een verdwaalde glimlach en die was gedoemd te sterven, want die glimlach hoorde hier op dit moment niet thuis. Hij had niets te zoeken bij deze man en zijn tragedie.

Maar Jens Haarder had hem gezien.

'Is je moeder nog steeds bij jullie op bezoek, Jens? Ik zag haar voor kerst in de stad,' zei de agent, maar zijn glimlach werd een drassig donker in getrokken als een reekalf in drijfzand. Zijn altijd zo vaste hand trilde, toen hij een paar zinnen op een notitieblok schreef. *Vermoedelijk verdronken. Noorderstrand.* Met de andere hand probeerde hij het beven van zijn kin te verbergen.

'Nee, ze is teruggegaan. Net voor Nieuwjaar.'

Ze stuurden een helikopter. Men zocht overal langs de kust en in het bos, langs De Hals en het noordelijke deel van het hoofdeiland.

Ondertussen zat Liv Haarder muisstil in de afgesloten container achter haar vaders werkplaats. Verstopt achter dozen en banden en kranten en tijdschriften en speelgoed en vochtzakjes en zakken met zout en teiltjes en onbespeelde cassettebandjes en gebroken gereedschap en gasflessen en knäckebröd en verf en zakken snoep en afgedankte kleren en stapels boeken en stapels dekens en spullen waarover iemand zich ooit had verbaasd dat ze weg waren, maar al snel het bestaan ervan weer vergeten was.

*

De ouders wilden geen herdenkingsdienst. Ze wilden ook niet dat meelevende nieuwsgierigen van het hoofdeiland contact met hen opnamen, evenmin door toegereisde psychologen die hen door hun rouw heen wilden helpen.

De ouders wensten volledig met rust gelaten te worden.

En toen de afgevaardigden van de overheid ten slotte vertrokken, met een zekere ontsteltenis over de smerige situatie waarin het meisje had moeten leven, daalde de rust op 't Hoofd weer neer. Jens Haarder plaatste een slagboom op de plek waar de grindweg een bocht naar links maakte, voor deze nog een heel eind doorliep in de richting van het huis. Naast de slagboom plaatste hij een brievenbus en een wat grotere houten kist.

VERBODEN TOEGANG stond er op het bord.

Er stond niet bij VOOR ONBEVOEGDEN, alleen verboden toegang. Voor iedereen.

Zou iemand het in zijn hoofd halen om het bord te trotseren en het pad om de wegversperring te volgen, dan zouden ze een struikeldraad tegenkomen, en dat was nog maar een van de vele valstrikken die het gezin Haarder moesten beschermen tegen indringers.

Er volgden een paar lichte maanden, ondanks het feit dat de winter pikdonker was. Niemand stuurde nog vriendelijke brieven dat Liv naar school moest. Niemand stelde vragen bij de envelop van M, die als de getrouwheid zelve telkens aan het einde van de maand op de bodem van hun brievenbus plofte.

Jens Haarder betaalde nog steeds de rekeningen die hij niet kon weigeren zonder dat ze bezoek van ongenode gasten zouden krijgen. Op het postkantoor viel hij onmiddellijk op als hij zich vertoonde. Niet omdat hij zo de aandacht trok, want hij zei bijna geen woord. Maar gaandeweg begon er een onaangename geur om hem heen te hangen, en zijn kleren gaven er ook blijk van dat ze niet werden gewassen.

Eerder had men hem ronduit bewonderd voor de mooie, zij het wat eigenaardige overhemden die zijn vrouw voor hem maakte (dat de moeder van de apotheker tot aan haar dood beweerde dat de achterpanden uit haar afgedankte onderjurk stamden, schreef men toe aan de toenemende dementie van de oude vrouw). Maar na de tragische verdrinking zag men Jens Haarder altijd in dezelfde vale trui, die net zo dringend moest worden gewassen als van allerlei houtkrullen en snippers moest worden ontdaan als zijn corduroybroek moest worden versteld. Hij wisselde niet meer van schoenen, maar voelde zich comfortabel in een paar oude rubberlaarzen waarvan hij de schachten om ondoorgrondelijke redenen naar beneden had geslagen, maar nam nooit de moeite de viezigheid eraf te stampen voor hij binnenkwam. De pet was dezelfde als altijd, hoewel een meelevende boer hem een nieuwe had geschonken.

Alleen de geur veranderde. Ten kwade.

De twee vrouwen die om beurten aan het loket zaten, begonnen ruzie te maken over wie hem moest helpen als ze zagen dat de vrachtauto buiten werd geparkeerd. En mensen in de rij begonnen hem voor te laten gaan om hem zo snel mogelijk het pand weer uit te krijgen. Degenen die niet wisten wie hij was, trokken hun neus op en verbaasden zich zeer over dit bijzondere wezen. Degenen die Jens Haarder kenden, wierpen elkaar bedroefde, veelbetekenende blikken toe. Sommigen probeerden vriendelijk te groeten als hij langsliep, maar kregen nooit meer dan een vluchtige glimlach terug, en na enige tijd was die zwijgende glimlach gereduceerd tot een staren naar de vloer van het postkantoor.

De postbode die naar 't Hoofd reed, merkte ook een verschil. Waar hij voorheen gewend was geweest om de spaarzame post bij het huis af te leveren en af en toe een paar brieven mee terug te nemen om ze voor Jens of Maria te posten, moest hij nu genoegen nemen met het frequenteren van de onpersoonlijke brievenbus bij de bocht in de weg. Als er pakjes waren, wat maar zelden voorkwam, moest hij ze in de houten kist ernaast leggen. En als hij een bericht voor het echtpaar had, kon hij dat ook in de kist leggen. Daar lagen pen en papier voor klaar.

De postbode verbaasde zich, vooral over de slagboom die daar was geplaatst, maar hij kwam zelf uit een excentrieke familie uit het zuiden van het eiland, dus heel uitzonderlijk vond hij de maatregel niet. In postkringen gingen er geruchten dat hij een onecht kind van de vermaarde postdirecteur Nielsen uit Korsted was. Dat predicaat gaf de postbode een zekere voldoening, omdat het officiële vaderlijk alternatief een alcoholistische, scheel kijkende boer was met een veroordeling voor onzedelijke omgang met een oudere pony. De postbode had met andere woorden begrip voor zowel geruchten als familiegeheimen.

Hij hoopte dat hij op een dag een pakketje bij zich zou hebben waarvoor op 't Hoofd moest worden getekend, zodat hij de slagboom moest forceren. Want als postbode was hij natuurlijk niet alleen plichtsgetrouw – bij regen en natte sneeuw enzovoort – maar ook roodgloeiend nieuwsgierig. Al was het maar omdat hij ongelooflijk graag nieuws over het gezin wilde meebrengen naar zijn vrienden in het café. Niet omdat hij wilde roddelen, ben je mal. Maar alleen het feit dat hij tussen de regels kon laten doorsijpelen dat hij iets wist, zou deze postbode een groot plezier doen. Het kwelde hem enorm dat het hem nog steeds niet was gelukt om hen, discreet, van zijn werkelijke afkomst te overtuigen. Hij kon het immers niet direct zeggen, want zoiets deed je niet. Maar hij kon het wel suggereren, en hij suggereerde er lustig op los, zonder dat iemand een wenkbrauw optrok.

*

Liv wist dat het een kwestie van leven en dood was dat ze niet werd gezien, dus bij het minste of geringste vermoeden dat er iemand aankwam, verdween ze pijlsnel en zonder enig geluid in de achterste hoek van de container. Hier had ze met de hulp van haar vader een mooie, kleine schuilplaats ingericht achter banden en dozen. Twee grote dekbedden en een hele stapel dekens hielden haar warm en mocht het toch te koud worden, dan was er een zak met extra warme kleding waar ze iets uit kon halen. Ze had ook boeken en zaklantaarns en voldoende batterijen en snoep en koekjes en brood en flessen water, dus het ontbrak haar aan niets.

De eerste periode, terwijl ze allemaal naar haar op zoek waren, had ze het echter niet aangedurfd om het licht aan te doen. In plaats daarvan had ze heel stilletjes in het aardedonker onder haar dekbed gelegen en naar het minste of geringste geluid geluisterd. Vanwege het constante donker leek de tijd voor haar samen te vloeien en binnen de kortste keren wist ze niet meer of het dag of nacht was. Algauw begon de duisternis ook zwaar te voelen aan haar ogen en in haar longen.

Ze verlangde naar Carl, die niet wilde komen.

Uiteindelijk, na veel te lang wachten, kwam hij. Ze zag hem niet, maar ze wist dat hij in de stilte bij haar was. Ze durfde niet tegen hem te praten vanwege het risico dat ze haar buiten konden horen, maar hij fluisterde tegen haar dat hij er was – en dat hij bang was: voor de onbekenden, voor het donker, voor de tijd, voor de onzekerheid, voor de lucht. En voor de stank die zich als een dikke deken van rubber en stof en schimmel en opgedroogde lappen met verf en terpentine om hen heen legde.

Op dat moment werd ze rustig. Ze troostte Carl zonder iets te zeggen en voelde zich sterker dan ze was. Zolang ze haar aandacht richtte op het geruststellen van haar tweelingbroer kon de angst geen vat op haar krijgen.

Lange tijd lagen ze daar zo, zij en Carl, omringd door het donker dat werd omringd door spullen die werden omringd door een afgesloten metalen container. Ze dachten aan de lucht buiten, aan de geur van het bos, en probeerden die naar de schuilplaats te trekken, door de zware deken heen in hun longen.

Toen hoorden ze geluiden, ze hoorden dat het hangslot aan een van de luiken werd opengemaakt, en door een kier tussen twee banden heen zag ze een glimp van de hemel met sterren en ze hoorde de stem van haar vader die tegen haar sprak. Op den duur durfde ze de zaklantaarn, die ze voortdurend in haar hand hield, aan te doen.

Hij kwam met thee en eten uit blik, dat hij op zijn kleine gasfles voor de werkplaats had opgewarmd. Het was moeilijk geworden om bij het gasfornuis in de keuken te komen, dus nu hij toch de enige was die eten kookte, gaf hij de voorkeur aan zijn eigen keuken, zoals hij het noemde. Hij had er een zeildoek overheen gespannen, zodat hij enigszins tegen de regen beschermd was. Af en toe stak hij een van zijn zelfgemaakte fakkels aan en zette die in de paraplustander naast de gasfles. Dan rook het er naar eten en naar hars.

De thee en het eten smaakten als geluk. De lucht uit het open luik voelde als geluk. Het licht was warm en goed. Haar vader was bij haar.

Liv vertelde hem over het donker en de zware lucht. En hij ging naar binnen en boorde drie gaten in de zijkant van de container, terwijl het metaalstof op een krant eronder terechtkwam. Daarna vouwde hij de krant in elkaar en verborg die en het metaalstof tussen de andere kranten. En hij hing een zwarte doek voor de drie gaten en plakte die aan de bovenkant vast met gaffertape.

'Nu kun je frisse lucht krijgen wanneer je wilt,' zei hij. 'Je kunt de doek omhoog doen als je binnen meer lucht wilt hebben, en je kunt naar de weg kijken. Maar wees voorzichtig met het licht. Je mag voor geen goud het licht aandoen als de doek er niet voor hangt. Dat kun je van buitenaf zien. Begrijp je dat?'

Liv knikte. Toen deed ze braaf haar zaklantaarn uit, tilde het doek omhoog en plaatste haar gezicht tegen de drie gaten, die als in een omgekeerde driehoek zaten. Via de onderste nam ze een langzame, rustige ademteug; ze rook de dennenbomen en het weerbarstige gras en de zoute wind van de zee. Door de twee bovenste gaten keek ze naar de nachtelijke hemel en de maan die over de grindweg scheen. Ergens schreeuwde een uil. Ze imiteerde zijn geluid en glimlachte toen ze haar vaders handen op haar schouders voelde.

'Je kunt dat heel goed,' fluisterde hij. Daarna vertelde hij dat het het beste was dat ze in de container bleef tot ze helemaal klaar waren met hun zoektocht naar haar. 'De politie moet ervan overtuigd zijn dat je dood bent, Liv. Maar dan laten ze ons ook met rust.'

Ze begreep het. Het was goed als ze met rust werden gelaten.

Op een dag mocht ze eruit komen. Haar vader tilde haar over de blauwe, metalen rand uit het gat met de schuine klep, hoewel ze bleef aandringen dat ze het zelf wel kon. Hij had buiten een paar kratten en een tractorband neergelegd, zodat het voor haar eenvoudig was om snel in de container te kruipen als dat nodig was. Om logische redenen kon ze de klep van buitenaf niet op slot doen, maar hij had een constructie gemaakt zodat ze die van binnenuit met een metalen stang kon vastzetten. Voor de zekerheid.

Hij had een verrassing voor haar in de woonkamer: twee jonge konijntjes, die ergens in een doos aan de kant van de weg hadden gestaan om te worden meegenomen. Met een merkwaardig onbekend plezier stak ze haar hand in de doos en aaide de dieren over hun zachte vacht. Ze mochten in het huis wonen; ze zouden niet in valstrikken in het bos worden gevangen, gevild en als ragout worden opgegeten. Kleine, levende konijntjes die haar lief aankeken en knaagden en knabbelden en met zachte sprongen in het stro bewogen. Ook Livs hart jubelde van plezier.

Maar om een of andere reden begon ze toch te huilen, toen ze bij haar moeder in bed kroop. En om een of andere reden huilde haar moeder ook. Toen aten ze snoep en koekjes en braken en schudden die en lazen in een boek over een vrouw die heel verliefd was. Liv las hardop voor, maar haar moeder herkende de verliefdheid en voelde die diep binnen in zich rommelen.

*

Op een dag kwam het kind. Te vroeg. Maria beviel in het bed in de slaapkamer, waar ze op dat moment nog steeds uit kon komen. Maar nog net; alleen als ze zich naar buiten wurmde.

Haar man en dochter stonden klaar om de baby te verwelkomen.

Liv staarde naar het drama dat zich voor haar ogen afspeelde. Het hoofd! Het kleine hoofd dat onderweg naar buiten op haar af kwam als een langwerpige, gemarmerde maan totdat het een compleet hoofd werd dat uit de onderkant van een reusachtig lichaam stak.

Ze staarde naar de inspanning, het vocht, naar het lichaampje dat aan het hoofd vastzat en uiteindelijk mee naar buiten kwam, zij het zeer onwillig. Een doorzichtig, nat en veel te klein lichaam met een lange, grijze slang die zich uit de navel in bochten wrong.

En ze hoorde de geluiden van haar moeder die naarmate de

uren verstreken steeds luider werden. Het was geen geschreeuw, geen hard, schel geschreeuw als van roofvogels. Het was een gebrul dat diep uit de aarde kwam. Een diep gebrul zonder consonanten.

En de aarde vocht met zichzelf in het bed. Het grote lichaam lag als een bevend landschap met bergen en kloven en wilde begroeiing voor Liv te vechten.

Brulde.

Tegen iets of om iets.

En toen dat piepkleine mensje dat voor haar hing.

Ondersteboven.

En haar vader die het bij de voetjes vasthield en het sloeg.

Waarom sloeg hij het?

En toen de stilte.

Carl was doodsbang.

Liv kreeg de opdracht om de navelstreng met haar dolk door te snijden. Ze zetten er een klem op. En gaasverband. Ze had in de loop der tijd zo veel rollen verbandgaas en drukverbanden en witte tape uit het zelfbedieningsmagazijn van het Rode Kruis aan de rand van Korsted gehaald dat er nu een bord bij was gezet. Of mensen nou echt zo veel verbandgaas nodig hadden?

Het kind vocht ook. Het vocht werkelijk. Het had zich uit de aarde geworsteld, uit het water, uit het donker, en het snakte naar adem in al die lucht. Zonder vocalen of medeklinkers. Het opende eenvoudigweg zijn piepkleine lippen. Net als de botten deden.

Het lukte niet. Het was te klein om te leven.

En toen hield het op.

Liv probeerde Carls oren te bedekken, toen hun vader schreeuwde. Hij schreeuwde als alle roofvogels tegelijk; hij schreeuwde als de uil, krijste als de meeuwen, gilde als een gewonde egel; als de ree die briest naar haar verdwaalde kalf; als de das die zijn hartstocht eruit schreeuwt. Hij schreeuwde zoals een vader zou hebben gedaan als hij zijn verdronken kind in het donker zou hebben gevonden. En hij schreeuwde als een kind dat schreeuwt als hij zijn dode vader op de heide vindt.

Hij schreeuwde zo schel als je maar kunt schreeuwen. Zo snerpend, snijdend schel, zo schel als ook het licht kan zijn als je tegen het middaguur recht in de zon kijkt en alles en niets tegelijk zag.

Maar Jens Haarder schreeuwde vooral zoals hij inwendig had geschreeuwd, toen hij een klein jongetje met een verbrijzelde schedel onder een wiegje had gevonden en een stukje daarvandaan de ene zijkant van het wiegje – en op hetzelfde moment het ondraaglijke had onderkend: dat hij in de roes van blijdschap over het vooruitzicht de laatste schroeven was vergeten, dat hij als timmerman en als vader had gefaald, dat hij zijn eigen zoon had vermoord. En dat hij uit pure angst om ook haar te verliezen nooit de waarheid met zijn geliefde kon delen.

Met gevoelloze handen had hij het zijstuk opgepakt en op zijn plek geschroefd, zodat de wieg niet te onderscheiden viel van de andere die ernaast stond. Daarna had hij voor het levenloze kind op de grond geknield. Hij had het niet aangeraakt, hij had naar het kleine hoofdje met de bloedrode halo zitten staren en uiteindelijk de longen uit zijn lijf geschreeuwd, totdat Maria was komen aanrennen, het kind had opgepakt en vastgeklemd en samen met hem had zitten schreeuwen.

Carls zachte achterhoofd had in zijn val een van Jens' gereedschapskisten geraakt. Een staalgrijze hoek zonder genade.

Zo schreeuwde Jens nu. En als een vroege herinnering herkende Liv haar vaders schreeuw.

Maria huilde zichzelf in slaap met zachte vocalen, en Liv waste haar bloedende moeder, terwijl haar vader met het levenloze lichaampje verdween.

'Het was een meisje,' was het enige wat hij zei toen hij met het kind in zijn armen wegliep.

*Beste Liv,*

*We hadden nooit moeten proberen je een zusje of een broertje te geven, maar je vader stond erop. We moesten er twee hebben, zei hij. Net als eerder. Net als hij een broer had gehad en jij je tweelingbroertje had moeten hebben. We moesten voor evenwicht zorgen, zei hij en ik hield immers van hem. Ik hou van hem!*

*Maar misschien was het helemaal niet de bedoeling dat dit kind zou leven, want wij hadden er toch niet voor kunnen zorgen, niet goed genoeg. Ik was bang om het te baren. Bang om het veel te vroeg te baren en bang dat het ooit levend uit me zou komen. Ik was bang voor het kind!*

*Dus ik perste het niet naar buiten zoals ik zou moeten doen; ik probeerde het in me te houden. Ik omklemde het, misschien is het gestikt. Misschien heb ik mijn eigen kind vermoord.*

*Of misschien horen sommige kinderen gewoon niet te leven. Misschien mocht je zusje niet leven en misschien draag ik geen verantwoordelijkheid.*

*Ik weet het niet, Liv.*

*Ik probeer ook te leren leven met Carls ongeluk, maar ik heb die rust nooit gevonden. Ik heb je oma verdacht, omdat ze medicijnen gebruikte die haar af en toe onvoorspelbaar maakten. Ze werd er vooral sloom door, maar ze kon ook plotsklaps opvliegend, onbesuisd worden. Dat beangstigde me, en ik denk eigenlijk dat het haar zelf ook beangstigde.*

*Carl huilde veel en wellicht kon ze daar niet tegen. Wij denken dat dit de reden is. Ze kon niet langer tegen zijn gehuil en toen heeft ze hem uit de wieg getild, door elkaar geschud en hem uit haar handen laten vallen, op de gereedschapskist die op de grond stond. Heeft ze het misschien met opzet gedaan? Wij denken dat het opzet was. Daarom was het een opluchting dat ze vertrok. Toch zal ik geen rust vinden, want ik kom er nooit achter wat er is gebeurd.*

*Misschien was zij het helemaal niet. Want stel dat ik het zelf was? Ik kreeg zo weinig slaap en de dagen vloeiden samen; ik was op mijn eigen manier ook ziek, in mijn hoofd. Uitgeput en bang voor de toekomst. Soms kon ik me niet herinneren wat ik een paar tellen eerder had gedaan. Zou ik je tweelingbroertje dat kunnen hebben aangedaan?*

*Kun je me vergeven?*

*Veel liefs,*

*je moeder.*

# Het hotel en het kind

Als een woeste storm een hap uit een kustlijn neemt, valt dat op. Mannen met een pijp in de mond en mappen onder hun arm lopen in veel te nette schoenen door het geplaagde landschap en knijpen hun ogen samen en meten dan met iets te lange passen in de ochtendnevel en noteren met blauwe balpennen op gelinieerde notitieblokken dingen over windrichting en inzakkingsgevaar voordat ze terugrijden en gaan koffiedrinken. Maar als een vredige zee besluit om zich rustig door een landtong heen te likken, ontdekt men in het begin niets. Wie zou merken dat er aan elke kant een beetje zand verdwijnt? Dat de zee zich discreet opdringt en er centimeter voor centimeter een stukje van zichzelf aan toevoegt?

De Hals werd elk jaar een stukje smaller, maar slechts een beetje. De parallelle universums van de grindweg, bestaande uit zeewier en stenen en zand en boksdoorn werden synchroon en volledig onopgemerkt verkleind. De grindweg zelf raakte overwoekerd door onkruid, dat maar weinig gevaar te vrezen had om te worden platgereden. Het meest voorkomende verkeer was ondertussen een eenzaam kind dat met een lege tas op de rug wegrende om met een volle naar huis terug te keren.

*

Roald krabde in zijn haar, terwijl hij de inhoud van zijn koelkast bekeek. Hij was er tamelijk zeker van dat er twee aluminiumbakjes met aardappelgratin waren geweest en niet maar een. Hij was er ook vrij zeker van dat hij een fles citroenlimonade vooraan op de plank had gezet voor hij naar bed was gegaan. Hij keek om zich heen. Er waren geen andere tekenen dat iemand in de keuken van het hotel-restaurant was geweest.

Aanvankelijk dacht hij dat een van de gasten naar de keuken moest zijn geslopen voor een nachtelijk snack. Maar er klopte nog steeds iets niet. Dit gebeurde regelmatig, soms met een paar dagen ertussen, en af en toe ontdekte hij dat er andere dingen ontbraken dan eten. Grappige dingen. Op een ochtend had hij tevergeefs gezocht naar het spel kaarten dat hij honderd procent zeker de avond ervoor op de keukentafel had gelegd, en een andere keer ontdekte de kok dat een van de pannen was verdwenen. Er waren inmiddels talloze voorvallen geweest, maar er was geen touw aan vast te knopen wat er aan de hand was.

Het kon natuurlijk de kok zelf zijn, maar dat was zeer onwaarschijnlijk. Zo was hij eenvoudigweg niet. Roald kon zich geen betrouwbaarder persoon voorstellen dan zijn culinaire achterneef en hij weigerde te geloven dat de man zijn goede baan op het spel zou zetten met dit soort overwegend onbenullige diefstalletjes.

De kok nam het, telkens als hij ontdekte dat er iets ontbrak, overigens heel rustig op. Hij lachte er slechts om. Hij lachte om alles. Om te beweren dat hij zijn keuken en wat zich in de voorraadkamer bevond volledig onder controle had, zou ook wat overdreven zijn. Daarbij verdacht hij Roald er eigenlijk zelf van dat *híj* 's nachts naar beneden sloop en van de restjes at. Als hij daar met een plagerige glimlach op zinspeelde, ontkende Roald dat in alle toonaarden. Maar hij moest er ook om lachen, en daarmee was de kous af.

Maar wie dan? Wie kwam er op het idee om kliekjes, een spel kaarten en balpennen en frisdrank en tonijn in blik uit de voorraadkamer te pakken? En hoe deden ze het?

Die nacht bléven er geen gasten in het hotel overnachten, dus die mogelijkheid – dat het een van de hotelgasten zou zijn – was nu volstrekt uitgesloten.

Roald verliet de keuken via de achtertrap, nam de paar treden naar de smalle tussengang en liep door naar de voorraadkamer. Het kostte hem enige tijd om erachter te komen dat er een paar keukenrollen waren verdwenen, een paar pakken knäckebröd en biscuitjes, een aantal blikken gepelde tomaten, een paar worsten, vermoedelijk een pot honing en ontegenzeglijk een grote zak koekjes... en bubbelplastic! Ja, in de hoek had absoluut een heleboel bubbelplastic in een grote doos gelegen, waarin de nieuwe broekpers was afgeleverd. Dat was nu verdwenen.

Bubbelplastic? Wie jatte zoiets? De handschoenen die Roald gebruikte voor de diepvriesproducten waren ook weg.

Toen hij terugging naar de tussengang, bleef hij even staan en keek vervolgens naar het rechthoekige kelderraam dat zoals altijd op een kier stond. Ze moesten toch een beetje frisse lucht binnenlaten. Er kon onmogelijk iemand via dat raam naar binnen komen. Onmogelijk.

De keuken was de komende veertien dagen gesloten, omdat de kok voor de eerste keer in twintig jaar had besloten echt vakantie te nemen. Zijn vrouw en hij zouden een reisje naar de vaste wal maken en misschien eerder terugkeren als het hen daar niet zo lang beviel.

Omdat zowel de gelagkamer als een aantal hotelkamers hoognodig geverfd moesten worden en allerlei reparaties behoefden, had Roald besloten dat in dezelfde periode te doen en in de tussentijd het hotel-restaurant min of meer dicht te houden.

Hij kon alles zelf doen, godzijdank, en die kosten besparen. Als hij toch hulp nodig had, wist hij wie hij moest vragen, want de stamgasten wilden graag weer zo snel mogelijk toegang krijgen tot hun drinkplek, en ze waren kennelijk bereid daarvoor hun werkkleren aan te trekken. In het bijzonder als er bier mee te verdienen viel. In eerste instantie had Roald dat echter afgewezen, omdat hij een paar dagen voor zichzelf wilde hebben.

Hij nam een snelle beslissing. Voor hij naar bed ging, wilde hij een dunne laag meel over de vloer strooien. Dat kon hij de dag erna altijd opvegen. Dat zou hij de komende dagen blijven doen, aangezien hij als enige in de keuken kwam. Jammer van het ongemak, maar nu wilde hij zekerheid hebben.

Voor de gein legde hij een gebroken potlood, zes dropjes en een spel kaarten op tafel. En hij legde precies vijfentwintig salamiworstjes in een schaal in de koelkast plus tien plakken ham en vijf rode paprikaringen.

De eerste vijf ochtenden dat hij de keukenvloer inspecteerde viel er niets te bespeuren. De zesde ochtend was het potlood verdwenen en drie dropjes, zeven plakjes salami, twee plakken ham en een paprikaring. En er waren voetstappen in het meel tussen de koelkast, de keukentafel en de deur naar de keldergang. Roald ging op zijn hurken zitten en staarde verbluft naar de sporen die het duidelijkst waren. Ze waren heel klein. Het moest een kind zijn.

Toen hij de sporen door de gang volgde tot onder het raam, begreep hij het. Met een beetje behendigheid kon een kind wel via die weg naar binnen en naar buiten komen.

Maar een kind? 's Nachts?

Bubbelplastic?

Terwijl Roald de plinten in een van de kamers op de eerste verdieping repareerde, dacht hij voortdurend aan de nachtelijke bezoekjes. Hij wilde dat hij het kon wegwuiven als onschuldige kwajongensstreken, maar dat kon hij niet. Een kind dat zo regelmatig eten, meel, pannen en keukenrollen stal, moest op een of andere manier een kind in nood zijn.

Maar in Korsted waren toch geen kinderen in nood! Naar de schoenmaat te oordelen was het een jong kind. Een jongen, stelde hij zich voor zonder verder na te denken waarom hij dat dacht.

Roald kon niet beweren dat hij alle kinderen in de stad kende, maar hij kende er heel wat en vond dat hij een idee had van wie ze waren en waar ze woonden. Geen van hen paste in het verhaal dat zich in de keuken van het hotel-restaurant afspeelde. De drie jongens van de bakker haalden wel kwajongensstreken uit, maar ze konden onmogelijk achter de inbraken zitten. Deels kon hij zich moeilijk voorstellen dat een van hen zich door het smalle venster heen kon wringen, maar hij was er in de allereerste plaats van overtuigd dat ze de hele herberg wakker zouden hebben gemaakt voor ze ook maar achter het gebouw waren. Deze knapen maakten echt veel meer lawaai dan andere kinderen, en zelfs als ze een wedstrijdje zouden doen wie het langst stil kon zijn, moest je waarschijnlijk nog je oren dicht houden. Als Roald deze drie knapen en hun geluidsniveau ergens tegenkwam, werd hij overvallen door een spontane dankbaarheid dat hij kinderloos was gebleven. Wee de middelbareschoolleraar die op zekere dag het gevecht met hun hormonen aan moest gaan.

Daarentegen barstte zijn hart bijna van vreugde als hij de dochter van de politieagent zag. Altijd in een jurkje en met vlechten, alsof ze in een klein huis op de prairie woonde en niet in een grote woning van gele baksteen in het midden van de hoofdstraat. En dan heette ze zowaar Laura, het was bijna te mooi om waar te zijn. Maar behalve Roalds hart had kleine Laura waarschijnlijk nog nooit iets gestolen.

Maar wie kon het dan zijn? Hij liet de kinderen een voor een de revue passeren en er was er geen een bij van wie hij zich op wat voor manier dan ook kon voorstellen dat ze 's nachts de deur uit slopen om op jacht te gaan naar eten. Allemaal hadden ze wat ze nodig hebben, voor zover hij dat kon beoordelen. En als ze met hun gestolen spullen thuiskwamen, moesten hun ouders daar op een of ander moment toch achter komen.

Hij had altijd heel erg uitgekeken om in de gelagkamer geen geruchten te verspreiden, dus hij had zijn kennis over de diefstallen voor zichzelf gehouden. Bij een enkele gelegenheid had hij wel terloops een paar stamgasten gevraagd of er mensen op het eiland waren die in nood verkeerden. Mensen van wie je kon denken dat ze moeite hadden om in hun meest basale behoeften te kunnen voorzien.

Men had zich aan de bar wat aan zijn baard gekrabd en moest denken aan de wat sjofele, oudere vrouw met de kinderwagen die altijd bij de vuilstort rondliep. Er was ook nog de zonderling op de vervallen boerderij met zijn shetlandpony's. Plus de drie dronkenlappen die zich, in elk geval tot voor kort, in het schuilhokje bij de aanlegsteiger van de veerboot ophielden.

Maar men was het er ook snel over eens dat geen van deze mensen regelrecht in nood waren. De dronkenlappen leken genoeg te drinken te hebben en de zonderling genoeg te eten, in elk geval aanzienlijk meer dan die arme pony's. En men dacht dat de vrouw met de kinderwagen eigenlijk in het keurige huis met het rieten dak woonde dat aan de weg naar Sønderby lag – met de sierlijk geknipte buxus en een mooi windmolentje in de voortuin. Haar man was gepensioneerd boekhouder. Zij was gewoon gek.

En dan was er nog Haarder op 't Hoofd die een beetje eigenaardig en moeilijk benaderbaar was. Hij had altijd met een heleboel oude troep rondgereden, maar dat maakte hem niet noodzakelijkerwijs noodlijdend, en rotzooi had hij in elk geval genoeg. Zijn vrouw kon ook niet al te noodlijdend zijn, want volgens de postbode was zij behoorlijk dik geworden. Het was trouwens heel lang geleden dat ze haar ten zuiden van 't Hoofd hadden gezien.

Haarder had een kind, herinnerde Roald zich. *Had.* Er was niemand op het eiland die niet wist dat het arme kind op zee was omgekomen. Stel je eens voor om als ouders door zo'n tragedie te worden getroffen. Het werd er niet minder tragisch van dat ze een paar jaar eerder een baby hadden verloren, ook bij een ongeval. Voor zover Roald het had begrepen was dat de tweelingbroer van het meisje geweest. Hoe gruwelijk mag het lot eigenlijk worden? Als je niet al eigenaardig was, dan werd je het van dit soort ervaringen wel.

Roald herinnerde zich het geluid van de helikopter die rusteloos over het eiland en langs de kustlijn heen en weer was gevlogen toen ze naar het meisje zochten. Hadden ze verdorie haar lichaam nou maar gevonden.

Op een gegeven moment moest je bij dat punt komen. Dat je een lichaam wilde vinden. Op een gegeven moment moest de hoop als een krachteloos vuur wegsterven en een kleine, gloeiende wens worden om een lichaam te vinden. Liever dan niets.

Stel je voor dat je bij dat punt moest komen.

De plint was klaar en Roald schoof een stukje achteruit om die te bekijken. Nu zat die in elk geval vast.

Het kind van Haarder was het dus ook niet. Om goede redenen.

Was het dan misschien een dwerg?

Hij wuifde de gedachte weg en ging staan. Als er ergens op het eiland een hongerige dwerg met een voorliefde voor bubbelplastic had gewoond, had hij er ongetwijfeld over gehoord!

Hij had dringend een biertje nodig.

Roald ging op zijn bureaustoel zitten en staarde naar de telefoon. De zwarte hoorn was licht gebogen, zoals hij daar braaf op de haak lag. Daar waar mensen hem hadden vastgehouden was het glanzende bakeliet door zweterige handen mat geworden, en verder omlaag had de ooit zo doorzichtige draaischijf een grijsbruine kleur van stof en vuil aangenomen. HIK, stond er in het gat voor het getal vier. Roald nam een slok. HIK. Waarom was hem dat nooit eerder opgevallen? Misschien omdat hij het nog nooit zo moeilijk had gevonden om te bellen als op dit moment.

Hij wist best dat hij contact met de politie moest opnemen. Hij had zelfs een uitstekende verstandhouding gekregen met de politieman, die een sympathieke vent was als je hem maar zover kreeg dat hij zijn pet afzette.

Maar hij aarzelde. Waarom?

Na de volgende slok had hij een besluit genomen. Hij veegde het schuim van zijn lippen en zette de lege fles op tafel. Hij zou het in eerste instantie zelf proberen uit te zoeken. Er was geen reden om te veel onrust te creëren en de agent liep ook niet weg.

Er zaten altijd een paar dagen tussen de nachtelijke bezoekjes, dus Roald wachtte vier dagen. De vijfde avond ging hij vroeg naar bed en sliep een paar uurtjes voor hij tegen middernacht opstond. Toen sloop hij naar de keuken beneden en wachtte. Hij had verschillende dingen klaargezet en zelfs een stapel *Donald Ducks* uit de kast op de overloop gepakt. Als er een zeldzame keer kinderen onder de hotelgasten zaten, waren de blaadjes altijd een grote hit. Nu lagen ze op de keukentafel.

Had hij maar een licht kunnen aandoen, dan had hij een boek kunnen lezen, of een *Donald Duck* bijvoorbeeld, maar dat kon niet. Elk licht zou door het raam te zien zijn. Op een gegeven moment viel hij in slaap op het tafeltje waaraan hij zat en tegen vijven werd hij wakker door een slapende arm. Het was zo stil als het graf en hij sloop terug naar zijn bed.

Nog een paar nachten gingen op ongeveer dezelfde manier,

zonder bezoek. Maar toen, eindelijk, de nacht van maandag op dinsdag, gebeurde er iets. Deze keer had Roald een sterke kop koffie gemaakt in de hoop dat die hem tot het ochtendgloren wakker zou houden en tegen halfdrie 's nachts was hij nog steeds helemaal helder. Zijn gedachten schakelden rustig heen en weer tussen belastingaangiftes en whiskyvoorraad naar ex-collega's en ex-vrouw tot muizenbestrijding en de voetbaltoto. Hij genoot er zelfs van. Om daar te zitten nadenken terwijl iedereen sliep. Buiten waaide het net hard genoeg dat het uithangbord piepte in zijn hengsels, en een tak van een struikje kraste zachtjes tegen de muur.

Plotseling was er een ander geluid, dat van de achterkant van het gebouw kwam. Het was heel zacht, maar het was er. Hij stond zo stil als hij kon op en trok zich terug naar de plek die hij voor dit doeleinde had uitgekozen. Helemaal in de hoek naast de deur van de eetzaal kon hij zich achter een hoge kast wurmen en onopgemerkt in het donker staan.

Even later hoorde hij de deurklink van de deur naar de tussengang langzaam naar beneden worden gedrukt. Die bevond zich niet in zijn gezichtsveld. Maar de koelkast stond dat wel. En de jongen weldra ook.

Roald hield zijn adem in, terwijl hij de kleine gestalte naar de koelkast zag bewegen. Als zijn ogen de laatste paar uren niet aan het donker waren gewend, had hij amper iets kunnen zien, maar nu zag hij duidelijk de contouren van een kleine jongen. Relatief kort haar, slank en met een grote tas, wellicht een rugzak, in de hand. Hij bewoog zich lichtvoetig en indrukwekkend geruisloos. Roald was niet in staat ook maar een enkele voetstap te horen.

De jongen deed geen licht aan, maar kende duidelijk de weg naar de koelkast. Hij opende hem op een kiertje, genoeg om te zien wat zich erin bevond. Omdat hij met zijn rug naar hem toe stond, werd zijn gezicht niet blootgelegd door het licht van de koelkast, maar Roald wist toch iets van donker, slierterig haar en een bruin-oranje gestreepte trui te ontwaren. Het volgende moment haalde de jongen er een bakje uit en sloot de koelkastdeur weer. Hij bleef staan en rook aan het bakje, dat de resten bevatte van het eten dat Roald de vorige avond voor zichzelf had gemaakt. Gehaktschotel. Die smaakte uitstekend.

De jongen at wat met zijn vingers en zette de bak toen terug, snel en geruisloos, afgezien van het sissende geluid dat de deur maakte toen de rubberlijsten elkaar weer vonden. Vervolgens likte hij zijn vingers schoon en draaide zich om naar de tafel waaraan Roald had gezeten. Zijn ene hand ging naar de *Donald Ducks*, en een kort moment toonde een smalle lichtbundel het gezicht van Dagobert Duck. Daarna werd het weer donker. De jongen zette nu zijn rugzak op tafel, pakte een paar blaadjes van de stapel en stopte ze in de tas. Daarna zocht zijn hand het glazen schaaltje met snoep en eventjes was er een glimp te zien van een heleboel kleuren. Hij pakte een handvol en liet de dropjes en de gomberen in een zijvak van de tas glijden. Een dropje viel ernaast; hij viel met een lichte tik op de grond en rolde zoemend over de plavuizen.

De jongen stond doodstil en luisterde, wachtte. Roald deed hetzelfde. Uit de rest van het huis kwam geen geluid. Toen bukte de jongen zich, voelde met zijn hand over de vloer totdat hij het dropje vond en het in zijn mond stak.

Zou hij nog meer pakken? Zou hij doorlopen naar de voorraadkamer? Roald wilde zichzelf nog niet bekendmaken. Hij was tot zijn eigen verbazing niet alleen nieuwsgierig, maar werd tevens gegrepen door een merkwaardige genegenheid voor deze schuwe bezoeker. Het had iets ongelooflijk tragisch dat de jongen zo gewend was deze handelingen uit te voeren. Roald voelde totaal geen boosheid, alleen medeleven. En verwondering.

De jongen ging nu met grote voorzichtigheid aan de slag met het onderzoeken van een paar laden en kasten. Af en toe trof de kleine lichtbundel iets, maar het was nooit meer dan een glimp. Iets werd uit een la gepakt en in de tas gestopt. Roald probeerde te raden wat het was. Mogelijkerwijs een garde. De jongen pakte ook een paar pannenlappen, of misschien was het er maar een. Toen pakte hij opeens de tas op en liep terug naar de deur.

Roald aarzelde. Moest hij nu tevoorschijn komen? Moest hij naar voren stappen, zijn keel schrapen? Het kind zou de schok van zijn leven krijgen als hij dat deed. Kon hij niet beter wachten tot de jongen weer door het raam naar buiten klom? Waarom had hij geen plan uitgedacht?

De jongen verdween uit Roalds gezichtsveld. Een licht gekraak onthulde dat de deur werd geopend en gesloten. Even later klonk er een bijna onhoorbaar geluid uit de tussengang; het was afkomstig van de deur naar de voorraadkamer. Als Roald het geluid niet verwacht had, zou hij het nooit hebben opgemerkt. Het zou net zo goed de wind kunnen zijn geweest. Hij bleef een moment in zijn schuilplaats staan en probeerde zijn gedachten te ordenen.

Uiteindelijk sloop hij naar voren. Hij liep niet naar de deur van de tussengang, hoewel hij heel goed wist dat er iets uit zijn voorraadkast werd ontvreemd. Hij sloop de andere deur uit – door de eetzaal, naar de hal, door de voordeur. Hij bewoog zo geruisloos als nooit tevoren, maar bedankte toch de wind dat deze nog wat meer lawaai maakte. Toen hij voorzichtig de zware voordeur achter zich had dichtgedaan, draaide hij zich om naar het welkomstpleintje voor het hotel. In een van de bloembedden stonden een paar grote struiken te zwaaien in het schijnsel van een straatlantaarn. Verder was het rustig.

De weg naar het noorden was net zo leeg als het welkomstplein. Op dit moment van de nacht was menselijk verkeer buiten ook wel een zeldzaamheid. Roald liep voorzichtig langs de voorzijde van het hotel en om de gevel heen, tot hij vanaf de hoek uitzicht had op de oprit aan de achterkant en het open kelderraam. Het licht van de dichtstbijzijnde straatlamp kwam niet zo ver, maar een slanke maan wierp een zwak schijnsel over het grind en het huis.

Het eerste dat bewoog, zou best wc-papier kunnen zijn. Zo'n pak met twaalf rollen dat net door het raamkozijn kon worden geduwd. Daarna kwam... was het een soort rol? Misschien een rol tafelzeil. Toen kwam de tas. Een paar dunne armen in een gestreepte trui rangschikte de spullen, zodat er ruimte was.

En toen kwam het kind.

Zodra hij buiten was, zette de jongen het raam weer op het haakje. Daarna nam hij de tas op zijn rug, pakte de rollen wc-papier en het tafelzeil op en verdween bijna geruisloos over het grind naar de asfaltweg. Roald staarde het kind na. Hij durfde zich nog steeds niet bekend te maken.

In plaats daarvan ging hij achter het kind aan. In de schaduwen.

Het jongetje rende niet, niet echt, maar hij wandelde ook niet. Zijn manier van lopen had iets zwevends. Roald moest denken aan natuurvolkeren – en Aziatische veldwerkers die zware ladingen over lange afstanden met zich mee droegen.

Wat Roald echter het meest verbaasde, was niet zijn manier van lopen. Het was de richting waarin hij liep. Het kind volgde de weg naar het noorden. Hoorde hij thuis in een van de huizen die een stukje verderop verspreid lagen? Woonde daar eigenlijk wel een kind van die leeftijd?

Ten noorden van Korsted was de weg compleet verlaten en onverlicht. Roald aarzelde een moment bij het vooruitzicht zich in het donker te begeven. Maar de maan hing daarboven als een gouden sabel die de stralen van een verre zon reflecteerde. Er was licht, een beetje licht. Genoeg licht om de kleine gestalte voor hem te kunnen zien. Maar stel dat die hem zag? Hij wilde het kind liever niet laten schrikken.

Het grote geluk voor Roald was dat de weg kronkelde en werd geflankeerd door verschillende begroeiing. Dat gaf hem de mogelijkheid om wat sneller te stappen omdat hij niet bang hoefde zijn gezien te worden, en tegelijkertijd moest hij erkennen dat hij helemaal niet in hetzelfde tempo kon bewegen als het kind. Die jongen moest zo sterk als een paard zijn.

Na een tijdje werd het landschap weer open en een stukje verder, waar de weg langs een groepje huizen liep, was weer straatverlichting, een paar stuks maar. De jongen vermeed echter het licht, want hij stapte het veld in en rende links om de huizen heen. Halverwege het veld moest Roald blijven staan. Buiten adem staarde hij de kleine gestalte na die in het donker naar het noorden verdween.

Was hij daadwerkelijk onderweg naar 't Hoofd?

*Beste Liv,*

*Gisteren wilde je iets zeggen over valstrikken waarvoor je moest uitkijken – en toen wilde je opeens niets meer zeggen. Je hield je in. Dat baart me zorgen. Wat zijn dat voor valstrikken? Wat vertel je me niet? Ik wilde dat je hier was, zodat je mij gezelschap kon houden. Ik mis je.*

*Veel liefs,*

*mama.*

# Vasthouden

Jens Haarder liep met de pasgeborene weg. De ineenkrimpende slaapkamer uit, de smalle gang door, de trap af die met elke trede smaller werd, de vertrekken van het huis door die tot stoffige luchtwegen slonken. Hij liep het erf op, waar de hemel door een woud aan onmisbare troep probeerde te dringen en alleen daar de grond raakte waar smalle passages de stapels doorboorden als de konijnenpaadjes in het gras. Hij kwam bij zijn werkplaats en hij legde zijn pasgeboren baby op de schaafbank, op de gewatteerde deken waarin hij haar had gedragen. Een kind dat niet gilde.

Jens Haarder gilde ook niet meer. Hij was rustig nu, gefocust. En drieduizend jaar oud.

Toen Liv bij hem kwam, was hij bezig het kind te wassen. Zonder vragen te stellen droeg ze de teil met water naar buiten en leegde die achter het huis, zoals hij haar had gevraagd. Ze vulde hem opnieuw met water uit de pomp. Dat was voor zijn handen, had hij gezegd. En ze haalde de oliën voor hem uit de keuken. En de lege jampotjes. Ze haalde alle pakken met gaasverband. En ze hielp hem met de zak zout. En ze deed de gasbrander buiten aan en begon hars te zuiveren zoals hij haar geleerd had. Het moest straks allemaal gebruikt worden, zei hij. Behalve de lege jampotjes en het zout; die hadden ze nu nodig. Ze zag Carl nergens.

Liv probeerde rustig te zijn, maar ze was in de war en bang. En ze was nog niet zo heel oud.

Toen haalde hij een keukenmes en hield die boven de gasvlam, terwijl zij naast hem zat. Ze wilde het hem vragen maar kon het niet. Ze opende haar mond, maar er stroomde geen lucht naar binnen en er kwamen geen geluiden naar buiten. Dus ging ze achter hem aan de werkplaats in. Hij liep alsof hij niet wist dat zij er was; alsof hij haar niet zag. Alsof ze Carl was.

Liv zag de rand van het dekentje, dat schuin over de hoek van de schaafbank hing; en ze zag een paar naakte voetjes, die piepklein waren, veel kleiner dan de hare. Een petroleumlamp die ernaast stond, zorgde ervoor dat ze wollige schaduwen wierpen. Maar ze zagen er niet warm uit.

Carl was nog steeds niet gekomen en nu wist ze niet of ze zelf moest gaan of blijven. Haar vader stond bij de schaafbank en ze hoorde hem ademen. De kleine teentjes lagen heel stil. Ze liep er dichter naartoe, ging aan de andere kant van de schaafbank staan en keek naar hem. Hij zag haar niet. Hij keek naar het dekentje.

De laatste tijd was hij anders gaan ademen; alsof er in de lucht die hij inademde schaafkrullen zaten. Soms had ze zin om hem te helpen ademen, om samen met hem te ademen – of misschien uit te ademen, terwijl hij inademde? Soms had ze zin om hem mee het bos in te trekken. Daar waren ze al heel lang niet samen geweest. De lucht in het bos was prettiger dan in de werkplaats… en ook veel beter dan in het woonhuis en in de container. Ze miste het bos.

En nu wist ze niet wat ze moest doen.

Omdat ze geen besluit kon nemen, deed haar lichaam dat voor haar. Ze zakte in een glijdende beweging op de grond achter de schaafbank, alsof ze in zichzelf viel.

Ze legde haar kin op de dwarsbalk van de schaafbank. In de houtsnippers op de grond voor haar stonden de lege jampotjes. En zijn benen. Er zat een gat in de ene broekspijp, een scheur vlak onder zijn knie, en ze stelde zich zijn huid voor achter het gat. Zou je die kunnen zien als je erop scheen? De lichtbundel van haar piepkleine zaklantaarn trof het gat en de huid, die leek op aarde die naar regen snakte. Hij zat vol kleine, dorstige rimpels en ze kreeg zin hem aan te raken.

Plotseling kwamen de knieën tegelijk naar haar toe. De ene stak uit het gat naar voren en toonde zich duidelijk in de lichtbundel, het leek op een babyhoofdje dat uit een moeder kwam. En zijn hand ging naar beneden, pakte een jampotje en tilde dat op, alsof het door een haak onder water werd gegrepen. Ze hoorde hem de lucht met houtkrullen inademen, en ze hoorde een geluid als een mes in een konijn. Even later kwam het jampotje weer naar beneden, om rechtop in de houtkrullen te worden gezet. Met iets donkers erin. En de handen maakten donkere afdrukken op het glas. Een ander potje werd opgepakt en verdween over de rand van de schaafbank om al snel terug te keren met iets erin. Zo bleef het doorgaan. Ze staarde naar de gevulde potjes en herinnerde zich de konijnen en de bokken. Ze scheen op eentje en herkende iets.

Op dat moment was Carl bij haar en hij pakte haar hand.

Ze fluisterde dat hij niet bang moest zijn. Het waren maar de longen van hun zusje in een jampotje.

Toen kwam haar vader. Nee, eerst kwam zijn knie naar voren en daarna kwam zijn bovenlichaam naar beneden, en vervolgens zijn ene hand die de rand vastpakte en daarna zijn hoofd dat hij wat schuin hield, en met zijn hoofd kwamen zijn ogen die haar over de dwarsbalk onder de schaafbank aankeken. Ze deed haar zaklantaarn uit.

‘Wat doe je?’ vroeg hij zachtjes. Zijn stem was veranderd. Misschien zaten er nu ook houtkrullen in zijn stem.

Ze hoorde iets van de schaafbank druppen. Eerst waren er afzonderlijke druppels, vervolgens werd de pauze tussen de druppen korter en ten slotte werd het een geluid, een straal.

Liv antwoordde: ‘Wachten, denk ik. Wat doe jij?’

Hij zat muisstil. Net zo stil als Carl. De straal veranderde weer in druppels.

‘Ik maak je zusje klaar. Zodat we goed op haar kunnen passen.’

‘Oké.’

‘Ik vind dat je mee moet helpen.’

‘Oké.’

‘Kom je staan?’

‘Ja.’

Liv nam een besluit om te gaan staan, maar Carl wilde niet. Hij duwde haar op de grond, alsof ze een heel zware zak zout was.

Nu was haar vader weer broekspijpen geworden.

‘Kom je, Liv?’ zei hij ergens boven haar.

‘Ja,’ zei ze zonder te bewegen.

‘Je hoeft niet bang te zijn,’ zei hij.

‘Oké.’

Carl verslapte zijn greep en zij ging met zijn hand in de hare staan. Ze hielden samen hun adem in.

*

Jens Haarder herinnerde zich de details niet en misschien had hij de details ook nooit gekend. Maar ergens in hem bevonden zich de ruwe trekken van kennis, een ruw skelet van inzicht uit vroeger tijden waarin zijn vader hem ooit had ingewijd. Door deze kennis lieten zijn handen zich nu leiden.

Het was niet de gedachte aan zielenheil die maakte dat hij zijn dochter wilde behouden. Hij wilde gewoon zijn dochter bewaren. Haar vasthouden.

Haar niet te hoeven verliezen.

Het lichaampje werd inwendig grondig schoongemaakt en de organen werden verwijderd en alleen het hart bleef achter.

Dat moest, herinnerde hij zich, en het voelde goed. Het was een prachtig klein meisje. Net zo prachtig als zijn Liv ooit was geweest.

En haar tweelingbroer.

Hij moest dit piepkleine mensje bewaren, zodat het niet in de aarde verdween zoals zijn zoon meer dan zeven jaar geleden. Hij kon Carl niet langer in potloodtekeningen vasthouden. De lijnen konden het vlees niet vasthouden, het perspectief kon zijn vorm niet vangen, Carl werd langzaam uit dezelfde herinneringen gewist die hem koortsachtig probeerden vast te houden. En Jens Haarder wilde niet nog een gewenst en bemind kind verliezen.

Jens wilde niet nog meer verliezen.

Iets in hem zei dat Liv erbij moest zijn. Liv moest erbij zijn om de aanwezigheid van de pasgeboren overledene in een bepaalde vorm te behouden.

*

Het zout zou alle vocht uit het lichaam trekken, legde haar vader uit terwijl hij een teiltje pakte dat qua grootte paste. Liv had nog nooit zo veel zout bij elkaar gezien. Ze keek naar het gezichtje, terwijl de witte zee rond haar zusje oprees. De kleine ogen waren gesloten. Carl had zijn ogen ook gesloten, en Liv wilde het graag, maar kon het niet. Ze moest samen met haar vader kijken. Ze moest overal bij zijn, dat had hij haar gevraagd. Ze moesten samen op het meisje letten en ervoor zorgen dat ze niet verdween.

Maar op dit moment verdween ze in een bad van zout, en de wangen en het piepkleine neusje waren de laatste dingen die onder het wateroppervlak verdwenen.

Daar moest ze een maand blijven liggen, tot ze helemaal droog was, tot er geen druppel vocht meer in haar zat, had hij gezegd. Liv vroeg zich af of je kon huilen als je dood was.

Carl wel. Hij ging zelfs veel huilen. Hij huilde, omdat hun zusje dood was en hij huilde omdat hun moeder boven in de slaapkamer lag en niets mocht weten van het kind in het zout, en hij huilde omdat ze zich in een container moesten verstoppen als ze ook maar het minste vermoeden hadden dat er iemand aankwam. Ja, bij het minste geluid. En hij huilde misschien het allermeest omdat hij zich samen met Liv heel alleen voelde.

*

Maria Haarder had niet de kracht gehad om nog een kind te begraven en ze had dankbaar geknikt vanaf haar overbelaste bed toen Jens bovenkwam en vertelde dat de pasgeborene nu was verbrand en verdwenen. Hij had een mooi, klein kistje voor haar gemaakt waarin ze op reis was gegaan, had hij gezegd. Daarna had hij zijn vrouw op het voorhoofd gekust en over haar haar gestreken.

'Ze heeft het nu goed,' had hij gefluisterd.

Liv had vanaf de bedrand geluisterd. Met haar ging het niet goed. Ze wist dat dit een van die keren was dat je best mocht liegen. Dat je móest liegen. Ze mocht haar moeder nooit vertellen dat het kleine mensje dat uit haar was gekomen niet was verbrand, maar in zout in een teil in de werkplaats begraven lag. Dat mocht ze nooit vertellen.

Liv vertelde niets, maar las in plaats daarvan haar moeder voor. Daar was ze ongelooflijk goed in geworden, zei Maria, als ze tenminste zelf een geluid over haar zachte lippen wist te krijgen. In de regel pakte ze een van haar notitieboekjes en schreef iets aan Liv, die zich als een hongerig kind op de zinnen stortte.

*Ik ben zo trots dat je al zo goed kunt lezen en schrijven. Dat is echt geweldig, Liv!*

En Liv glimlachte, een ogenblik verzadigd door geluk, voor ze verderging met lezen.

Hardop.

Af en toe vroeg ze zich af of ze het geheim misschien zelf kon opschrijven en aan haar moeder laten zien. Op die manier zou ze niets zeggen, maar zou ze haar kennis toch kunnen delen. Zonder iets te zeggen.

Maar ze durfde het niet. Niet alleen onbekende mensen boezemden haar inmiddels angst in. Haar vaders toenemende duisterheid was als een donkere, onbegrijpelijke bedreiging op haar toegeslopen.

Maria Haarder kwam haar slaapkamer niet meer uit. En als ze daartoe in staat was geweest tijdens de maand dat haar levenloze derde kind in het zout begraven lag, zou ze haar eigen huis niet meer herkennen. Ze werd zelf stilaan ook begraven.

*Beste Liv,*

*De konijnen, wat gebeurt er met de konijnen? Zijn er meer bijgekomen? Ik heb het idee dat ik ze hoor. Zitten ze niet meer in hun hok? En de dieren in de stal… ik hoor de dieren ook. Voeren jullie ze wel?*

*Het is nu nacht. Ze horen geen lawaai te maken!*

*Veel liefs,*

*je moeder.*

# Mijn zusje

Terwijl mijn kleine zusje in het zout lag, haalde ik meer gaasverband en zuiverde ik meer hars, en mijn moeder verbaasde zich over de geur die om me heen hing. *Je ruikt voortdurend naar hars; je rent zeker veel door het bos*, schreef ze. En ik fluisterde: het ruikt niet, het geurt.

Toen glimlachte ze.

Op een nacht vond ik een hele zak met weggegooide koffiebroodjes achter de bakkerij en daar hebben we veel tijd mee in bed doorgebracht. Carl maakte zich een beetje zorgen dat mijn moeder er zoveel van at, maar toen heb ik hem de deur uitgestuurd. Af en toe kon hij behoorlijk irritant zijn. Mijn vader wilde niets hebben en dat maakte me een beetje verdrietig, want ik vond het het fijnst als we alle drie bij elkaar waren. Dat waren we bijna nooit meer.

Maar wat het ergste was, was dat hij boos begon te worden. Niet op mij, niet direct, en ook niet op mijn moeder. Hij sprak altijd vriendelijk tegen ons, als hij al wat zei. Ik weet trouwens niet goed op wie hij boos was. Maar in elk geval kon ik hem zo nu en dan horen foeteren als hij alleen was. Misschien had hij ook een onzichtbare vriend die hij uitschold?

Af en toe schold ik Carl een beetje uit, maar nooit zoveel dat ik bang hoefde te zijn dat hij voor mij zou verdwijnen… dus een compleet onzichtbare tweelingbroer zou worden.

Ik maakte me ook zorgen over iets anders. Overal lagen heel

veel spullen, en hoewel ik al die dingen heel leuk vond (vooral de spullen die mijn vader ik samen hadden gevonden), voelde er toch iets verkeerd.

Ik kon ons huis vergelijken met de huizen die ik bezocht. Daar kon ik me veel beter door de vertrekken bewegen. Ook was er geen andere plek waar overal zo veel stof en vuil lag. De muizen en spinnen waren weliswaar mijn vrienden, maar het was toch wel fijn dat in de keuken van het hotel niet overal muizenkeutels lagen en spinnenwebben hingen. De andere huizen deden zo anders aan, roken ook anders. Lekkerder. Vooral het hotel.

Ik kon me herinneren dat er niet altijd zo veel spullen bij ons in huis hadden gestaan als er op dit moment aanwezig waren. Ik kon me herinneren dat we de keuken en de badkamer echt konden gebruiken. Niet alleen om er spullen in te hebben staan.

Ik denk dat ik het liefst wilde dat het nog steeds zo was. Dat er niet zo ontzettend veel spullen waren. Aan de andere kant was er niets bij wat ik graag zou willen missen. En mijn vader zei dat we er goed op moesten passen.

Daar dacht ik allemaal aan. Maar ik wist niet wat ik eraan moest doen. Ik vond het steeds moeilijker om met mijn vader te praten en ik was bang iets tegen mijn moeder te zeggen dat haar verdrietig zou maken – of nog erger. Telkens als ik zin had om haar te vertellen over iets waarvan ik het idee had dat mijn vader dat niet leuk zou vinden, hoorde ik zijn woorden: 'Dat zou je moeders dood betekenen.'

Het kon wel zijn dat ik een aantal dieren had gedood en daar zelfs vrij goed in was. Maar ik wilde niet graag mijn moeder om het leven brengen.

Ik kon me niets ergers voorstellen dan dat ze niet meer boven in bed op mij zou liggen wachten. Zou liggen wachten tot ik weer met eten kwam aanzetten en met een boek dat ik haar hardop voorlas, terwijl ze mij over mijn haar aaide en met gebaren vertelde dat ze van me hield. Dat was ondertussen het beste geworden dat ik kende, nu mijn vader me niet meer met de jol uit varen nam of met me meeging naar het bos. Sinds de baby uit mijn moeder was gekomen, kwam hij bijna nergens meer.

Het is moeilijk om met iemand te praten als je niks mag zeggen. Vooral als degenen met wie je praat niet zoveel zeggen, of dat nu je vader of je moeder of je onzichtbare tweelingbroer is. Ik denk dat ik daarom zo blij was dat ik mijn moeder hardop voorlas.

Op die manier wist ik zeker dat ik het nog kon. Praten.

Maar ik mocht nog steeds niets *zeggen*. En buiten de slaapkamer moest ik bij voorkeur heel stil zijn, zodat niemand me hoorde.

Het was een beetje gek dat mijn vader me in mijn eentje naar het hoofdeiland stuurde als hij zo bang was dat iemand me zou ontdekken. Hij zei elke keer hetzelfde: 'Zorg er in godsnaam voor dat je niet wordt ontdekt! En je mag niet tegen je moeder zeggen dat ik niet meega.'

Ik snapte niet waarom God, in wie we toch niet geloofden, erbij moest worden gehaald. Maar ik begreep nog minder waarom mijn vader niet meeging om op mij te letten in plaats van dat hij thuisbleef om op de spullen te passen. Later begreep ik pas goed dat hij nog banger was dan ik. Voor van alles, volgens mij. Een beetje zoals Carl.

Dan was er nog iets anders. Dat van het donker en de pijn. Carl had in het donker vaak pijn gehad: als we over De Hals naar huis liepen en blaren op onze voeten kregen. Die nacht dat we onze handen brandden aan een kachel in een woonkamer. De keer dat we tegen een oude, ijzeren wasbak stootten die iemand tegen een huismuur had gezet.

Carl had echt pijn gehad. En ik had gebloed. En misschien had ik ook een beetje pijn gevoeld.

Ik begon me langzaamaan te realiseren dat het donker waarschijnlijk geen pijn meer kon wegnemen en dat de pijn daarom in Carl en mij bleef hangen. Dat het donker inmiddels helemaal vol zat. Net als ons huis.

Misschien merkte mijn vader dat ook. Misschien had hij ook pijn in het donker. Misschien geloofde hij niet dat ik het had. Ik wist niet of ik het hem moest vertellen.

*

Er kwam een heel ander lichaam uit het zout omhoog dan wat ik erin had zien verdwijnen. Mijn zusje, dat natuurlijk toch al klein was, was nog veel kleiner geworden. Ze was zo dun, zo dun. Misschien werd je wel zo als je een maand lang niet at? Ik bedacht wat er met mijn moeder zou gebeuren als zij hetzelfde deed.

Mijn vader legde haar weer op de schaafbank. Die was nog steeds heel donker van het bloed dat de vorige keer uit haar was gelopen – door het gewatteerde dekentje heen in het hout. Er zat ook een donkere vlek op de vloer. Nu was er geen druppel meer in haar over; precies zoals hij had gehoopt.

Toen kwam het moment dat we de oliën en de hars nodig hadden. Ik kreeg de taak om de gezuiverde hars buiten de werkplaats boven de gasvlam te smelten. Ik deed het in een pan uit het hotel. De hars moest vloeibaar zijn, zei mijn vader. Niet kokend, gewoon vloeibaar. Toen ik met mijn eerste portie binnenkwam, was hij klaar met mijn zusje insmeren met olie. De ene grote fles met druivenpitolie was bijna leeg en nu lag ze glanzend op de schaafbank.

Ik vond het prettig dat er geen bloed meer was en dat hij het gat in haar buik had dichtgemaakt. Hij nam de pan van me over en goot de hars over haar heen, en daarna verdeelde hij het met een penseel zodat alles werd bedekt.

Hij deed het zeer zorgvuldig, net als wanneer hij tekende, en hoewel ze heel klein en dun was, zag ze er opeens zo prachtig uit zoals ze daar lag. Mijn kleine zusje. Ik wilde zo graag dat ze niet dood was.

Hij had een krukje voor me neergezet, zodat ik een beter zicht had op alles, en daar stond ik dus op te kijken. Het was merkwaardig, want aan de ene kant had ik zin om heel ver weg te rennen – naar boven om me in de slaapkamer bij mijn moeder of samen met Carl in de container te verstoppen.

Aan de andere kant had ik zin om op het krukje te blijven staan om alles te zien. Om daar samen met mijn vader te zijn.

Het was goed dat ik er was, want nu had hij me echt nodig. Jeetje, wat had hij veel gaasverband nodig. Ik gaf hem de ene rol na de andere, terwijl hij mijn zusje in gaasverband wikkelde. Hij begon met haar piepkleine voetjes en ging door tot helemaal naar boven over het kleine hoofdje heen, zodat het gezicht helemaal onder de smalle stroken dunne stof verdween. De huid mocht geen lucht krijgen, legde hij uit.

Toen ze helemaal van top tot teen was ingezwachteld, dacht ik dat we wel klaar waren. Maar nee. Hij goot nog meer hars over haar heen, en daarna moesten we opnieuw met het verband in de weer. Zo bleven we doorgaan, tot mijn vader uiteindelijk zei dat het zo waarschijnlijk wel genoeg was.

Plotseling deed hij iets wat ik helemaal niet had verwacht. Hij liep weg en haalde een tekening. Een nieuwe tekening. Het was anders lang geleden dat ik hem wat dan ook had zien tekenen. Deze keer was het anders dan zijn andere tekeningen, want hij was gemaakt met viltstift op een dunne houten plaat. Hij hield hem omhoog, zodat ik hem kon zien. ‘Vind je dat ze erop lijkt?’ vroeg hij.

Dat vond ik eigenlijk niet, want nu was ze immers dun geworden en was ze in van alles ingepakt. Maar het leek op haar voor ze in het zout verdronk.

Ik knikte.

'Deze doen we over haar gezicht heen, zodat we ons altijd kunnen herinneren hoe ze er daarbinnen uitziet.'

Mijn vader bracht de tekening aan en bond hem met nog meer gaasverband aan de zijkanten vast. Daarna pakte hij een groot stuk canvas en wikkelde dat om haar heen. Het was echt ongelooflijk zoals zij moest worden ingepakt! Hij knipte ook een ovaal gat in het doek om haar hoofd, zodat je de tekening door het gat heen kon zien.

Nu leek mijn kleine zusje op een van die houten poppetjes die in elkaar pasten. We hadden in een woonkamer in Vesterby een keer een paar gevonden. Deze was alleen wat groter en bevatte maar één klein meisje.

Als allerlaatste werd ze in het piepkleine kistje gelegd dat mijn vader voor haar had gemaakt. Ik had hem wel horen zagen en timmeren en schaven en schuren terwijl ik in de container zat.

De laatste tijd zat ik vaak in die container, ook als niets erop wees dat er onbekenden aankwamen. Het leek er eigenlijk nooit op dat er onbekenden kwamen, als je de postbode niet meetelde, die altijd bij de slagboom stopte en uit de auto stapte om brieven in de brievenbus te doen. Ik lette natuurlijk extra op dat ik me verstopte als het moment naderde dat hij eraan kón komen. Ik kon hem door de kijkgaten heen zien. Hoewel hij ver weg was – zo ver weg dat hij slechts een klein rood mannetje leek – wist ik zeker dat hij telkens naar het huis en naar de drie kleine gaatjes in de container keek. Ik hield altijd mijn adem in en bleef muisstil zitten tot hij weer wegreed.

Maar zelfs als de postbode geweest *was*, fluisterde mijn vader voortdurend tegen me dat ik moest uitkijken. De postbode kon terugkomen, zei hij. Of er konden andere mensen komen die me zouden zien en me zouden meenemen.

Uiteindelijk maakte hij slechts een geluid – 'hiiishhh' – wat betekende dat ik me snel moest verstoppen.

Ik had me ook wel boven bij mijn moeder in de slaapkamer kunnen verstoppen. Ik had ook wel een andere plek kunnen vinden waar ik me kon verstoppen, of in elk geval een andere plek kunnen maken, als ik een paar dingen verplaatste. Maar de container was het beste, zei mijn vader, want daar zou absoluut niemand zoeken. Ik kreeg het gevoel dat hij liever niet wilde dat ik bij mijn moeder was, maar ik begreep niet waarom.

Misschien was hij bang dat ik iets zei.

Inmiddels was het het eenvoudigst om samen met Carl in de container te zitten en door de gaten naar de grindweg te kijken. Tegen Carl kon ik alles zeggen, maar hij aaide me niet over mijn haar zoals mijn moeder en ik kon hem ook niet echt aaien. Gelukkig had ik een grote, bruine beer in een doos gevonden. Hij was een beetje versleten, maar fijn om te voelen. Die kon ik aaien.

Als ik af en toe de behoefte had om iets aan te raken dat zich ook kon bewegen, nam ik een van de konijnen uit het huis mee naar de container. Het konijn voelde zacht en warm als het onder mijn hand bewoog, en het gevoel gaf me zon in mijn buik. Maar tegelijkertijd was ik ook doodsbang. Doodsbang dat mijn vader erachter zou komen, want hij had gezegd dat de konijnen in huis moesten blijven. In de container zouden ze lawaai kunnen maken.

Als ik daar in het donker zat en door de gaten naar buiten keek, was ik echt bang dat er iemand aan zou komen. En toch was ik altijd een klein beetje teleurgesteld als een beweging op de grindweg een konijn of een vos bleek te zijn en niet een mens. Ik begreep niet goed waarom.

Ik hield ook de bomen in de gaten. Op het gedeelte tussen het bos en de grindweg, waar altijd gras en zo was, waren een heleboel dennenbomen opgekomen. Het was alsof het bos groeide. Misschien zou het op een dag 't Hoofd helemaal bedekken. Dan zou ik in de container zitten en in het bos kijken.

Ze moest bij mij blijven, zei mijn vader toen hij helemaal klaar was met de doodskist van mijn zusje.

Dan konden we elkaar gezelschap houden.

We schoven wat oude banden aan de kant en verplaatsten een paar zakken een beetje, zodat ze in haar kist naast mijn plek in de container kon liggen. Als ik het houten deksel opzijschoof, kon ik naar haar kijken.

Het kistje was het mooiste wat ik mijn vader ooit had zien maken. Mijn moeder had me verteld over de beroemde doodskisten van mijn opa, maar die kunnen onmogelijk mooier zijn geweest dan het kistje dat mijn vader voor mijn zusje maakte.

In het begin was het een beetje raar dat ze daar naast mij lag. Maar na een tijdje wende ik eraan. Ergens was het prettig dat we er alle drie waren: mijn tweelingbroer, ons zusje en ik. Al was ik alleen maar als dood opgegeven.

*Beste Liv,*

*Welke dag is het? Ben je al jarig geweest? Het is hier zo donker in de kamer. Ik zou willen dat ik je vader kon overhalen wat van al die spullen die de ramen blokkeren weg te halen, maar hij komt hier niet meer zo vaak. Misschien kun jij bij de bovenste dingen komen als je ergens op gaat staan? Als je je maar niet bezeert. Je zou je zomaar kunnen bezeren met die grote radio die bovenop staat.*

*Ach Liv, je bent steeds zo lang weg. Ik zou willen dat ik uit bed kon komen, de kamer uit, naar beneden. Naar buiten. Je moet snel langskomen met de emmer en het washandje. En met meer eten en iets te drinken. Ik heb zo'n ontzettende dorst. Het is de lucht.*

*Mama*

# Naar het noorden

Het duurde nog maar een paar dagen tot de kok terugkwam en het hotel-restaurant weer open zou gaan. Roald had het meest noodzakelijke geschilderd en gerepareerd en nu verheugde hij zich erop dat de geur van het heerlijke eten van de kok de lucht van verf zou verdringen. Hij was een dag eerder klaar en had een raar, rusteloos gevoel in zijn lijf. Er waren nog genoeg dingetjes die hij kon fiksen, maar hij had alles gedaan wat hij zich had voorgenomen. Het gaf hem het gevoel dat hij zijn eerste vrije dag verdiend had in – hoelang was het ondertussen? Zes, zeven, acht jaar? Hij was zijn gevoel voor tijd helemaal kwijtgeraakt.

De tijd op het eiland was een andere dan die hij aan de vaste wal had gekend. Destijds had hij een duidelijke, rechte lijn op het netvlies als hij zich het verloop van een jaar voorstelde; een lineaire baan met messcherpe indelingen in toetsweken, voorbereidingen, vakanties en vergaderingen; altijd een kopie van vastgelegde routines van eerdere jaren en vaste plannen van de jaren die volgden. Op het eiland had het jaar een organische vorm, die zich zachtjes om kerst heen slingerde, zich tot aan de zomer uitstrekte en met de jaren ervoor en erna samenvloeide. De tijd werd niet opgeheven; hij had alleen een andere consistentie gekregen. Hij was als een welwillende vriend die niets anders verlangde dan er te zijn.

Ook al had hij genoten van de stilte tijdens de sluiting, Roald moest toegeven dat hij de gebruikelijke koppen die op de gebruikelijke momenten in de bar opdoken miste. Hij miste zelfs bijna de visballetjesgrossier – zo noemden ze hem echt – die al zijn bezoekjes voor de eenarmige bandiet doorbracht, totdat het precies elf minuten voor etenstijd was. Het kostte de visballetjesgrossier precies negenenhalve minuut van het moment dan hij zijn kruk voor de speelautomaat tot hij zijn fiets thuis tegen de muur zette, zo had hij laten weten. En anderhalve minuut om van zijn fiets naar de eetkamerstoel te komen, als hij nog even zijn handen wilde wassen.

Veel meer zei de visballetjesgrossier niet.

Ja, misschien dat ze van gebakken spek met peterseliesaus een nationaal gerecht zouden moeten maken. Vooral als hij dat thuis te eten kreeg. Dan kon hij zich van opwinding bijna niet inhouden en wilde hij zijn kruk wel al twaalf minuten voor tijd verlaten. Hij hield niet van visballetjes, zei hij, maar hij had er prima van kunnen bestaan, tot die rooien met al hun ideeën op de proppen kwamen. Roald was er nog niet achter wat hij daarmee bedoelde. Hij had zelf ook niet zo veel verstand van visballetjes.

Roald had nog niet met iemand over het kind gesproken. Hij was anders de laatste paar dagen de politieman een paar keer tegengekomen en had er dus ruim de gelegenheid voor gehad, maar iets hield hem tegen. Hij hoefde natuurlijk ook niet per se met de politie te praten. Er waren anderen. Hij kon misschien iemand bij de school aanspreken en voorzichtig informeren. Er was een knappe lerares muziek met wie hij het niet bezwaarlijk zou vinden een gesprekje te voeren, afgezien van het feit dat ze zich onlangs had verloofd met een marineofficier en blijkbaar van een kinderschare à la Von Trapp-grootte droomde.

Misschien was het beter om het te vragen aan de gepensioneerde huisarts die af en toe in het café kwam en altijd dezelfde grap vertelde? Huisartsen wisten ook van alles over mensen. In die kringen heerste natuurlijk een soort zwijgplicht, maar zwijgplicht op het eiland was wel een vrij relatief begrip.

Men zei niets, maar tóch.

Nu had Roald in eerste instantie besloten het gezin op 't Hoofd een bezoek te brengen. In zijn eentje.

Hij was er nog nooit geweest. Het was niet een plek waar je kwam, tenzij je een boodschap had, en omdat Roald het meeste zelf kon repareren had hij nooit iemand als Jens Haarder nodig gehad.

De meubelmakerij van Haarder – of wat hij nou ook precies deed – lag naar het zich liet aanzien helemaal stil. Het was in elk geval lang geleden dat het reclamebord op het hoofdeiland was weggehaald en de kerstbomenverkoop was voor zover hij wist ook gestopt. De meubelmaker werd echter wel zo nu en dan gesignaleerd met een lading oude troep en er werd gezegd dat hij af en toe bij de vuilstort opdook of op een vlooienmarkt rondsnuffelde. Soms betaalden mensen hem zelfs om hun rotzooi mee te nemen.

Roald verbaasde zich nog steeds over de vrachtauto, een stokoude Ford F pick-up die eigenlijk allang de geest gegeven had moeten hebben. Op wonderbaarlijke wijze was het Jens Haarder gelukt het beestje in leven te houden. De wagen zou naar verluidt van Jens Haarders vader zijn geweest.

Roald had Maria Haarder maar een enkele keer gezien, jaren geleden, toen ze in de apotheek zat te wachten. Hij zou niet hebben geweten dat zij het was als Jens Haarder er niet bij was geweest.

Ze waren een opmerkelijk koppel. Ze zaten daar maar en hielden elkaar bij de hand en glimlachten verlegen zonder een woord te zeggen. Jens Haarders ogen leken zwart en ondoorgrondelijk. Hij was slank en goed gebouwd – aantrekkelijk eigenlijk, als je dat van een man kon zeggen – en verder had hij een prachtig, ivoorkleurig overhemd aan. Zij zag er naast haar man nogal mollig uit, maar desalniettemin was ze echt knap. Volgens de anderen in het café was ze trouwens heel slank geweest toen ze naar het eiland kwam. Hoe meer Roald haar stiekem vanaf zijn plek in de rij bestudeerde, hoe knapper ze werd. Bij haar zat het ondoorgrondelijke in haar glimlach, in de mondhoeken. Toen werd hij naar de balie geroepen.

De laatste tijd leek Jens Haarder echter steeds meer op een onverzorgde wildeman en de geruchten zeiden dat Maria Haarder kolossaal was geworden. Dat beweerde de postbode tenminste, en hij was waarschijnlijk de laatste die haar op 't Hoofd had gezien. Dat was alweer een hele tijd geleden.

Aan de andere kant was de postbode misschien ook niet de betrouwbaarste getuige. Hij had bijvoorbeeld meer dan alleen gesuggereerd dat Haarder elke maand brieven van de maffia kreeg, ogenschijnlijk met gigantische bedragen. Je voorstellen dat Jens Haarder met de maffia in verbinding stond, was ongeveer net zo krankzinnig als je voorstellen dat Jens zijn eigen moeder had vermoord. Dat suggereerde de postbode namelijk ook, waar hij dat idee ook vandaan had. Misschien fantaseerden postbodes gewoon meer dan andere mensen omdat ze zo veel informatie, zo veel potentiële geheimen met zich meedroegen waarnaar ze slechts konden gissen en die ze nooit onder ogen kregen, tenzij ze een röntgenblik hadden. Dit exemplaar van het rode postboderas bezat dat laatste waarschijnlijk niet. Daar stond tegenover dat hij behoorlijk scheel keek.

Roald moest een smoes zien te verzinnen om naar 't Hoofd toe te kunnen. Het was helemaal niet ver, hij hoefde alleen maar over de landtong te lopen. Toch voelde het wel een beetje als een hele expeditie.

Zelf kende hij Jens Haarder zo vluchtig dat hij er niet eens zeker van was of Jens hem zou herkennen. En nogmaals, je kwam niet zomaar zonder reden langs. Moest hij eerlijk zijn en zeggen dat hij op een nacht een jongetje in de richting van 't Hoofd had zien rennen en nu wilde informeren of Jens en Maria daar iets van wisten? Was er bij hen misschien ook ingebroken?

Nee, hij had geen zin om het kind als dief te bestempelen en op die manier het risico te lopen hem in de problemen te brengen. Dat jongetje had waarschijnlijk genoeg problemen, wie hij ook was. Bovendien moest Roald er niet aan denken om juist bij hen tweeën naar een kind te informeren.

Misschien kon hij hen in plaats daarvan voor iets in het hotel-restaurant uitnodigen? En dan daarna enigszins achteloos vragen of ze een inbraak hadden gehad zonder iets over een kind te vermelden? Nee, dat was te ver gezocht. Jens en Maria Haarder interesseerden zich duidelijk niet voor het sociale leven op het hoofdeiland. Jens was vroeger wel eens in het hotel geweest, toen de oude eigenaar er nog op zat. Maar alleen om Roalds oom met wat kleine reparaties te helpen, nooit om in het café te zitten of mee te doen met dartavondjes of het zomerfeest of de nieuwjaarslunch of wat men nou ook als aanleiding gebruikte om in een tikje nettere kleding een beetje meer te drinken. Roald wist niet eens zeker of Jens Haarder überhaupt dronk, en dat met kleding interesseerde hem in elk geval niet meer.

Wat zou in hemelsnaam kunnen gebruiken als excuus?

De hond! Roald had op een gegeven moment de wens geuit om een hond te nemen, maar had tegelijkertijd het bezwaar ingezien om de eeuwige verantwoordelijkheid voor het beest te dragen. Lars van Lontje, die altijd in het café kwam om voetbaltoto te kijken, had gezegd dat Roald best hun jachthond mocht uitlaten.

Lars leed aan voetjicht en had problemen met lopen, en zijn vrouw maakte overal problemen van; zij was wat je noemt hoogexplosief. Nadat zij de postbode een oorvijg had gegeven omdat hij met een aanmaning was gekomen, hadden ze nooit anders geheten dan Lars en Lontje. Men wist best dat zij thuis op de boerderij behoorlijk dronk, maar daar spraken ze natuurlijk niet over. In elk geval niet waar Lars bij was.

Het was een ruwharige Duitse staander. Zo eentje die op een oudere, gedistingeerde heer met baard leek, hoewel ze nog maar vijf jaar oud en bijna net zo explosief was als haar bazin. En ze heette Ida.

Maar lief was ze, Ida met de baard. En sterk. De instructie van Lars van Lontje was dat Roald haar pas mocht loslaten als ze de asfaltweg verlieten. Roald keek uit naar dat moment, want na slechts tien minuten op de provinciale weg onvrijwillig de Hitlergroet brengend begon zijn ene arm zo'n beetje van zijn schouder los te raken.

Toen hij in de buurt van De Hals kwam, overdacht hij zijn missie weer. Hij was er niet zeker van dat hij zelf precies wist wat hij van plan was. Het was toch wel in orde om daar met een hond te gaan wandelen... of? Hij had eigenlijk geen idee wanneer hij op privéterrein kwam. Niet het hele Hoofd was eigendom van Haarder. Maar waar lag de grens? Was er überhaupt een grens?

Niet alleen de tijd was opgeheven op het eiland, had Roald gemerkt. Het gold ook voor de fysieke scheidingen, die binnen de messcherpe begrenzing door de zee tamelijk vrij leken te lopen. Het graan golfde generaties lang vredig tussen buren heen en weer, en de afscheidingspalen stonden in de allereerste plaats in de herinnering van de mensen.

Aan de vaste wal zou dat niet hebben gekund.

Op dit moment golfde er geen koren, met de novemberzon die boven het landschap hing, en de goudkleurige bladeren van een houtwal hadden zich allang verdeeld in de ploegvoren op de akker die hij passeerde.

Voor hem lag de landtong en het doel van zijn tocht.

Toen het asfalt uiteindelijk overging in een grindweg, maakte hij de hond los. Ida galoppeerde ervandoor over De Hals naar 't Hoofd, alsof ze al jaren niet had kunnen rennen en ze verdween al snel uit zicht.

Perfect! Hij moest de hond halen die ervandoor was gegaan. Dat was het excuus. Hij kon vragen of ze haar hadden gezien, en kon dan op een of andere manier ook het kind ter sprake brengen.

Het was stil op De Hals. Roald keek langs de hellingen met wegedoorn en zandhaver en observeerde een paar meeuwen die om een krab vochten. De zee klotste van beide kanten tegen de landtong, als zachte, onbeholpen kusjes. Aan de oostkant was er slechts water, water, water, tot de zee in een lichte mist verdween. In westelijke richting de onduidelijke contouren van de vaste wal. Die miste hij niet.

Voor hem rees 't Hoofd als een brede, donkere massa op uit zee. Hij voelde zich als Columbus of misschien eerder nog als Amundsen op weg naar het noorden. Dat was natuurlijk idioot, want hij wist dat de schele postbode er geregeld kwam. Het was immers geen onontdekt land. Maar toch.

In de verte hoorde hij de hond.

Ze jankte.

*Er jankt ergens in de buurt een dier. Is het een van de onze? Is het een hond? Het klinkt als een hond! Het bevalt me niets.*

*Het gaat niet zo goed met me, Liv.*

*Ik zou willen dat je kon horen wat ik schrijf. Ik zou willen dat je kwam!*

*Wat is er aan de hand?*

# De dag dat het gebeurde

De dag dat het gebeurde zat ik in de container. Het was een van die moeilijke dagen. 's Nachts had ik gedroomd dat ik onder een waterval stond die onderweg naar beneden spijt kreeg. Ik keek naar al het water dat boven me hing en ik wist dat het er zo meteen achter zou komen dat het daar niet kon blijven hangen. Dat alleen de zee zich kon terugtrekken en een waterval niet. Dat had mijn vader me verteld.

Water valt.

En kinderen verdrinken. Misschien.

Toen ik wakker werd, probeerde ik de droom verder te laten gaan zodat hij goed werd. Ik stelde me voor dat het zolang duurde voor het water zich realiseerde dat het een waterval was, dat ik nog een stap terug kon doen en me in veiligheid kon brengen tussen de rotswand en het water, dat weldra als een gigantisch gordijn zou vallen. Daarover had ik in een van mijn moeders boeken gelezen: dat er een geheime ruimte was waar je in kon staan. Achter het gordijn.

Maar zolang ik me het alleen maar voorstelde en het niet droomde, wist ik niet of ik ook werkelijk in veiligheid kon komen. Dat vond ik niet zo fijn.

Terwijl ik aan de droom dacht, maakte ik het gat in de beer dicht. Mijn moeder had me leren naaien, net als zij me had leren lezen. Op een dag had ik mijn eigen naaidoos gekregen, die mijn vader had gemaakt en mijn moeder had gevuld met naalden en vingerhoedjes en elastiek en garen. Hij stond bij mij in de container, vlak naast het kistje met mijn kleine zusje.

De beer kreeg van die gaten. En als hij die kreeg, kwam er wit spul uit de gaten. Dat witte spul was droog en zacht en leek op sneeuw als je het in de lucht gooide, voor je het in de beer terugstopte en de gaten dichtnaaide of wat je er ook mee deed. Ik weet niet waarom de beer die gaten kreeg. Misschien aaide ik hem te veel, of misschien kwam het door de muizen. Maar hij verrotte in elk geval niet.

Met mijn moeder was dat anders. Misschien was ik daarom die dag zo verdrietig. Ik was boven bij haar geweest met wat eten uit blik dat ik op de gaspit van mijn vader had opgewarmd. Ik had ook wat water uit de pomp voor haar meegebracht. Het was makkelijker om het uit de pomp te halen dan te proberen bij de gootsteen te komen. Ik had haar graag melk gegeven, want ze was dol op verse melk, maar de laatste koe en de geiten gaven geen melk meer. Ze moesten jonkies krijgen om melk te kunnen geven, had mijn moeder uitgelegd. Er waren geen jonkies. De bok was dood. Die lag maar wat in het weiland, stijf als een steen en veel te dun. Ik weet niet waarom we hem niet weghaalden. Alle dieren begonnen dun te worden. Misschien kregen ze niet meer zoveel te eten. Mijn vader zei dat hij ze gaf wat ze nodig hadden, maar ik weet niet...

Misschien had het ermee te maken dat het voer er zo raar uitzag. Het rook ook anders. Een deel ervan stond in de woonkamer, omdat er enkele meubels in de voeropslag stonden en plek innamen. Het duurde steeds langer tot hij wat haalde; en tegelijkertijd was het alsof hij de dieren liever niet langer buiten op het gras wilden laten. Ik kon ze horen. Ik denk dat ze mijn vader riepen. Of het gras.

Of mij misschien.

Maar ik durfde niets te doen als mijn vader het niet vroeg. Ik durfde niet langer alleen de stal binnen te gaan, misschien omdat ik bang was wat ik daar zou aantreffen.

Die ochtend waren de geluiden nog klagender geweest dan eerder. Ik dacht dat ik het paard hoorde huilen.

Maar het kwam niet eens door dat met de dieren waardoor ik die dag het meest verdrietig was geworden. Het was mijn moeder.

Er zaten ook gaten in mijn moeder, maar het waren geen kleine, droge scheuren die je even kon dichtnaaien. Het waren grote, vochtige wonden. Als ik haar moest helpen met het washandje en de emmer en ze draaide zich een beetje om op de matras kon ik ze zien. Ze kreeg ze omdat ze zoveel lag en zo zwaar was, legde ze me op haar notitieblok uit. Dat was klein in vergelijking met mijn moeder, en de balpen verdween bijna helemaal in haar hand.

Zij was zo groot, zo groot!

En toch was het alsof mijn moeders lichaam was veranderd. Het verdeelde zich anders over het bed. Het was slapper geworden – net als mijn beer als er te veel wit spul uit een gat was gelopen en ik het er nog niet in terug had gepropt. Misschien was het omdat ik niet zo vaak met eten kwam. Ik probeerde het, maar het was moeilijk. Mijn vader zei dat ik haar niet te veel moest geven.

Ik wist niet langer wat mijn vader deed. Hij was er en toch was hij er niet.

Het ergste was dat de gaten erger werden en mijn moeder huilde. Die ochtend schreef ze op haar notitieblok dat ze mijn vader had gevraagd naar het hoofdeiland te gaan. Hij moest iets bij de apotheek halen dat de wonden kon genezen. En iets om de pijn te verlichten. Dat laatste begreep ik niet. Hoe verlichtte je pijn? Deed je er dan een lamp in? Haar handschrift was veranderd. De zinnen waren korter geworden en ze schreef lang niet meer zo netjes als ze altijd deed.

*Beter dat hij nu dokter haalt*, voegde ze er aan het eind aan toe. *We hebben nu hulp nodig.*

Toen werd ik echt bang, want mijn vader had mij over de dokters verteld. Dat waren mensen voor wie je het meest van allemaal moest oppassen. Ze maakten mensen ziek, zei hij. Ze bemoeiden zich met dingen waar ze zich niet mee moesten bemoeien. Namen mensen mee.

Stel je eens voor dat ze mijn moeder meenamen. En ik dan? Stel dat ik werd gezien door een dokter die langskwam om naar mijn moeder te kijken? Zou hij mij dan meenemen? Mij ziek maken? Mij misschien vermoorden? Ik had geen zin om écht dood te gaan.

Dus ik begreep mijn moeder niet.

Tegelijkertijd was ik ook gaan begrijpen dat ik mijn vader ook niet begreep. Ik begreep eigenlijk niets. Carl kon ik niet helpen, maar het was fijn dat hij er was, zodat we samen iets niet begrepen.

Nu wist ik dus niet wat ik moest hopen waarmee mijn vader thuiskwam. Ik had hem de grindweg af zien rijden en hem achter de dennenbomen bij de slagboom zien verdwijnen. Eerst had hij geld uit de geldkist in de container gehaald. Er zat een heleboel in: briefjes met mensen en hagedissen en eekhoorns en mussen en vissen en vlinders erop, en kleine bruine munten en wat grotere munten met het hoofd van een mevrouw die van de zijkant best wel op de vrouw van de slager leek.

Het beviel mijn vader niet dat het geld de kas moest verlaten. 'We moeten net zo goed op het geld passen als we op jou passen en op de spullen en op je zusje in haar kist.'

Ik had zin om eraan toe te voegen: 'En op moeder boven in bed en op de dieren in de stal.' Maar ik deed het niet.

Er waren nu ook dieren in het huis. De konijnen zaten overal. Ik weet niet waar ze vandaan kwamen – in het begin waren er immers maar twee! Omdat we de deuren altijd dichtdeden en op slot kwamen ze nooit buiten, tenzij ik er natuurlijk eentje meenam naar de container. Dat was het voordeel van dat er zoveel waren: mijn vader kon niet zien of er een ontbrak.

Soms dacht ik eraan wat er zou gebeuren als de konijnen in het huis konijnen in de natuur tegenkwamen? Zouden die dan met elkaar kunnen praten? Ik was nooit bang geweest voor wilde konijnen. Maar ergens was ik een beetje bang voor die in het woonhuis, omdat het er zoveel waren. Ergens leken ze veel wilder.

Het waren ook hun geluiden. Als een enkele wat zei was dat niet erg, maar als het hele huis gromde, was het niet leuk meer. Niet alleen de konijnen maakten geluiden; er waren ook andere dieren: glimmende dieren die langs de muren omlaaggleden en over de vloer snelden en die kraakten als je op ze ging staan (ik deed dat nooit met opzet). Glimmende blauwgroene vliegen die om de geopende blikken zoemden. Bleke vlinders die met hun bruine vleugels tegen de ramen botsten, ergens achter alle spullen, of werden gevangen in een spinnenweb en zichzelf de dood in draaiden. Kleine muizen en heel grote muizen met heel lange staarten. Er was altijd iets wat ergens krabbelde of gromde. Soms was het mijn moeder.

Ik had op veel plekken in het woonhuis geslapen. Boven in mijn eigen kamertje, tot ik er vanwege de spullen niet meer goed kon zijn. In het achterste kamertje, tot het lastig werd om daar te komen. Bij mijn moeder, tot er niet echt plek meer was voor ons allebei. Beneden in de woonkamer, onder aan de trap en zelfs aan de binnenkant tegen de deur van werkplaats. Ik hoefde alleen mijn dekbed mee te nemen.

Maar nu sliep ik bijna altijd met Carl in de container. Het was er stil. Er scharrelden hooguit een paar muizen rond. Van die kleintjes. Ik hield wel van die kleintjes, maar ik vergaf het nooit die ene die mijn zusje probeerde op te eten.

Ik sliep meestal overdag. Het licht was zo fel als er geen donker doorheen zat, zo fel dat het pijn deed.

Ik was het liefst buiten in het maanlicht, waarin het donker uit zichzelf schijnt. Verder gebruikte ik mijn zaklampen. Ik had ze in alle groottes en sterktes en met evenveel verschillende soorten batterijen. Maar als ik in de container zat, deed ik het allerliefst een kleine lantaarn aan waarin ik een blokkaars zette.

Ik vond het fijn om naar de vlam te kijken.

Als de klep van de container op een kier stond, of het tochtte door een van de luchtgaten die mijn vader had gemaakt, kon de vlam gaan liggen en weer opstaan en om zichzelf heen draaien. Verder danste hij gewoon rustig rond zijn pit. Ik probeerde me voor te stellen dat de vlam verstijfde, net als hars, zodat men hem over miljoenen jaren zou vinden en erin zou bijten en zou zeggen: 'Ja, dat is een oude vlam. Die is ooit vuur geweest!' En dan zou een kind erin mogen kijken en een oeroude pit zien.

Maar ik kon niet helemaal aan het licht ontsnappen. Mijn vader stuurde me namelijk sinds kort weer het bos in om hars te halen. Ik tapte en tapte en kwam thuis met zoveel als ik kon krijgen – in kleine emmers die hij overgoot in tonnen.

'We hebben meer nodig, Liv. Haal meer. De bomen kunnen er best tegen. Maak meer inkepingen in meer bomen. We hebben meer nodig. Veel meer.'

Zo zei hij opeens een heleboel. Andere keren deed hij alleen de klep van de container open en zei 'Hars!' Hij wilde zelf niet mee het bos in, helaas. Ik denk dat het hem goed gedaan zou hebben. Ik genoot ervan om er te zijn, maar ik miste hem. Het bos was niet hetzelfde zonder mijn vader.

Het goede aan alles was dat hij plotseling weer in de werkplaats aan het werk was. Het was veel beter dat hij daar was en ergens aan werkte, dan dat hij ergens was zonder er echt te zijn. Op zekere dag, hij was voor iets naar Korsted gereden, was ik in de werkplaats wezen kijken. Ik werd blij te zien dat hij rondom de schaafbank had opgeruimd, zodat hij er beter bij kon. Er lag een stapel planken en het geurde heerlijk naar vers hout. Het was zo fijn dat ik moest glimlachen. Het deed me denken aan iets wat ik heel leuk vond.

Maar toch. Want niet veel later kwam hij thuis met een heleboel schroot. Ik zag ook een glimp van de tas met gaasverband en de blikken met druivenpitolie.

Er was veel te veel van alles.

Toen ik een paar dagen later zag waar hij aan werkte, was het niet leuk meer. Hij was zo ongelooflijk groot. Vele malen groter dan de piepkleine kist dat hij voor mijn zusje had gemaakt.

De dag dat het gebeurde en ik in de container zat en de beer dichtmaakte en dacht aan de gaten in mijn moeder en de waterval en het geld en de konijnen en de dokters en de hars en het verstijfde vuur, dacht ik ook aan mijn vaders kist.

Die ochtend hoorde ik een gil.

Niet van een roofvogel of een uil of een das of een mens die net een pasgeboren baby dood had zien gaan. Het was een gil die ik nog niet eerder had gehoord. Maar ik weet zeker dat het een dier was. En ik wist bijna zeker dat het een hond was.

Iets in me zei dat hij in een val moest zijn beland. Maar onze vallen waren niet het soort vallen waar je zo van begon te gillen; ook niet in het daglicht. Er was een keer een vos die zijn poot in een konijnenval bij de bosrand had gekregen, die zat alleen maar vast. Volgens mij had hij er nog niet zo lang gezeten, toen wij hem vonden en lossneden. Mijn vader hield zijn jas voor de kop van het dier, terwijl hij de draad doormidden kapte. De vos hinkte een beetje toen hij wegrende, maar volgens mij was hij blij. Wij waren namelijk goed voor dieren, en we aten geen vossen.

Maar dit geluid! Het dier moest echt pijn hebben; dat voelde ik in mijn staartbotje. Als ik wist dat iemand pijn had, kreeg ik een raar gevoel in mijn staartbotje, alsof mijn maag helemaal in mijn rug naar de grond omlaaggetrokken werd. Ik voelde dezelfde steek als toen ik boven bij mijn moeder was en haar wonden zag.

Als Carl een echt lichaam had gehad, weet ik zeker dat hij precies hetzelfde had gevoeld als ik – wij waren immers een tweeling en daarom zaten wij in elkaar. We versmolten met elkaar, denk ik. Ik was een beetje een jongen en hij was een beetje een meisje. Hij was ergens een beetje in leven en ik was ergens een beetje dood. Met ons kleine zusje was het anders. Maar aan de andere kant: zij was ook een beetje van beide. Ze was er in elk geval, vlak naast me, en daar was ik blij om.

De gil was afschuwelijk.

Ik moest denken aan de nieuwe valstrikken. Mijn vader had een paar valstrikken gemaakt die ongenode bezoekers op afstand moest houden – of ons in elk geval moest waarschuwen als er iemand aankwam. Ik mocht ze niet allemaal zien. Hij had mij alleen verteld waar ze waren en me verboden om er in de buurt te komen. Hij had me aangekeken op zo'n manier dat ik begreep dat het belangrijk was.

De valstrikken bij de grindweg kende ik natuurlijk goed. Als je het paadje om de slagboom heen volgde om de weg naar het huis te nemen, zou je na een paar meter over een draad struikelen en dat zorgde ervoor dat een paar blikjes dichterbij het huis herrie maakten. Maar struikelen deed niet heel veel pijn, niet zo'n pijn dat je het uitgilde. En de blikjes had ik niet gehoord.

Als je op een of andere manier de struikeldraad had ontweken, kwam je een stukje verderop een nieuwe hindernis tegen. Mijn vader had aan beide kanten van de weg een paar diepe geulen gegraven en ze afgedekt met dunne stukken karton met gruis en bladeren en dennennaalden erop. Als je op het karton stapte, verdween je voet in de geul. Dat deed vast pijn, zodat je het misschien uitschreeuwde, maar hoe dan ook zou het wat spullen in een boom in de buurt in beweging brengen. Dat zou ons moeten waarschuwen. Vooral zodat ik me op tijd kon verstoppen.

Als je in de buurt van de voorgevel kwam, was er opnieuw een valstrik op de route die de meeste mensen zouden kiezen naar de voordeur. Er was ook een geul en als je daarin stapte, zwiepte er een tak van een van de bomen bij de gevel tegen je hoofd. Maar zo ver kwam je waarschijnlijk niet zonder ontdekt te worden.

Mijn vader en ik wisten precies waar de drie valstrikken waren, zodat we er zelf niet in belandden. Hij zette de vrachtauto een stukje verderop langs de weg neer, aan de andere kant van de valstrik bij de gevel. En als hij in de buurt van de middelste valstrik kwam, reed hij half in het gras, zodat de banden elk aan een kant van de geul zaten. Als ik zelf op die plek liep, maakte ik een boog rechts om een bepaalde dennenboom heen om er niet in terecht te komen. Dat was het veiligst, en hoe donker het ook was, ik kon die bepaalde dennenboom altijd met mijn zaklantaarn vinden. Hij was extra hoog vergeleken met de andere en had een scheef uitstekende tak aan de bovenkant die makkelijk tegen de lucht te zien was.

De struikeldraad bij de slagboom was eenvoudig te ontwijken. Je moest gewoon niet de kant nemen met het grindpaadje. Maar wij waren natuurlijk de enigen die dat wisten. Mijn vader deed de slagboom altijd weer achter zich dicht, ook al hoefde hij maar voor een korte boodschap met de vrachtauto. Hij wilde geen risico lopen, zei hij. Alles kon fout gaan als je niet oppaste; als iemand te dichtbij kwam.

De andere valstrikken, de nieuwe, kende ik zoals ik zei niet. Ik wist alleen dat ik het pad links om de jeneverbesstruik heen niet mocht nemen om bij het woonhuis te komen, niet tussen de hoge berkenbomen door mocht wandelen vóór het kreupelhout begon en niet op het pad door het struikgewas aan de zuidkant van het woonhuis mocht komen. Dat waren de meest logische routes die je zou nemen, als je tenminste niet gewoon de grindweg nam, wat natuurlijk het meest voor de hand lag.

Er waren ook plekken op het erf waar ik niet mocht komen, en mijn vader had mij bepaalde routes gegeven die ik tussen de stapels moest volgen. Als ik die niet volgde, zou ik vreselijke schade veroorzaken, zei hij. Ik wist niet hoe, maar ik wilde geen vreselijke schade veroorzaken, dus ik deed altijd precies wat hij zei (behalve dat met het konijn in de container). Dat kwam ook doordat hij me aankeek terwijl hij het zei. Met die ogen van hem. Ik kon aan ze zien dat het heel belangrijk was.

Nu veranderde het geluid van gegil in gehuil dat in mijn hoofd groeide. Ik staarde door de kijkgaten in de container naar buiten en hield mijn adem in. Mijn hart bonkte zo hard dat ik dát ook kon horen.

Toen zag ik hem. Helemaal bij de jeneverbesstruiken bewoog iets. Het leek een hond, een grote hond, maar ik zag hem maar af en toe, als hij zich van zijn ene zij op de andere wierp.

We moesten lief zijn voor dieren. Ik was lief voor dieren. Een hond kon onmogelijk komen om mij op te halen. Maar hij kon bijten. Ik was een beetje bang voor honden omdat ze zo veel tanden hadden en omdat mijn vader volgens mij ook een beetje bang voor ze was. In elk geval bleef hij bij bezoekjes altijd uit de buurt van huizen waar honden waren die lawaai konden maken. En konden bijten.

Oké, we konden wel bij de verzekeringsman naar binnen, want zijn ontzettend lange hond met de lange oren maakte nooit geluid als we hem Engelse winegums gaven. Ik weet niet eens zeker of hij van zijn plek naast de bijkeuken overeind kon komen als hij zou willen. Maar hij kwispelde onstuimig en daarom moest je meteen een lange, dikke sok om zijn staart trekken, zodat die niet te veel lawaai maakte als de staart tegen de vloer sloeg. Een keertje vergaten we de sok om de staart en dat zorgde voor zo veel commotie dat mijn vader er een paar dagen later in de rij bij het postkantoor over hoorde praten: de verzekeringsman had de sok een paar dagen later in het café laten zien en het bleek een sok te zijn die de apothekersvrouw voor de apotheker had gebreid – samen met een andere sok, uiteraard. Nu beschuldigde de apotheker de verzekeringsman ervan dat hij de onschatbare sokken had gepikt, en de verzekeringsman beschuldigde de apotheker ervan dat deze zijn basset had mishandeld. Wij hadden de andere sok nog steeds ergens. Daar moesten we goed op passen.

Ik realiseerde me dat het gehuil van de hond misschien helemaal tot op het hoofdeiland te horen kon zijn. Misschien kon mijn vader het horen op de plek waar hij was? Misschien zouden er een heleboel dokters aan komen stormen en ons ziek maken of mij meenemen als ze het hoorden.

Ik moest het gehuil laten ophouden.

Mijn boog lag niet ver bij me vandaan in de container. Ik legde de beer weg en haalde de boog tevoorschijn. En mijn pijlkoker. Het lag allemaal klaar voor gebruik; ik had het alleen niet meer zo vaak nodig, omdat we dat soort eten niet meer maakten. Het was makkelijker met de blikken, zei mijn vader. Maar af en toe oefende ik.

Toen ik naar de jeneverbesstruiken rende, ontdekte ik dat ik had gehuild maar dat ik weer was opgehouden. Het brandde een beetje in mijn ogen. Maar het kon ook van het daglicht komen.

Mijn hart bonkte nog steeds hard, maar mijn lichaam deed verder wat ik vroeg. Ik sprong geruisloos over de graspollen en bewoog me zigzag tussen de kleine boompjes door die overal opschoten, als een bos voor heel kleine mensen. Mijn kleine zusje zou waarschijnlijk denken dat het vrij hoge bomen waren. Ik kon eroverheen kijken terwijl ik rende. De pijlkoker sloeg bij elke sprong zacht tegen mijn rug; ik had hem zelf genaaid van het vel van vier wilde konijnen. En ik had zelf de pijlpunten gegoten en de pijlen gedraaid, terwijl mijn vader had verteld over alles wat hout kon en hij had geglimlacht over alles wat zijn dochter kon.

De hond was op zijn zij gaan liggen en zijn gejank was lang en krachteloos geworden, alsof het snel opraakte. Maar het was er. Als een priem in mijn oor.

Ik staarde geschokt naar de achterpoot, die helemaal verdraaid in het gras lag. Het onderste deel ervan zat vast in een monster van metaal dat blijkbaar met een ketting ergens in de grond onder het gras en de takjes was vastgemaakt. Hoewel het gras hier hoog was, was het een natuurlijke doorgang tussen de jeneverbesstruiken en een paar bomen. Het was de plek waar ik niet in de buurt mocht komen. Een ervan. Het metalen monster leek een groot gebit dat om de achterpoot was dichtgeklapt. Met tussenpozen probeerde de hond zijn poot los te trekken, maar telkens leek het alsof de grote punten zich alleen maar dieper in het vlees boorden. Het bloed zag er zo rood uit in het daglicht. Er was veel te veel licht. En veel te veel bloed. Ik had nog nooit zoiets roods gezien als dit bloed.

Ik probeerde het. Ik probeerde echt de metalen tanden uit

elkaar trekken, maar ik kon het niet. Ik probeerde ze ook van elkaar te krijgen met een tak, maar die brak. Het metaal was onoverwinnelijk.

Nu huilde ik opnieuw. En ik keek naar de hond die op zijn zij lag en naar mij keek. Ik keek naar zijn tanden die in wit schuim begonnen te verdwijnen. De tong hing slap in het gras. Deze hond zou mij niet bijten, hoe bang hij ook was. Hij wilde geholpen worden.

Zijn borstkas bewoog voor mij op en neer. Het was haast alsof het gejank van daarbinnen kwam. Ik deed een stapje achteruit, legde aan en richtte. Het was mijn beste pijl.

Ik weet zeker dat ik hem recht in zijn hart raakte. Ik keek hem in zijn ogen en een kort ogenblik was het alsof de hond en ik één waren.

Toen was hij dood.

Ik had niet nagedacht wat ik daarna moest doen. Daar kreeg ik ook geen tijd voor, want zodra het gehuil was gestopt, hoorde ik het geroep.

'Ida!' riep iemand in de verte. Een man. 'Iiiida!'

Ik rende zo hard als ik nog nooit had gerend. Hoewel ik het liefst rechtstreeks naar de container terug wilde snellen durfde ik dat niet, want de man zou me misschien op het open stuk zien en ik wist niet hoeveel tijd ik had. In plaats daarvan koos ik ervoor het korte stuk naar de bosrand te nemen. Ik kon me tussen de hoge bomen verstoppen en mocht hij achter me aankomen, dan kon ik hem in het bos kwijtraken. Wie hij ook was, hij zou het bos niet zo goed kennen als ik.

Ik vond een plek waar ik helemaal bedekt was door sparrentakken en waar ik een goed uitzicht had op de jeneverbesstruiken. Nu zag ik hem. Hij had een grote, groene jas aan – en er hing iets om zijn nek. Ik denk dat het een hondenriem was. Het was waarschijnlijk zijn hond.

Ik wist zeker dat ik hem eerder had gezien, maar ik kon me niet herinneren waar. De hond had ik nog niet eerder gezien. Ik hoopte dat hij goed voor zijn hond was geweest, maar mensen van het hoofdeiland waren vast niet zo goed voor dieren als wij. Omdat ze niet heel goed voor mensen waren.

Ik probeerde er niet aan te denken dat mijn vader de klem gemaakt en geplaatst had. Maar ik moest er steeds aan denken.

Misschien was de man een dokter? Mijn vader zou toch niet...? En wie was Ida? Was dat de hond? Het was me niet eens opgevallen dat het een vrouwtjeshond was. Maar hij had een baard, een grijze baard. Bijna wit. Ik hoopte dat het een oude hond was.

De man ging er nu op zijn knieën naast zitten. Hij zei iets tegen hem, zag ik. Hij aaide hem. En hij veegde zijn bek af. En probeerde de metalen tanden met zijn handen van elkaar te krijgen. En hij trok de pijl eruit, heel voorzichtig. En hij legde zijn gezicht tegen zijn borst. En hij ging weer rechtop zitten en keek ernaar. En hij zag het lange uiteinde van de tak die ik had gebruikt. En hij probeerde de metalen tanden van elkaar te krijgen met de tak. Tot die brak. Weer. En hij schudde zijn hoofd.

Volgens mij huilde hij.

Ik zag hem opstaan. Hij droogde zijn ogen met zijn mouw en stond lang naar de hond staren. Toen bukte hij, raapte mijn pijl op en staarde er lang naar. Het leek alsof hij die ronddraaide, en ik hoopte dat hij het echt een mooie pijl zou vinden. Ik had er heel erg mijn best op gedaan.

Toen draaide hij zich om en keek naar ons huis. Vanaf de plek waar hij stond zou hij de container kunnen zien en erachter het houten gebouw met de werkplaats en de witte kamer. Er zat een enkel raampje in de kamer, maar het was onmogelijk om iets door het ruitje te zien, wist ik. Links naast de werkplaats zou de man vast het bovenste deel van de gevel van het woonhuis kunnen zien. Er stond een groepje sparren en berken die een beetje beschutting boden. De grindweg liep erlangs en verdween in de hoek tussen het woonhuis en de werkplaats, voordat hij overging in het erf. Oké, het was dan wel het erf, maar zo veel erf was er niet meer over.

Ik vroeg me af waarom hij niet via de grindweg was gekomen. Hij zou naar de slagboom moeten zijn gekomen en daar moeten zijn omgekeerd toen hij ons bord zag, of het pad rond de slagboom hebben gevolgd om door te lopen naar het huis. Dan zou hij de struikeldraad hebben geraakt en dat zou lawaai hebben gemaakt… Maar toen schoot me te binnen dat hij natuurlijk het geluid was gevolgd, het gehuil. De hond moest in een boog van de slagboom en de grindweg zijn weggerend in de richting van de kerstbomen en het Noorderbos. Hij had misschien achter een wild konijn aangezeten; er was in elk geval een konijnenhol vlak in de buurt van de plek waar ik stond.

Ik vroeg me ook af wat er zou zijn gebeurd als niet de hond maar de man in de metalen klem was gestapt en had gegild. Of ik hem dan in zijn hart had moeten schieten tot hij ophield?

En ik vroeg me af of mijn vader meer van dit soort vallen had gemaakt.

Ik hoopte dat de man terug zou gaan. Ik hoopte vurig dat hij zou weggaan en de hond zou meenemen, hoewel ik niet wist hoe, omdat hij vastzat in de val die in de grond vastzat. En ik hoopte dat hij mijn pijl zou laten liggen.

Hij liet de hond liggen, nam de pijl mee en liep in de richting van de container.

Ik bleef even staan. Daarna volgde ik hem, achter de bomen verscholen.

*Liv, ik hoor het gejank niet meer. Het is heel stil. Ik heb overal zo'n pijn, vooral aan mijn wonden. Ze branden. Ook mijn handen, vooral de rechter. Lastig om nu te schrijven.*

*Misschien ben ik in God gaan geloven. Ik wil graag geloven in iets. In iemand.*

*NU KLINKT ER EEN STEM*

# Een grote chaos

Roald had ooit een vossenklem gezien. Dat was een weerzinwekkend ding, maar deze klem... die was nog veel erger! Je zou kunnen denken dat iemand een vossenklem had genomen en die had uitgebouwd in een poging om er het ergst denkbare martelinstrument van te maken. De metalen punten waren bijna door de poot van de hond heen gegaan. Welke schade had zo'n klem niet bij een mens kunnen aanrichten? Hij was groot genoeg om om de voet van een volwassen man heen te klappen, om nog maar te zwijgen van die van een kind. Stel je eens voor dat het jongetje dat hij naar het noorden had zien rennen er in het donker op was gestuit?

Roald huiverde bij de gedachte en probeerde te slikken. De brok die hij in zijn keel had gekregen toen hij Ida had horen janken, voelde op dit moment verstikkend. Dat arme, arme dier.

En arme Lars van Lontje. Wat moest hij tegen hem zeggen?

Hij kon Ida niet eens mee terugnemen, tenzij hij iets vond om de ketting mee door te knippen, want die zat blijkbaar vast om een wortel in de grond. Wie deed in godsnaam met zo'n grondigheid zoiets gruwelijks? Het was bijna genadiger tegenover Lars van Lontje om de poot van de hond los te kappen, zodat hij de klem en de verwondingen die het ding had veroorzaakt niet hoefde te zien.

Maar dat was immers niet het enige. Het was niet alleen de klem.

Er was ook nog de pijl.

Waarom had het dier een pijl door het hart? Een pijl die duidelijk handgemaakt en tot in het kleinste detail afgewerkt was?

Hij moest Haarder vinden en om uitleg vragen. Kon Jens Haarder echt zelf zo'n klem hebben geplaatst? Hij zou ongetwijfeld de vaardigheden bezitten om hem te maken, maar had hij ook het hart om zo'n ding te maken en vooral om het te gebruiken? Je moest wel een hart van steen hebben om zoiets in gebruik te nemen.

Was het kwaadaardigheid? Was Jens Haarder een kwaadaardig mens? Oordelend op basis van wat mensen over Jens hadden verteld was het eerder het tegenovergestelde. Welwillend, behulpzaam, de vriendelijkheid zelve. En achter die vriendelijkheid ogenschijnlijk ongelukkig over het verlies van zijn tweeling. Hij was wel zwijgzaam en in zichzelf gekeerd, maar daar zat niet per se iets kwaadaardigs in. Was er niet eerder sprake van een bange persoon die zich terugtrok en geestelijke en fysieke slagbomen plaatste om mensen niet te dicht in de buurt te laten komen?

Maar klemmen? Weerzinwekkende, gruwelijke klemmen?

Roald keek op naar het huis van Haarder. Er leken meerdere gebouwen te staan, en voor een ervan stond een container. De postbode had het meerdere malen over de container gehad en fabuleerde dat Jens Haarder er gegarandeerd geld van de maffia in verstopte. Of nog erger. Van alle gasten uit het café was hij niet alleen de enige die erop stond Rode Tuborg te drinken, maar ook de meest onnozele. Oké, op zijn eigen manier was hij dan ook wel een van de vermakelijkste. Roald zou hem in elk geval niet willen missen. De anderen hadden alleen saaie theorieën geopperd over dat men op 't Hoofd misschien eindelijk zou beginnen met opruimen.

Maar behalve wanneer de postbode erop los wauwelde, had niemand het nog echt over Jens en Maria Haarder. Dat met hun verdronken dochter maakte het blijkbaar voor de meeste mensen moeilijk om over de twee te praten. Het was niet voldoende om door een smalle landtong van een tragedie afgescheiden te zijn. Tragedies kosten tijd.

Roald vroeg zich af of hij naar de grindweg moest lopen om die te volgen naar het huis, maar hij besloot de rechtstreekse route te nemen. Het risico op meer klemmen was waarschijnlijk net zo groot en hij hield hoe dan ook scherp in de gaten waar hij tussen de boompjes, graspollen en takjes zijn voeten neerzette.

Hij bleef alleen staan toen een konijn langs hem heen sprong in de richting van het bos. Zelf wilde hij het liefst terugrennen naar de landtong, maar hij wist dat hij geen keuze had.

Ergens in zijn achterhoofd spookte nog steeds het jongetje uit de keuken rond.

Toen hij de container naderde, kon hij zien hoe oud en versleten hij was. Hij had waarschijnlijk niet veel geld gekost en was vast niet gehuurd, aangezien de postbode had verteld dat die al een tijd geleden was gebracht. Het was er zo een met schuine wanden en luiken aan de ene lange zijde.

Roald liep er rechts omheen. Het waren hooguit een paar meter tussen de container en het houten gebouw erachter. Werkelijke meters waren het nu ook weer niet, want er lag overal rotzooi. Het dichtstbijzijnde luik was niet op slot en hij opende die om er een moment in te kijken. De container was bijna tot de rand gevuld met wat er onmiskenbaar uitzag als afval. De postbode had met zijn bizarre veronderstelling de plank volledig misgeslagen.

Nu zou het voor de hand liggen om het korte stukje langs de container naar het grind en de gevel van het woonhuis te lopen. Maar het kleine raam aan de verste zijde van het gebouw, de kant die naar het bos lag, prikkelde plotseling Roalds nieuwsgierigheid. Hij wilde graag even zien wat zich in dat gebouw bevond.

Hij stapte op goed geluk tussen latten en wieldoppen en dekzeilen en een ingestorte houtstapel door tot hij er was. Ondertussen bad hij stilletjes dat er niet plotseling een setje metalen tanden om zijn voet samenklapte.

Hij had zich deze moeizame tocht kunnen besparen. Het was alsof je naar een muur van dicht op elkaar gestapelde boeken en samengedrukte rommel keek, en zelfs als alle licht van de wereld daarbinnen aan geweest was, had het er waarschijnlijk niet doorheen kunnen dringen. Op de smalle vensterbank, ingeklemd tussen de ruit en een bakje van aluminiumfolie, lag een stoffige haarborstel met een laagje samengeklitte, witte haren. Ernaast lag iets wat ooit een plant was geweest.

Roald besloot om de dichtstbijzijnde gevel heen te lopen en toen hij even in de richting van de dennenbomen keek, dacht hij dat hij iets zag bewegen. Hij bleef staan staren, maar het lukte hem niet erachter te komen wat het was. Hij had nog steeds de pijl in zijn hand en voelde zich plotseling onaangenaam kwetsbaar. Er was immers iemand die heel kortgeleden die pijl had afgeschoten.

Wat hij aan de achterkant van het houten gebouw had gezien, was niets in vergelijking met de aanblik die hem op het erf wachtte. Hij staarde geschokt naar het woud aan rotzooi dat overal omhoogschoot. Een hakselaar stak boven alles uit en deed hem denken aan een rode dinosaurus die uitkeek over een landschap van prehistorische troep.

Dat was niet het enige dier. Roald rilde bij de aanblik van een rat die een stalen buis in liep. Overal leken discrete geluiden te klinken, als een lichte windvlaag het een of ander omhoog optilde of tegen iets anders stootte. Een stuk doorzichtige plasticverpakking lag te wapperen onder een houten pallet en een toiletrol was zichzelf voor een matte wasteil aan het uitrollen. Het houten gebouw aan de linkerkant was eigenlijk op zich best mooi, maar werd door de omgeving ontsierd. Er waren een deur en een raam, en verderop zaten nog een paar ramen en een deur. Aan het eind van het erf verrees het hoofdgebouw in de ochtendzon. Wit, maar zo afgebladderd dat je daaraan kon twijfelen. In de woonkamer zaten de gordijnen dicht, maar op de eerste verdieping staarden twee ramen Roald aan, als een blind dier waarvan de gitzwarte ogen met een mat, wit vlies waren bedekt.

Als hij de voordeur wilde bereiken moest hij een weg kiezen tussen de stapels door en er was zo te zien geen directe route. Een aantal geluiden zorgde ervoor dat hij zich in plaats daarvan concentreerde op de stal aan de rechterkant van het erf. Het was een stenen gebouw in net zo'n trieste staat als het woonhuis. Ondanks een dikke laag mos zag het golfdak er allesbehalve waterdicht uit. Hielden ze daarin daadwerkelijk dieren?

Roald liep helemaal om de stapels heen naar de staldeur in de gevel. Het bovenste deel ervan stond op een kier en in het donker daarbinnen zag hij een paard. Een schimmel. Zijn veel te dunne hals en hoofd hingen over de rand van zijn stal, alsof het nog maar net door een onzichtbaar touw omhoog werd gehouden. Uit zijn neusgaten kwam een zacht hinnikend geluid. Er waren andere dieren daarbinnen, kon hij horen. Iets bewoog, iets haalde adem, iets piepte. Hij had geen zin het te onderzoeken. De bittere stank duidde er niet alleen op dat de stal moest worden uitgemest, maar ook dat daarbinnen iets doods lag.

Van de achterkant van de stal hoorde hij plotseling een ander zacht geluid en hij liep de hoek om om te kijken wat het was. In een kippenren probeerde een eenzame haan in een armzalig verenkleed iets te zeggen. Zijn blik was doods, wellicht omdat die op de grond om zich heen niets anders zag dan dode soortgenoten: vijf uitgemergelde kippen met even lege blikken. Je kon zien dat een vos had geprobeerd een gat te graven, maar lang geleden was de kippenren blijkbaar degelijk tegen zulke dingen beveiligd. Misschien was het genadiger geweest wanneer de kippen door een onverwachte schrik het leven hadden gelaten.

Er lag een weiland achter, maar het enige wat daar bewoog waren een paar kraaien en drie zwarte plastic zakken, die sloom in het najaarsgras voortrolden als een windvlaag er op de juiste plek vat op kreeg. Een eindje verderop lag iets wat op een dood dier met een hoorn leek. Of misschien de overblijfselen ervan, het bewoog in elk geval niet.

Roald liep langs het veld, voorbij een pomp, een omgevallen kruiwagen, stapte over een paar grote stenen en een paar oude tobbes en naderde de achtergevel van het woonhuis. Er hing een waslijn waaraan een krant klapperde en er hingen een paar vergeelde lakens die gedeeltelijk waren gescheurd. Ernaast stak een indrukwekkende rozenstruik zijn takken als stekelige tentakels omhoog in de wind, wachtend op het volgende versleten laken. Het waaide hier wat harder, omdat er niet zo veel beschutting van het bos was.

In de achtergevel zat een deur met een ruitje, dat slechts gedeeltelijk door een stuk doek werd bedekt. Binnen was het donker, maar hij had het idee dat het een soort bijkeuken was.

Hij aarzelde een moment. Kon hij niet beter bij de voordeur aankloppen? Zou hij dat moeten doen? Het leek hier zo verlaten dat het eigenlijk om het even was welke keuze hij maakte. Toen zijn ogen gewend waren om in de donkere ruimte achter het raam te turen, zag hij plotseling de verdwenen handschoenen uit de voorraadkamer van het hotel-restaurant. Ze lagen boven op wat bubbelplastic dat hem ook bekend voorkwam en in de buurt ervan stond de rol tafelzeil die hij ooit in een verfwinkel in Sønderby had gekocht. Dat alles gaf hem het merkwaardige gevoel dat hij het recht had om zo naar binnen te stappen.

Hij pakte de deurklink, de deur zat op slot, en hij klopte een paar keer zonder een reactie te verwachten. Toen deed hij een stap achteruit en keek om zich heen. Hij was hier, de sleutel. Ergens. Er was altijd een sleutel. Op een haakje achter iets. Onder een bloempot. Een steen. Boven op een balk.

Hij lag onder de bloempot.

De deur ging niet open zonder weerstand te bieden. De scharnieren hadden olie nodig en kraakten akelig. Roald slaakte geschrokken een gilletje, toen een dier met een vacht langs hem door de deuropening glipte en zijn been aanraakte. Hij keek het na toen het in het gras sprong; en hij haalde opgelucht adem bij het besef dat het geen reusachtige rat, maar een konijn was.

Een tam konijn? Moest hij het vangen, voor het geval het iemands huisdier was? Het lukte hem niet een besluit te nemen voordat het konijn tussen gras en rommel was verdwenen, en hij kon hem nergens meer ontdekken. Dat besliste de zaak.

De lucht in het vertrek was bedompter dan welke lucht in welk ander huis ook waar hij ooit een voet binnen had gezet.

Toch was die niets vergeleken met de geur. Die stank! Hij materialiseerde zich zo ongeveer in zijn neus als een ondraaglijke mengeling van stof, schimmel, bederf, oplosmiddelen en… vreesde hij… urine, uitwerpselen. Hij zette de deur wagenwijd open om het te kunnen harden. Nu er een beetje ochtendlicht de ruimte was binnengeslopen kon hij beter zien wat die verborgen hield. Er waren conservenblikken in alle schakeringen, toevallig opgestapeld of in kratten gestopt. Sommige werden nog steeds met doorzichtig plastic bij elkaar gehouden. Er waren dozen met ontbijtproducten, pakken knäckebröd, broodzakken, koekjes. Hij hoefde niet eens op de datumstempels te kijken om te weten dat ze de houdbaarheidsdatum allang hadden overschreden. Grofweg al het brood dat hij door de verpakking heen kon zien, was groen van de schimmel. Hij pakte zijn werkhandschoenen, maar liet ze snel weer vallen toen er muizenkeutels af dwarrelden. Ze raakten het bubbelplastic als droge regen.

De lichtschakelaar klikte tam toen hij erop duwde en het kale peertje boven de deur sliep onaangedaan verder. Toen hij de diepvrieskist langs de ene muur ontdekte, begreep hij waar de ergste stank vandaan kwam. Het indicatielampje op de zijkant van de vriezer brandde niet, maar hij twijfelde er niet aan dat er spullen in moesten liggen, want het stonk vreselijk naar verrot vlees.

Roald constateerde dankbaar dat het voor hem onmogelijk te controleren was of hij gelijk had in zijn vermoeden, omdat de vrieskist begraven was onder de spullen, waaronder een gigantische, oude televisie, en hij durfde niet na te denken over hoelang die vriezer al uit stond.

Hij bleef een moment staan en overwoog om weer weg te gaan. Hij zou snel naar Korsted terug moeten gaan en de politieman en een dierenarts moeten waarschuwen. De dierenarts kon zich dan niet alleen bekommeren over de dieren in de stal, maar ook over de dode Ida. Roald had niet meer de kracht om zelf met de hond en de klem te kunnen omgaan. Iemand moest het van hem overnemen. Hij ontdekte dat hij de pijl niet langer in zijn hand hield. Die moest hij buiten naast de bloempot hebben neergelegd.

Het was allemaal zo onbegrijpelijk. In deze omstandigheden kon onmogelijk iemand wonen en toch moesten hier mensen komen. Dat jongetje bijvoorbeeld, aangezien zijn laatste gestolen spullen in dit vertrek opgesloten lagen!

Maar wie had de pijl afgeschoten?

En waar waren Jens Haarder en zijn vrouw? Hier was niemand om voor de dieren te zorgen en het huis leek volledig verduisterd en afgesloten, alsof het al tijden was verlaten. Maar ze waren toch niet verhuisd? Dat zou de postbode hebben geweten.

Roald moest opeens denken aan een telefoontje dat hij een keer in het hotel-restaurant had gekregen. Het was precies tijdens de haring van de nieuwjaarslunch voor de stamgasten, dus hij had niet goed opgelet en misschien was hij ook niet helemaal nuchter geweest. Iemand had naar Jens Haarder en mogelijkerwijs ook naar zijn moeder geïnformeerd. Meer kon Roald zich niet herinneren.

Er was een tweede deur, vast en zeker naar een keuken. Hij wist niet zeker of hij hem durfde te openen. Nee, hier moesten professionals aan te pas komen, concludeerde hij. Er bestonden grenzen aan waar je je als privépersoon mee moest bemoeien, hoewel het mysterie rond het jongetje het laatste halfuur niet minder was geworden.

Hij kon natuurlijk op de voordeur kloppen als hij terugging. Hij was er eerlijk gezegd zeker van dat er geen reactie zou komen, maar het was ook vooral om tegen zichzelf te kunnen zeggen dat hij het had gedaan. Het geprobeerd had. Een beetje.

Hij draaide zich om om weg te gaan, en pas toen hoorde hij ze. De geluiden. Hij was zo druk bezig met ademhalen en het weerstaan van de stank en tegelijkertijd met helder proberen te denken dat zijn gehoor een moment in winterslaap moest zijn gegaan. Maar nu hoorde hij ze. Overal om hem heen werd gescharreld, gekrabd en geknaagd. Een bijzonder luid pak cornflakes bewoog een klein beetje op de plank voor hem.

Roald staarde ernaar. Nu hoorde hij ook zacht gepiep. Waren het ratten? Hij moest er niet aan denken dat het huis misschien vol ratten zat. Muizen kon hij net aan, in kleine aantallen. Maar ratten, jakkes nog aan toe!

Hij zette nog een stap naar de buitendeur, maar werd tegengehouden door een plotselinge, verontrustende gedachte. Stel dat daarbinnen iemand lag? Roald had ooit een vriend die het zichzelf nooit had vergeven dat hij de stilte in het naastgelegen appartement en de groeiende stapel reclame had genegeerd. Zelfs de stank had hij in het begin genegeerd. Mensen hadden recht op een privéleven en hij kende zijn buurman ook niet echt, had de vriend gedacht. Ze hadden de oude man drie weken te laat gevonden. Op de vloer van de woonkamer. Hij had geprobeerd bij de telefoon te komen.

Lag Jens Haarder dood daarbinnen? Of zijn vrouw? Was daarbinnen iemand? Welke rol speelde het jongetje, wie was hij? Waar hoorde hij thuis?

Roald wreef over zijn kin. Hij moest zich een beetje vermannen. Hij kon op zijn minst roepen, nu hij hier toch stond.

Hij riep.

Het gebruikelijke 'hallo?'

Hij merkte dat alle geluiden een ogenblik verstomden, om even later aarzelend terug te keren.

Hij riep nog een keer. 'Hallo, is daar iemand? Halloooo?'

Hij klonk vrolijker dan hij zich voelde.

Bij de derde keer hallo hadden de geluiden zich aan hem gewend. Een donkere schaduw gleed achter een blik langs dat op een plank stond. Een kleine, donkere schaduw, godzijdank. Als het slechts een muis was, was het in orde. Kleine muizen… het liefst spitsmuizen.

Die helemaal geen muizen waren, volgens de loodgieter.

'Halloooo…?'

Maar een soort piepkleine mollen.

Er kwam geen ander geluid dan dat van de dieren. Dan kon hij vast wel weer vertrekken? Of zou hij even in de keuken moeten kijken?

Dat er dit keer twee konijnen tevoorschijn kwamen maakte de schrik niet minder. Het was alsof ze achter de keukendeur op sprong hadden gestaan. Ze schoten langs hem heen: door de bijkeuken naar buiten, naar het licht, over het veld. Roald trok de deur achter zich dicht zonder precies te weten waarom. Was hij bang om te veel te laten ontsnappen uit een huis waar hij eigenlijk niet binnen mocht komen? Te veel huisdieren.

VERBODEN TOEGANG VOOR ONBEVOEGDEN stond er inderdaad op het bord bij de slagboom. Maar verdorie, hij had net op een afschuwelijke manier een hond in de omgeving verloren, en zijn rol met gebloemde tafelzeil stond in de bijkeuken. Hij had ontegenzeglijk een reden om hier te komen. Hij had het recht om te weten wat er gaande was.

Of stond er alleen TOEGANG VERBODEN? Hij begon plotseling te twijfelen.

Er was niet veel licht in de keuken, want de lichtbruine gordijnen waren aan de kant die uitkeek op het erf dichtgetrokken. Toch drong een klein beetje van het heldere ochtendlicht door de stof heen, zodat er een bijzonder gouden schijnsel in de ruimte aanwezig was. De stank was net zo erg als in de bijkeuken en Roald moest een hand voor zijn neus houden. Er stond ook een koelkast. Met God weet wat erin? Hij had geen zin om het nader te onderzoeken, vooral niet nadat hij de schakelaar bij de deur had geprobeerd en had geconstateerd dat ook het licht in de keuken niet werkte.

Ook hier was het vrijwel onmogelijk je te bewegen vanwege de dozen en spullen en allerlei afval. Het was in elk geval volstrekt onmogelijk om bij de deur aan het andere einde van de ruimte te komen, die door een groot krat met machineonderdelen werd geblokkeerd. Roald vermoedde dat de deur naar de hal leidde. Dat kwam overeen met de plek waar de voordeur zat.

Met behulp van een verder onbruikbare paraplu lukte het

hem het gordijn boven de propvolle gootsteen te bereiken en het een stukje opzij te trekken, zodat er wat meer licht naar binnen kon vallen. Hij had meteen spijt van zijn actie toen hij de details tevoorschijn zag komen: het stoffige spinrag dat zich overal als plakkerige, grijze vliezen overheen had gelegd; de dode, halfdode en iets te levendige spinnen en kakkerlakken en andere kleine, kruipende insecten die het vertrek van vloer tot plafond bevolkten.

Een ongeopend zakje Engelse drop lichtte met zijn frisse kleuren en simpele vormen midden in het geheel op. Het leek alsof het daar recentelijk was neergelegd. Hij had altijd een voorkeur gehad voor de roze, ronde kokosrondjes, maar in werkelijkheid smaakten die waarschijnlijk precies hetzelfde als de gele. Aan de muur hing een verkleurde poster met vissoorten, die hem met dode ogen aanstaarden. Roald keek naar beneden om veilig een volgende stap te zetten. Het was nog niet afgelopen met het snoep. Een halfvol zakje winegums was op een bloempot beland en iemand had zo te zien een zakje zoute bommen over de vloer uitgestrooid.

Zoute bommen. Dat was toch merkwaardig.

Toen hij bukte om ze van dichterbij te bekijken, kon hij vaststellen dat waarschijnlijk eerder de konijnen hun behoefte in het stof van de keukenvloer hadden gedaan dan dat het ging om een product van Haribo. Hun uitwerpselen lagen overal. Konden konijnen echt zoveel schijten?

Vier.

Want op het moment dat hij zich oprichtte en zijn voet tegen een wieldop stootte, sprong nog een konijn uit zijn schuilplaats tevoorschijn. Hij verdween door een deur die rechts van Roald op een kier stond. De deur naar de woonkamer wellicht?

Er klonken meer geluiden. Hardere.

Hij wilde even een blik in de woonkamer werpen en dan zou

hij maken dat hij wegkwam. Het was te overweldigend, en met name een gedachte kwelde hem. Hij wist helemaal niet zeker of hij het zelf zou overleven als hij een dode in het huis aantrof. Het was beter om de politie hierheen te sturen. Het was ook de lucht. Die was verstikkend. Hij zat zo vol stof dat hij om de haverklap de drang voelde om te hoesten. En ergens in een vaag bewustzijn werd een hond gedood door een pijl die iemand kortgeleden had afgeschoten. Iemand! En zeker geen dode persoon.

Toch noopte zijn geweten hem om binnen te kijken. Gewoon even kijken voor hij wegging. Voorzichtig opende hij de deur een beetje verder. Ja, het was een woonkamer. Het was een woonkamer geweest.

Aan de andere kant van het vertrek was een muur van spullen verrezen voor de op het zuiden gelegen ramen. Zonnestralen probeerden door de kieren van de muur de ruimte binnen te dringen, maar op hun weg door het stof verbleekten ze tot bleke schaduwen van licht, dat met weinig anders dan een zwakke aanduiding van helderheid kwam.

Roald kreeg het gevoel een mijnschacht diep onder de grond te zijn binnengestapt. Hij stond in een smalle, kronkelende gang tussen spullen die samenvloeiden tot wat op het eerste gezicht een grote, donkere massa leek. Nu probeerde hij een vorm te vinden in de contouren die langzaam uit het donker opdoemden. Hij zag paraplu's, alweer. Een opgezette uil. Of hopelijk was hij opgezet! Op meerdere plekken stonden de spullen tot aan het plafond opgestapeld. Hij deed een stapje naar voren en zag een piano. Een buste, een op zijn smalle kant gezette bank, een paspop, een eettafel, tonnen, kleding, plastic tassen, kartonnen verpakkingen. Het ging maar door. Er kwamen een paar andere paadjes bij.

Hij staarde verbluft naar iets wat aan het plafond hing. Het leek een kale boom, een geëxecuteerde dennenboom? Het was een kerstboom, hij zag nu de kerstster bovenin. En kerstharten! Sommige vielen bijna van de kale takken, andere waren waarschijnlijk al gevallen. Een ervan liet zijn greep los toen hij dichterbij kwam. Ze zagen er merkwaardig kleurloos uit, maar aan de andere kant bood het donker ook maar weinig plaats aan kleuren. Het krakende geluid van de dennennaalden onder zijn schoenzolen maakte zijn gehoor wakker. De geluiden! Overal om hem heen werd gekrabd en getrippeld.

Hij moest naar buiten en dat kon hem niet snel genoeg gaan. Omdat hij zich al een stuk door de kamer had verplaatst, waarschijnlijk in de richting van de hal, zou hij die route nemen. Dat zou alleen maar prettiger kunnen zijn dan weer langs de koelkast en de vriezer te moeten. Roald vervloekte zichzelf dat hij zo ver het huis in was gelopen; dat hij überhaupt het huis in was gegaan.

Toen het pad door een grote jutezak werd geblokkeerd en hij probeerde die aan de kant te tillen, sprongen drie konijnen verschrikt weg en verdwenen in het donker. Op het moment dat hij de zak optilde, voelde hij de inhoud ervan via een gat aan de onderkant wegstromen, over zijn ene schoen heen. Hij trok zijn voet naar zich toe en keek. Het diervoeder verspreidde zich als een kleine bergketen over het pad en de nu wat slapper geworden jutezak zakte aan een kant in.

Hij stapte over de bergen heen en liep verder de smalle gang door. Aan de ene kant voelde hij de behoefte steun te zoeken aan de uitpuilende wanden aan beide zijden, niet in de laatste plaats omdat hij bang was dat iets over hem heen zou vallen, maar aan de andere kant had hij geen zin om iets aan te raken. De gedachte om opeens een rat tegen zijn handpalm te voelen deed hem huiveren. Hij hield zijn handen naar beide kanten uitgestoken zonder iets aan te raken, maar klaar om te grijpen.

En toen kwamen ze.

Misschien had hij daarstraks met de zak tegen iets aangestoten, maar hoe dan ook viel achter hem iets naar beneden. Hij dook ineen bij het geluid van spullen die roetsjten en vielen en gleden en tegen elkaar aan botsten. Toen hij zich omdraaide, zag hij de hele ene zijde bezwijken. De uil viel. Een grote radio viel over de rand en trok iets van de andere kant naar beneden. Karton zakte weg, een zak gleed... er viel wat licht naar binnen. Slechts een straal.

Hij dacht aan lawines. Aardverschuivingen. Zou alles nu van achteren komen aanrollen en als verstikkende natuur over hem heen slaan? Hem bedelven?

En toen kwamen ze. De konijnen. Vanuit alle hoeken en gaten en kieren kwamen ze. Roald hield zijn handen voor zijn gezicht en gilde, terwijl hij een wedstrijdje hardlopen deed met de in paniek geraakte huisdieren.

Het pad werd nu wat breder. Hij kon kiezen om de trap te nemen naar boven, waar precies in het midden een passage vrij was, of de route naar links te gaan, door de hal, naar de voordeur...

Hij bleef abrupt staan.

De konijnen hadden zich overal in kleine groepjes verzameld, de meeste in de hoek achter de trap, onder een trapauto. Het lawaai was opgehouden.

Uiteindelijk realiseerde hij zich dat er geen lawine was, maar slechts een kleine verschuiving. De spullen waren naar beneden gevallen en tussen elkaar tot rust gekomen. Achter hen, in een brede straal bevrijd zonlicht, hing de dode boom als zwijgende getuige.

Roald keek om zich heen. Aan deze kant van de kamer was een tikkeltje meer licht dankzij een bescheiden raam op de overloop. Dat moest de oostelijke gevel zijn.

Een klein stukje muur tussen de hal en de keuken trok zijn

aandacht. Beneden aan de plint zat een flink gat met een onregelmatige rand. De harige bewoners van het huis hadden zich eenvoudigweg door de muur heen geknaagd! Een kabel met uitstekende koperdraden stak als een verwarde larve naar buiten en op de grond voor het hol lag isolatiemateriaal verspreid tussen uitwerpselen en behangresten. Iets vergelijkbaars was te zien in de muur naast de trap en Roald moest er onwillekeurig denken wat zich aan soortgelijke verrassingen zou blootgeven als je alle muren vrijmaakte. Dit was toch een potentiële brandhaard van jewelste. Hoeveel muur moest er eigenlijk kapot worden geknaagd voor alles instortte?

Zijn speculaties werden plotsklaps onderbroken door de aanblik van een rat die over de vloer schoot.

'Weg!' siste hij terwijl hij naar de hoek wees, alsof hij verwachtte dat de rat zijn bevel zou gehoorzamen. Het dier verdween in een andere richting, maar niet ver, want hij kon nog steeds de punt van zijn staart achter een rubberlaars zien uitsteken.

Toen hoorde hij het.

Ergens op de eerste verdieping werd geklopt. Niet als een dier dat lawaai maakt of als een vogel die pikt, of een windvlaag die iets tegen iets anders aan laat slaan. Er werd geklopt zoals een mens klopt. Als hij gehoord wil worden.

De trap was als een nachtmerrie. Een van het soort waarbij je probeert te rennen, maar waarop je je slechts als in slow motion voortbeweegt. Misschien hield het stof hem tegen. De zware lucht. De stank? Roalds longen schreeuwden om frisse lucht, maar hij moest naar boven. Hij wilde niet in dit huis stikken, maar nog minder wilde hij het als harteloze man verlaten.

Misschien dat het jongetje daarboven lag en zijn hulp nodig had.

Toen hij boven in de gang kwam, zag hij in de dichtstbijzijnde kamer een licht flikkeren. Daar kwam het geluid vandaan. Een paar konijnen doken tussen een paar lange ijzeren balken in elkaar toen hij erlangs stapte om bij de deur te komen.

Roald had nog nooit eerder zo'n dikke persoon gezien. Ze lag in een bed. Dat wil zeggen, Roald nam aan dat ze in een bed lag. Het bed kon hij amper zien door de blokken, boeken, kartonnen bordjes, aluminiumbakjes, breiwerkjes, kaarsen, lucifers, kartonnen bekers, vieze handdoeken, dekens vol gaten, etensresten, muizenkeutels (o, hij bad dat het slechts muizen waren). En lichaam, lichaam, lichaam.

De bedompte lucht was afschuwelijk, maar de stank die van haar afkwam was ondraaglijk. Ze stonk onmiskenbaar naar urine en ontlasting. En verrotting. Roald moest vechten tegen de misselijkheid.

Ze lag met een paraplu in haar rechterhand. Het handvat rustte tegen het hoofdeinde en hij kon wel nagaan dat ze zo had geklopt. Daarmee. Toen ze hem in de deuropening zag staan liet ze de paraplu los en liet ze, met iets wat op extreme uitputting leek, haar enorme arm in het breiwerk vallen.

Aan haar andere kant, op een nachtkastje boven op een stapel boeken en vellen papier, flakkerde een kaars in een kandelaar. Zijn plezier over het vinden van een lichtbron maakte al snel plaats voor afgrijzen vanwege de toestand in het vertrek waar hij brandde.

Maar het allermeest vanwege de vrouw die voor hem lag.

Ze zag er ongelooflijk verzwakt uit.

'Maria Haarder?' vroeg hij met een stem die hij niet als zijn eigen herkende. Misschien kwam het door het stof.

Ze knikte langzaam.

'Ik... jij, ik... wat moet...' Roald was plotseling niet in staat helder te denken. 'Ik ben Roald Jensen van het hotel-restaurant in Korsted,' wist hij uiteindelijk uit te brengen.

De gelaatstrekken van de vrouw leken zo klein in het grote

gezicht, maar hij twijfelde er niet aan dat ze vriendelijk probeerde te glimlachen. Hij twijfelde er ook niet aan dat ze huilde, ook al kon hij maar net de ogen in de donkere holtes gewaarworden. Haar huid leek grijswit in het flakkerende kaarslicht en een groteske schaduw van haar neus lag als een trillend, klein dier over haar ene wang.

'Je hebt hulp nodig!' zei hij.

Ze knikte opnieuw.

'Ik zal iemand halen. Maar waar is je man... waar is Jens Haarder?' Eindelijk lukte het hem weer om na te denken.

Ze zocht met haar linkerhand naar een notitieblok, duwde het boek weg dat op haar buik lag en begon iets op het notitieblok te schrijven. Hij herkende *Madame Bovary*, toen het in een aluminiumbakje gleed.

Roald deed een stap naar voren om te lezen, dat wil zeggen dat hij een stap over een heleboel spullen heen deed om dicht genoeg bij te komen.

KOMT ZO, MOET MEDICIJNEN HEBBEN, DOKTER, had ze geschreven. Het was duidelijk inspannend voor haar om te schrijven. Dat dat eerder niet het geval was geweest, kon hij zien aan de vele losse vellen papier die overal verspreid lagen. Sommige stonden volgeschreven met een mooi, gebogen handschrift, andere met een veel minder mooi schrift. Dit kwam in de buurt van vreselijke hanenpoten.

'Ja, ik zal me haasten...'

RED LIV, schreef ze en ze staarde hem met smekende ogen aan.

Hij knikte enigszins verward over wat er stond.

'Ik beloof het, ik zal... Ik kom zo snel mogelijk terug. Kijk goed uit dat de kaars niet omva...'

Ze gebaarde, alsof het heel belangrijk was dat hij nog wat informatie kreeg voor hij vertrok. Haar uitputting was overduidelijk. Hij bedacht opeens dat ze wellicht helemaal niets te drinken had.

PAS OP VOOR VALSTRIKKEN.

Hij knikte. Ja, inderdaad!

'Zal ik nog wat water voor je halen voor ik wegga?' vroeg hij bezorgd. In een glimp zag hij een tekening van twee kinderen op de muur achter haar.

Ze schudde haar hoofd en schreef weer iets. Ze voegde een EERST... toe achter RED LIV. Er klonk een gierend geluid uit haar longen.

HEBBEN ALLE 3 HULP NODIG.

Roald kon de stank niet langer verdragen. Hij moest nu naar buiten, voor hij overgaf. Hij kreeg een idee wat er in de emmer zat die naast het bed stond. Er lagen papier en opgerolde handdoeken naast.

Hij durfde zijn mond niet open te doen om iets te zeggen, maar hij knikte en draaide zich om naar de deur. Het was uitsluitend zijn medeleven dat hem ervan weerhield om over te geven voor hij beneden in de kamer was, en toen deed hij het zo stil mogelijk – in een doos met onbekende inhoud.

Alle drie? Betekende dat dat het hun zoontje was? En wie was Liv?

Roald bereikte de voordeur en gooide die met een klap open. Nog nooit had hij frisse lucht zo nodig gehad als nu. Hij stapte op de bovenste trede van het stoepje en zoog het licht en de novemberlucht diep in zijn longen.

Het was puur toeval dat hij het zag: de top van wat op een pijlkoker leek; een kleine verzameling geordende veren die een moment achter een badkuip bij de stal bewogen. Roald kneep zijn ogen samen. Hij had het goed gezien. Er zat iemand achter verstopt met een pijlkoker op zijn rug. Een intense woede borrelde plotseling in hem op.

'Hé, jij daar!' riep hij. 'Jij daar bij de badkuip, ik heb je gezien!' Op het volgende moment zag hij een kind bij de badkuip wegrennen alsof de duivel het op de hielen zat, langs de stal en in een boog in de richting van het bos en de kant van het houten gebouw waar Roald zelf vandaan gekomen was. De pijlkoker wipte op de rug van de bruin-oranje trui op en neer.

Roald staarde verbijsterd het jongetje na dat hij in de keuken van het hotel had gezien.

Vanaf de bovenste traptrede kon hij zien dat er een veel directere route over het erf was. Als hij langs de hakselaar rende, kon hij het kind misschien inhalen.

*HIER IS IEMAND GEWEEST NU KRIJG JE HULP LIV*
*SCHRIJF WAARSCHIJNLIJK NIET MEER UITGEPUT*
*IK HOU VAN JULLIE*

# Nachtmerrie

Het was al aan de gang sinds het moment dat hij het dode lichaam van zijn moeder achter de stal had verbrand. Jens Haarder had nachtmerries.

Eerst droomde hij dat Else terugkwam met een onderwijzer, een politieagent en een dokter om Liv weg te halen. Hij was zelf bezig de stal uit te mesten en ontdekte het pas toen het te laat was. Hij zag hen nog in een grote auto stappen die op het erf stond, waarna ze er met zo'n enorme snelheid vandoor reden dat het stof van de grindweg als een dikke mist opdwarrelde. Jens rende het stof in en toen hij er weer uit was gekomen, stond hij aan het begin van de landtong – maar de landtong was verdwenen. De zee had zich om De Hals gesloten, en helemaal aan de andere kant kon hij de auto op hoofdeiland in de zon zien verdwijnen.

Jens werd wakker op het moment waarop hij de zee in liep en het water zijn longen vulde.

En de nachtmerries werden steeds uitgebreider.

Ze kwamen terug: zijn moeder, de dokters, de leraren, de politie. Langzamerhand werden het anonieme personen, toevallige gezichten die hij ergens had gezien. Ze hadden gemeenschappelijk dat ze het meest kostbare van hem wilden afpakken.

In een bepaalde droom was hij bij de kerstbomen en toen hij terugkwam hadden ze alles weggehaald: Liv, Maria, de dieren, de gebouwen, de spullen. Alles was verdwenen. Hij zag een paar personen wegrennen, en hij rende achter ze aan, maar er was niets wat ze kon tegenhouden. Hijzelf bleef maar struikelen over graspollen en boomwortels en bomen die overal voor hem omhoogschoten, maar de anderen kwamen geen hindernissen tegen. Zij struikelden nooit. Ze vergrootten hun voorsprong en ze wisten altijd het hoofdeiland te bereiken. Als hij zelf dan eindelijk bij De Hals aankwam, was deze telkens door de zee afgesloten. Hij was helemaal alleen op een verlaten eiland.

In een van de werkelijk boze dromen kwamen ze in witte jassen binnen en wilden ze Maria meenemen. Daar waren ze, op haar kamer, toen Jens na een nachtelijke boodschap uit Korsted terugkeerde. Ze stonden om haar heen met zagen en scalpels en beschenen haar met grote lampen. Ze wilden haar meenemen, zeiden ze, zodat ze haar konden helpen. Maar ze was veel te groot en zwaar om de deur uit te komen en daarom zagen ze zich genoodzaakt haar in kleinere stukken te zagen. Als ze haar eenmaal uit het huis en ver bij Jens vandaan hadden gekregen, zouden ze haar wel verder helpen, zeiden ze.

Jens probeerde altijd wakker te worden. Maar hij kon niet wakker worden. En hij kon ze niet tegenhouden. Ze hadden haar hoofd er al afgesneden en het op het nachtkastje gezet. Ze keek hem met haar prachtige ogen aan en zei geluidloos dat ze van hem hield. Ondanks de glimlach in haar mondhoek huilde ze, en ondertussen spartelden haar ledematen in het bed uit protest om er afgezaagd te worden. Er was geen bloed. Ze was als porselein. Haar hand klampte zich stevig aan een balpen vast, toen hij met de rest van de arm tegen de deurpost werd gezet.

Daarna sneden ze haar bovenlijf in kleinere delen en hij vroeg hun vriendelijk haar hart niet te raken. 'Wij zullen heel goed voor haar zorgen,' bleven ze zeggen. 'Wij kunnen beter op haar passen dan jij, Jens Haarder.'

Hij staarde hen aan, terwijl ze haar uit de kamer droegen,

beetje bij beetje. Hij mocht het hoofd dragen. 'Ik hou van je,' fluisterde hij in het ene oor. Het hoofd was zwaar, krankzinnig zwaar. Maar het ergste was dat Maria's lichaam begon te verbrokkelen, toen ze ermee naar beneden liepen. Jens liep achter de dokter die haar rechterbeen droeg en hij zag hoe de kruimels eruit vielen. Hetzelfde gebeurde met de andere lichaamsdelen. Haar hart viel uit het ene stuk bovenlijf en rolde van de trap, tot het met de zucht van een stuifzwam de overloop raakte. Uiteindelijk verbrokkelde haar hoofd ook. Jens kon haar niet vasthouden. Hij keek haar in de ogen tot deze tussen zijn vingers verdwenen en ze weg was. Tot stof geworden.

'Goed, dan nemen we je dochter wel,' zeiden ze. 'Heeft ze eigenlijk broers of zussen?'

Weer verdwenen de indringers met hun buit naar de landtong en kon Jens hen niet tegenhouden. Hij struikelde voortdurend, zat vast in dingen. Het was alsof de krachten van de natuur tegen hem samenspanden. Ze versperden hem de weg en joegen hem de stuipen op het lijf. Het bos, de zee, de dieren... ze waren niet langer zijn vrienden.

De indringers renden er onbelemmerd vandoor.

Het enige wat hij wilde was hen tegenhouden.

Jens werd altijd badend in het zweet en huilend wakker. Maar ook als hij wakker was, werd hij geplaagd door nachtmerries – de gedachten aan wat er was geweest en aan wat er zou komen. Uiteindelijk kon hij geen onderscheid meer maken.

Uiteindelijk versmolt alles met elkaar.

# De postbode

De postbode was die ochtend in een bijzonder goed humeur. Hij kon dan ook niet ontkennen dat hij een vlinder of twee in zijn buik had, hoewel het daar niet het jaargetijde voor was.

Hij had een klusje op 't Hoofd.

Voor het eerst in al die tijd was de brief van M aangetekend verstuurd. Hij verbaasde zich bijzonder over de plotselinge opwaardering in verzendmethode, maar was desalniettemin uitermate tevreden dat hij een uitlaatklep voor zijn nieuwsgierigheid kon krijgen. Nu kon hij het zich ook wel veroorloven naar de afzender te vragen (die misschien toch niet van de maffia was, hoewel hij zeer van die gedachte hield).

Hij zou vooral graag willen weten of 'M' toevallig correspondeerde met 'M INVENTIONS FOR LIFE', dat als afzender stond vermeld op het grote pakket dat hij deze dag ook voor Jens Haarder bij zich had. Het bedrijf had een adres aan de vaste wal, aan de oostkust. Ja, dat had hij uiteraard onderzocht. Maar de maffia kon overal banden hebben, dus totaal ondenkbaar was zijn idee nou ook weer niet.

De postbode zette zijn auto bij de slagboom neer. Vervolgens stapte hij uit en opende het portier van de laadruimte, waar het pakje met de brief erbovenop klaarlag.

Hij moest beide handen gebruiken, want het was een merkwaardig, vrij zwaar geval. Een vierkant pakket, zo'n 70 x 70 cm ongeveer? En bijna twintig centimeter hoog. Het was te zwaar voor een toiletbril. Dat was het eerste geweest dat in hem was opgekomen. Hij had een gevoel dat wat erin zat rond was. Dat waren vierkante verzendingen in de regel. Rond.

Hij liep met een speciaal genoegen langs het bord met VERBODEN TOEGANG. Ja, voor onbevoegden, dacht hij. Natuurlijk had hij toegang als hij met een aangetekende brief kwam. En een pakket.

Daar moest voor getekend worden.

Hij verliet 't Hoofd niet zonder een handtekening.

De postbode stapte rechts om de slagboom heen en keek verwachtingsvol en een tikkeltje gespannen naar het huis. Als hij geluk had, zou hij een glimp van Maria Haarder opvangen. Hij zou ontzettend graag willen zien hoe ze er nu uitzag.

Hij wist twee stappen te zetten, voor hij werd aangesproken.

'Hé, jij daar!' werd er achter hem geroepen en hij bleef abrupt staan. Er klonk een agressie in de woorden door die hem niet beviel. Toen hij zich omdraaide, zag hij dat Jens Haarder met haastige stappen op hem afliep. 'Waar denk jij dat je heen gaat? Kun je niet lezen? En hebben wij hierover niet een afspraak gemaakt?'

De postbode stond stokstijf stil. Hij was helemaal niet gewend om zo te worden toegesproken. Goed, Lontje had de gewoonte met soortgelijke oorlogszuchtige uitvallen te komen – om nog maar te zwijgen als ze fysiek werd. Maar Jens Haarder had nog nooit een kwaad woord tegen iemand gesproken, tenminste niet tegen iemand van het postwezen.

'Ja, maar...'

'Kom hier,' snauwde Haarder. 'Wat heb je voor me?'

De postbode stapte met tegenzin weer naar de andere kant van de slagboom. Hij ergerde zich over het feit dat hij niet wat eerder aan zijn route was begonnen; dan had hij misschien een kans gehad om even onder vier ogen met de vrouw des huizes te babbelen. Hij zou graag willen weten wat die twee zoal uitvoerden.

Hij antwoordde: 'Ik heb een aangetekende brief en een pakketje. Voor beide moet getekend worden. Daarom was ik...'

Hij onderbrak zichzelf, toen hij Jens Haarder aandachtiger bekeek. In zijn handen had hij zeven, acht grote, propvolle plastic tassen. Het zweet parelde van het voorhoofd van de meubelmaker, hoewel het geen uitgesproken warme novemberdag was. En dan de baard, de kleren. Het was lang geleden dat de postbode Haarder van zo dichtbij had gezien. Hij zag er ellendig uit.

'Waarom ben je niet met de vrachtauto, Haarder? Jij rijdt toch altijd?'

'De auto is overleden. Hij staat op de Zuiderweg. Ik moest lopen.'

'Poeh, dat is een behoorlijke tippel.'

'Geef mij die brief,' zei Haarder en hij zette de tassen op de grond. De postbode zag een glimp van iets wits in een ervan. Hij legde voorzichtig brief en pakketje op de boomstronk naast de slagboom en overhandigde Haarder daarna het kwitantieblok en een pen. De ontvanger staarde hem een moment wantrouwig aan, voor hij met een paar norse hanenpoten tekende voor ontvangst.

'Wie is M eigenlijk?' probeerde de postbode met zijn allervriendelijkste stem. Hij was niet van plan om deze kans verloren te laten gaan. 'Je ontvangt immers regelmatig brieven van ze. En nu ook een pakket! Ja, ik ga ervan uit dat...'

'Als je niet meer hebt, dan tot kijk,' interrumpeerde Haarder hem en hij gaf hem het blok en de pen terug. Stiekem had de postbode gehoopt dat Haarder het pakket meteen zou openmaken.

'Moet ik je even helpen met het pakket? Ik heb een hobbymes bij me...'

'Dat heb ik ook,' zei Haarder met die onverklaarbare kilheid. Nu zette hij zijn handen in zijn zij en staarde met een blik die moeilijk anders op te vatten was dan dreigend.

'Nou... tot kijk dan maar,' zei de postbode en hij liep naar zijn auto. Jens Haarder bleef staan terwijl de auto werd gekeerd. Toen de postbode de weg naar De Hals op draaide, kon hij Haarder nog steeds in de achteruitkijkspiegel zien. Hij leek een wildeman. Een gestoorde wildeman.

Ja, de postbode was natuurlijk niet degene die iemand wilde veroordelen, maar hij had dus wel zitten spelen met de theorie dat Jens Haarder zijn moeder iets had aangedaan, haar misschien zelfs wel om het leven had gebracht. Misschien verborg hij haar in die container? Die gedachte zou hem natuurlijk nooit zijn ingevallen als hij niet op zekere dag met de veerman in Sønderby had staan kletsen en bij toeval had opgepikt dat Else Haarder die kerst niet de veerboot terug had genomen. Als er een persoon bestond die een volledig overzicht van zijn passagiers had, dan was het wel de veerman; daarentegen had hij buitengewoon weinig belangstelling voor de theorieën van de postbode. Er was überhaupt niemand die er enige belangstelling voor had.

Maar er was ook niemand die Jens Haarder had meegemaakt zoals hij daar bij de slagboom had gestaan. Die man had iets te verbergen. Waarom gedroeg hij zich anders zo dreigend?

Wat de postbode misschien nog het allermeest ergerde was dat hij niet zoals hij had verwacht een heleboel nieuws te vertellen had aan de anderen in het café. Nou ja, een beetje.

M INVENTIONS FOR LIFE.

Maar dat was amper voldoende om serieus genomen te worden. Of gewoon naar geluisterd te worden. Ze mompelden altijd dat hij Haarder en zijn verdriet met rust moest laten. En dat het geoorloofd was een beetje excentriek te zijn.

Verdomme nog aan toe.

# M

Jens Haarder wachtte tot de postbode uit zicht was. Toen draaide hij zich om naar de brief en het grote pakket, dat op de boomstronk balanceerde.

Hij pakte eerst de brief. Het was een bruine, gevoerde envelop. Erin zat een heel gewone, witte envelop met contant geld. Zoals altijd. Alles was zoals het placht te zijn, afgezien van het feit dat het nu aangetekend was verstuurd.

En afgezien van het opgevouwen stukje papier dat naast de binnenste envelop was gestoken.

Hij haalde het papier er langzaam uit en voelde meteen dat het dik was en heel kleine groeven had. Toen het in het zonlicht kwam, werd het ivoorkleurig en toen hij het openvouwde, zag hij het watermerk.

Het was briefpapier van een bedrijf. En het was niet slechts een vel papier; het waren twee velletjes die aan elkaar waren geniet.

Het handschrift was van zijn broer.

*Beste Jens,*

*Het is onweerlegbaar lang geleden en het is allemaal mijn schuld. Om dezelfde reden valt het mij zwaar deze brief te schrijven, maar ik hoop dat je die met een open geest wilt lezen.*

*Ik hoop ook dat je kunt accepteren dat ik jullie elke maand geld heb gestuurd. Ik heb contant geld gestuurd, omdat ik dacht dat dit voor jullie het prettigst was en ook het meest discreet. Ik wil liever geen problemen veroorzaken – niet nog meer dan ik destijds waarschijnlijk heb veroorzaakt toen ik ervandoor ben gegaan. Ik weet niet of je mij dit ooit kunt vergeven, maar ik hoop het wel.*

*Jij redt je vast uitstekend met de zaak en jullie hebben mijn bijdragen ongetwijfeld nooit nodig gehad, maar ik dacht dat dit het minste was wat ik kon doen, nu ik zo voor mijn verantwoordelijkheid ben weggelopen. Ik geef ruiterlijk toe dat ik het ook voor mezelf heb gedaan. Ja, in een poging het weer goed te maken en mijn geweten wat schoner te krijgen. Dat laatste is niet echt gelukt.*

*Ik heb mezelf nooit vergeven dat ik jullie in de steek heb gelaten, maar ik moest gewoon weg. Zoals je destijds vast in de gaten hebt gehad, kon ik op 't Hoofd niet aarden. Ik had last van een enorme reislust en voelde me verstikt door alle plichten en verantwoordelijkheden en niet in de laatste plaats door moeders verwachtingen. De hele situatie had iets wat me claustrofobisch maakte. We leefden geïsoleerd en er was zoveel wat ik liever wilde. Ik wilde naar de stad, ik wilde uitvinden! Jij wilde de bomen.*

*Jij was ook zo stil geworden, Jens. Dat kon ik je niet kwalijk nemen – dat zal ik je nooit kwalijk nemen! – want ik wist best dat vaders dood je hard had geraakt. Maar toch werd ik vanbinnen heel boos op je, want ik moest met je praten. Ergens miste ik jou, hoewel we voortdurend bij elkaar waren! Ik kon er niet tegen.*

*Op zekere dag raakte ik namelijk aan de praat met een bewoner van een vakantiehuisje in Armslev. Hij was een ingenieur van de vaste wal en hij bleek zeer enthousiast over mijn ideeën. Ik ging bij hem op bezoek, die keren dat ik veel te lang wegbleef. Hij bood me een baan aan in zijn bedrijf, maar in eerste instantie zei ik nee, omdat ik vond dat ik jullie niet kon verlaten. Op een dag deed ik dat dus toch. Ik liep steeds met zijn visitekaartje in mijn zak, maar ik durfde dat niet aan jou te laten zien.*

*Ik kreeg een echt goede baan, bovendien al meteen vanaf het begin met een goed salaris. Op een gegeven moment ben ik mijn eigen bedrijf begonnen. We maakten een heleboel dingen van metaal en staal, vooral cartotheeksystemen en zo. Maar waar ik het meest succes mee heb gehad waren – hou je vast – mechanische kerstboomstandaarden! Ik verdiende er zelfs zoveel mee dat ik naar Oostenrijk ben vertrokken en daar een vestiging heb geopend.*

*Al die tijd heb ik een toegewijde medewerkster hier thuis elke maand geld naar 't Hoofd laten sturen. Dat heeft ze trouw gedaan voor zover ik heb begrepen. Nu ben ik terug en ben ik verloofd met die toegewijde medewerkster! We wonen in een mooi appartement in de stad, maar we hebben het nu toch over verhuizen. En een gezin stichten. Mijn verloofde is godzijdank een stukje jonger dan ik.*

*Ik moet toegeven dat ik mijn eigen familie ook mis, jou en moeder. Ik denk veel aan jullie. Het is alleen zo verrekte lastig om contact met jullie te krijgen.*

*Een keer heb ik werkelijk moed verzameld en naar het hotel in Korsted gebeld. Ik denk dat ik met een nieuwe eigenaar heb gesproken (ja, Oluf is er waarschijnlijk niet meer, of misschien was het wel een van de gasten. In elk geval zaten ze midden in de nieuwjaarslunch!). Ik zei niet wie ik was, ik heb alleen voorzichtig geïnformeerd. Ik weet immers hoe de mensen kletsen en zoals gezegd wilde ik jullie niet in de problemen brengen. Toen kwam ik dus te weten dat Else niet meer op 't Hoofd woonde, maar dat ze in de periode voor kerst bij jullie op bezoek was geweest en waarschijnlijk weer was vertrokken.*

*Een poosje later was ik bij een diner en had ik gek genoeg een tafeldame die zich verwonderde over mijn achternaam. Ze zei dat ze een Else Haarder kende! Moeder had langere tijd bij haar vriendin in gewoond en zij meende dat de twee elkaars nichtjes waren. Helaas had de vriendin bij een verkeersongeluk een ernstige hersenbeschadiging opgelopen, dus mijn tafeldame kon me niet vertellen waar moeder nu was, alleen dat ze in elk geval niet meer op dat adres woonde.*

*Maar dit weet jij vast en zeker allemaal al en jij weet vast ook waar moeder tegenwoordig woont. Is ze soms weer terug bij jou? Jij kon altijd goed omgaan met Else en haar hang naar controle. Dat bewonder ik aan je.*

*Hoe dan ook, het beste aan het telefoontje naar het hotel destijds was dat ik te horen kreeg dat jij nog steeds op 't Hoofd woont – met je vrouw en je dochter! Wat verheugt het me te horen dat je getrouwd bent en kinderen hebt, Jens. Ik hoop van ganser harte dat je gelukkig bent.*

*Ik wil nu zelf graag een kind. Ik ben te laat begonnen met het denken aan het stichten van een gezin, ik was veel te veel bezig met het uitvinden van handige dingen en die in productie brengen. Ergens wilde ik dat ik dezelfde liefde voor de natuur had gekregen als jij en vader. Het had iets gezonds, jullie hadden iets gezonds. Iets wezenlijkers. Op dit moment mis ik het gevoel van hout tussen mijn handen en vooral de frisse geur van bos en zee. Zoveel zelfs dat wij met de gedachte spelen om naar het eiland te verhuizen; als het niet op 't Hoofd zelf wordt, dan op het hoofdeiland. Wat zou jij daarvan vinden?*

*In eerste instantie zou ik graag jou en je gezin willen bezoeken. Het contact herstellen, als jij dat tenminste wilt? Wil je me terugschrijven? Of bellen, als je de mogelijkheid hebt (zie hieronder voor mijn privéadres en telefoonnummer)?*

*Met vriendelijke groet,*

*Je toegenegen broer,*

*Mogens.*

PS *Ik weet zeker dat jij de mooiste kerstbomen van het hele land hebt. En hoewel jij natuurlijk de voorkeur geeft aan hout boven metaal, wil ik je een van de kerstboomstandaarden schenken waarop ik mijn bedrijf heb gebouwd. Daarom heb ik mezelf gepermitteerd je tegelijk met deze brief een kerstboomstandaard toe te sturen.*

Jens Haarder vouwde de brief dicht en vouwde hem nog een keer, voor hij hem in zijn binnenzak stopte. De envelop met het geld deed hij in zijn voorste jaszak. Even keek hij naar het onhanteerbare pakket op de boomstronk. Vervolgens tilde hij al zijn tassen op en stapte links om de slagboom heen.

# De man op 't Hoofd

Ik had de man vanuit het bos gevolgd toen hij bij de hond wegliep. Op een bepaald moment had hij me bijna gezien. Hij keek in elk geval lange tijd in mijn richting. Maar ik stond stokstijf stil, dat kan ik, en uiteindelijk liep hij verder. Hij liep om de gevel met de witte kamer heen. Het was gek iemand die route te zien nemen om bij de grindweg te komen, en ik vroeg me af of hij van de valstrikken afwist, maar dat kon onmogelijk zo zijn.

Ik denk dat hij gewoon geluk had.

Ik was bang. Ik wist namelijk niet wat hij wilde. Mijn vader was nog niet teruggekomen, mijn moeder lag boven in de slaapkamer en ik kon niets doen. De man had de hond gezien en de klem en had de pijl meegenomen. Hij liep ermee rond in zijn hand! Ik was bang dat hij mij zocht. Maar hij kon toch niet weten dat ik er was? Hij had me niet gezien. Bovendien was ik dood.

Toen hij op het erf kwam, bleef hij lang met zijn rug naar mij toe staan. Ik weet zeker dat hij naar alle spullen stond te staren. Hij was het waarschijnlijk niet gewend zo veel spullen op een plek bij elkaar te zien, tenzij hij af en toe ook op de vuilnisbelt kwam.

Ik wou dat ik wist wat hij wilde. Ik wou dat mijn vader terugkwam, en tegelijkertijd was ik een beetje bang dat mijn vader zou komen. Maar het allerliefst wou ik dat de man weer weg zou gaan, denk ik. Maar zonder in een valstrik terecht te komen. En zonder mijn vader tegen te komen.

Hij stond daar maar aan de rand van het erf met zijn rug naar het bos toe. Ik dacht dat hij waarschijnlijk naar het woonhuis zou lopen en ik hield mijn adem in, want stel dat hij langs de hakselaar liep?

Als je van de witte kamer naar het woonhuis wilde, moest je niet de meest voor de hand liggende route langs de rode hakselaar nemen. Je moest eerst om de dingenplek heen, dat wil zeggen in een slangenvorm langs de stal, terug in de richting van de werkplaats en dan moest je eraan denken om op het laatste stukje naar de voordeur rechts om het oude fornuis te stappen. Ik dacht daar elke keer aan – vooral omdat ik aan mijn vaders ogen dacht toen hij het zei.

Ik wist niet precies wat er met dat fornuis was, maar ik had het gevoel dat het van de hoge blokken zou vallen waarop het stond, als je er aan de andere kant langs liep.

Mijn vader had mij laten zweren dat ik nooit de verkeerde routes zou nemen. Hij vertrouwde mij meer dan op wie ook ter wereld, had hij gezegd. Dat maakte me blij, maar ook een beetje verdrietig. Ik weet niet precies waarom.

De man liep niet langs de hakselaar. Ik denk dat hij geluid uit de stal hoorde, want opeens keek hij daarheen. Toen wandelde hij om het erf heen naar de staldeur. Daar bleef hij heel lang staan.

Toen vroeg ik me af of ik hem moest neerschieten.

Ik zou hem makkelijk kunnen raken, zoals hij daar stokstijf naar binnen stond te gluren. Vooral als ik wat dichterbij sloop en op mijn knie ging zitten, want dan raakte ik alles waar ik op richtte. Ik was ondertussen net zo bedreven geworden als Robin Hood.

Maar zou Robin Hood een man in zijn rug schieten?

Zou mijn moeder het eigenlijk wel goed vinden dat ik een man neerschoot?

Zou mijn vader het eigenlijk wel goed vinden dat ik hem niet neerschoot als ik de mogelijkheid had? Ik had het gevoel dat mijn vader hem zou hebben neergeschoten.

Je had waarschijnlijk meer dan één pijl nodig en je zou hem uiteindelijk ook op zijn hoofd moeten slaan. Ik wist niet hoe het zou zijn met zo'n man als je het vergeleek met een dier of een oma en stel je eens voor dat ik toch miste omdat ik niet gewend was om mannen neer te schieten. Ik klemde de boog stevig in mijn hand vast.

En toen was het te laat, want de man liep om de stal heen. Wat wilde hij in het weiland? Daar kwam nooit iemand anders dan wij, en wij kwamen er niet meer. Kwam hij soms om onze kippen mee te nemen? Ik wist niet zeker of we nog wel kippen hadden. De ganzen waren weg.

Ik volgde hem. Nu moest ik uit de bosrand tevoorschijn komen, maar ik liep pijlsnel van mijn schuilplaats achter de bomen naar een nieuwe schuilplaats achter de stapel met de gele fiets erop. Vanaf daar zag ik hem verder lopen langs het weiland, naar de achtergevel van het woonhuis. Aan de achterkant waren helemaal geen valstrikken. Ik vroeg me af of hij er toch vanaf wist.

Hij zou me misschien zien als ik hem om de stal heen volgde, dus ik besloot in plaats daarvan een veilige route over het erf te nemen. Op het erf kon ik altijd iets vinden om me achter te verstoppen. Ik was goed in me snel en stil verplaatsen, zelfs wanneer ik kroop.

Hij klopte op de deur van de bijkeuken aan de achterkant van het huis, toen ik achter de badkuip bij de hoek van de stal gleed. Ik hoorde het en ik ving ook een glimp van hem op toen hij een stap achteruit deed. Hij zocht iets. De sleutel? Even later hoorde ik hem de deur openen en naar binnen gaan en zag ik een konijn naar buiten rennen.

Ik wachtte.

Er kwamen nog twee konijnen naar buiten.

Toen hoorde ik hem roepen. 'Hallo,' riep hij.

En toen werd het gordijn in de keuken wat opzij getrokken. Het was daarbinnen donker, dus ik kon niets zien door de ruit.

Stel dat hij mijn moeder vond?

Als de gedachte aan mijn moeder die boven in de slaapkamer lag er niet was geweest, had ik me in de container verstopt. Nu zat ik als verlamd in het grind achter de badkuip en staarde naar het donkere raam van mijn moeder.

Toen klonk er plotseling een kabaal vanuit het huis en ik hoorde iemand schreeuwen. Dat kon mijn moeder niet zijn. De man schreeuwde.

Nee, hij gilde.

Ik denk helemaal niet dat ik iets dacht. Ik zat daar maar en kon me niet bewegen. Misschien konden mijn tranen zich ook niet bewegen, want ik wilde ergens graag huilen, maar ik kon het niet. Ik kon de tranen niet tevoorschijn krijgen. Ik kon Carl ook niet tevoorschijn krijgen. Hij kwam niet. En mijn vader kwam ook niet.

En de man was nog steeds in huis bij mijn moeder.

Zo meteen zou hij weer door de achterdeur naar buiten komen. Ik wist niet wat ik moest doen als dat gebeurde.

Na een poosje – ik weet niet hoelang, want het voelde als een minuut en een uur tegelijk – ging de voordeur open. Ik dook geschrokken in elkaar, want ik had hem daar niet verwacht. Nu moest ik een beetje draaien, zodat ik beter zicht had. Achteraf heb ik eraan zitten te denken of ik dat met opzet deed. Dat ik me bewoog.

In elk geval was het gevolg dat hij me zag. Ik vergeet het nooit. 'Hé, jij daar!' riep hij. Het was de eerste keer in lange tijd dat iemand anders dan mijn vader iets tegen me zei.

Misschien had ik snel een pijl moeten pakken en mijn boog achter de badkuip moeten spannen. Ik had hem in zijn hart kunnen raken, dat weet ik zeker. Hij stond boven aan de stoep, het zou makkelijk zijn geweest.

Maar ik had echt geen zin. Als je eigen hart zo hard bonkt dat je het kunt horen, heb je geen zin om op iets te mikken. En al helemaal niet op een ander hart.

Dus koos ik voor iets anders, ik koos ervoor om ervandoor te rennen.

Ik nam een veilige route langs de stal en koerste vervolgens in een boog naar rechts, in de richting van de plek in het bos waar ik vandaan gekomen was. Hij zou me in het bos nooit te pakken kunnen krijgen en ik had een voorsprong. Maar hoewel ik wist dat ik niet gepakt kon worden, was ik gek genoeg in twijfel. Ik rende niet zo snel als ik kon.

Het voelde alsof mijn hart zich uit mijn borstkas probeerde te bonken om weg te komen. En tegelijkertijd was het alsof iemand er van de buitenkant tegenaan sloeg. Alsof iemand probeerde het terug te stompen. Of mij terug te stompen? Misschien was het Carl wel.

Ik bleef staan en keek naar de man toen ik een stukje naar het bos toe was gerend. Hij was op weg naar mij toe en had blijkbaar de veilige weg om de stapel met het fornuis gekozen. Hij riep iets, maar ik hoorde niet wat.

Het enige waar ik aan kon denken was dat hij rechtstreeks op mij af kwam – en zo meteen zou hij bij de hakselaar zijn.

Ik wilde doorrennen, maar ik kon niet.

Op het volgende moment werd de man omvergekegeld en met een hevige ruk omhooggetrokken, zodat hij onder de rode hakselaar bungelde.

Met zijn hoofd naar beneden.
Net als in Sherwood Forest, dacht ik.
Zijn ene voet zat vast in een strop. De andere schopte wild in de lucht, en zijn armen zwaaiden ook, alsof hij probeerde de grond te bereiken. Hij kon er net niet bij. De hondenriem die hij om zijn nek had gehad, viel naar beneden en belandde onder hem, terwijl hij aan zijn eigen lijn spartelde.
'Haal me naar beneden!' riep hij.
Ik wist niet wat ik nu moest doen.
Ik bleef lang staan wachten. Hij bleef maar roepen en ik bleef maar staan. Stokstijf. Dat kon ik.
Geleidelijk aan hield hij op met spartelen en de boosheid verdween uit zijn stem. Uiteindelijk draaide hij daar maar langzaam rond, net als de viool ooit boven de houtkachel deed.
Hij bleef maar tegen me praten en ik bleef maar geen antwoord geven.
'Wil je me alsjeblieft helpen naar beneden te komen?'
'Ik doe je niets, ik wil alleen maar met je praten.'
'Je kunt me hier niet laten hangen.'
Zulke dingen zei hij.
Ik kwam niet van mijn plek.
'Ik heb zo-even met de mevrouw in de slaapkamer gesproken. Zijn jullie familie van elkaar? Ze heeft me gevraagd om jullie te helpen.'
Toen bewoog ik waarschijnlijk toch een klein beetje van mijn plek.
'Ons helpen?' zei ik uiteindelijk. Ik zag dat hij me niet kon horen, dus kwam ik wat dichterbij.
'Ons helpen?' vroeg ik opnieuw.
Hij knikte, wat er eigenlijk best grappig uitzag als je ondersteboven hing en langzaam ronddraaide. Nu draaide hij langzaam de andere kant op.

Toen zijn gezicht weer mijn kant op keek, kneep hij zijn ogen een beetje dicht.

'Ben jij een meisje?' vroeg hij.

Ik knikte.

'Heb jij de hond doodgeschoten?' vroeg hij toen en mijn hart kroop in mijn keel. Ik probeerde te knikken en schudde tegelijk mijn hoofd.

'Ja, maar ik heb niet...'

Op dat moment zag ik mijn vader het erf op komen. Hij staarde. Toen zette hij al zijn plastic tassen neer en liep langzaam naar ons toe via de veilige route langs de werkplaats. Ik zag zijn hoofd over de stapels glijden en af en toe zag ik zijn hele lichaam. Hij bleef maar staren, maar ik kon niet zien of hij naar mij keek.

Er hing een man ondersteboven tussen ons in. Misschien staarde hij naar hem.

*

Mijn vader wilde dat ik ruimte maakte in de witte kamer. Ik moest ervoor zorgen dat er een vrije doorgang kwam naar het bed waarin mijn vader altijd sliep, en waarin mijn oma om het leven was gebracht. Mijn vader had de zwaarste spullen al verplaatst.

Ik deed wat hij zei, zonder te weten waarom ik het deed. Maar ik was bang. Bang voor wat er met de man zou gebeuren en bang voor wat er met ons zou gebeuren.

Net toen ik de laatste zak die in de weg stond een beetje aan de kant had weten te krijgen stond de man in de deur. Het was halfdonker in het vertrek en hij had de middagzon in de rug, dus kon ik hem eerst niet zo goed zien. Maar ik zag dat hij het was, want hij was groter dan mijn vader; en toen hij een stap naar voren deed, zag ik ook dat er iets om zijn gezicht gebonden zat. Het leek of er een grote worst van stof in zijn mond was gepropt.

Hij maakte geen enkel geluid.

Ik maakt geen enkel geluid.

Toen ontdekte ik dat mijn vader achter hem stond. Hij zei tegen de man dat hij op het bed moest gaan liggen. Ik duwde mijn rug tegen een doos toen hij dichterbij kwam. Hij keek me aan en ik keek weg.

Toen hij zich naar het bed toe draaide, zag ik dat zijn handen waren vastgebonden op zijn rug. Ik zag ook het mes in mijn vaders hand. Het was hetzelfde mes waarmee hij ooit in mijn kleine zusje had gesneden.

Iets in mij wilde dat de man kwade ogen had. Maar zijn ogen waren niet kwaad, nu niet en ook niet toen hij onder de hakselaar hing. Ik bleef maar denken aan de hond en de klem en dat de man had gehuild toen hij zijn hond zag. Kwade ogen huilen toch niet?

Mijn vader bond hem aan alle vier de bedpoten vast. De ene broekspijp van de man was wat omhooggeschoven en ik zag een rode ril die vlak boven zijn sok rond zijn enkel liep. Hij zat diep in het vlees en bloedde ook een beetje. Bij de aanblik ervan trok mijn maag zich terug in mijn rug. Het moet echt pijn hebben gedaan om ondersteboven onder de hakselaar te hangen. Het moest nog steeds pijn doen.

En opeens realiseerde ik me dat het ook pijn moest hebben gedaan bij alle konijnen in alle valstrikken, als het donker de pijn niet had weggenomen. Ik had vele dode konijnennekken uit vele dunne valstrikken losgemaakt en gezien hoe de draad zich diep in pels en vlees had geboord. Stel dat ze niet meteen dood waren geweest? Stel dat ze hadden gevoeld hoe de draad zich steeds dieper naar binnen had geboord en het donker de pijn niet had weggenomen?

Ik hield voorzichtig de ogen van de man in de gaten. Als hij naar mijn vader keek, leken ze bang. Als hij naar mij keek, leek hij op de hond die om hulp smeekte.

Nu keek mijn vader mij aan.

'Jij blijft hier om hem in de gaten houden. Maar blijf op een afstand. Haal mij als hij probeert los te komen.' Toen liep hij naar de deur. 'We hebben hem later nodig.'

'Waar ga je naartoe?' vroeg ik geschrokken. Ik wilde niet met de man alleen zijn. Het telde niet echt dat Carl er ook was. Af en toe.

Mijn vader draaide zich om in de deuropening. 'Ik moet iets doen in de werkplaats. Ik laat deze deur open.'

'Mag ik naar mama toe?'

'Nee! Ik heb je hier beneden nodig. Je moeder wil alleen zijn.'

Toen vertrok hij.

Hoe kon iemand alleen willen zijn?

Ik ging in de deuropening staan en hield de man van daaraf in de gaten. Ik had mijn dolk aan mijn riem. Mijn pijl en boog lagen vlak buiten de deur klaar. Die had ik daar neergelegd, naast de gaspit, toen ik de spullen in de kamer moest verplaatsen.

De man lag daar maar.

Hij probeerde iets te zeggen door de worst van stof, maar omdat hij slechts merkwaardige geluiden voortbracht die ik toch niet kon verstaan hield hij op. Eventjes dacht ik dat het fijn zou zijn geweest als hij in plaats daarvan iets kon opschrijven. Maar dan moest ik een hand losmaken en ik wist immers niet of hij rechts- of linkshandig was. Ik zou ze niet allebei durven losmaken.

Ik was linkshandig, zo hadden wij ontdekt, mijn moeder en ik. Zij was rechtshandig, maar ze zei dat allebei even goed was. Om dat te bewijzen schreef ze af en toe met links en dat waren dan altijd grote letters. Misschien kon de man ook wel met beide handen schrijven en maakte het niet uit welke hand ik losmaakte. Maar dan moest ik iets regelen om mee te schrijven en iets om op te schrijven, en dat lag allemaal boven bij mijn moeder. En daar mocht ik niet naartoe. Mijn vader wilde vast ook niet hebben dat ik iets losmaakte.

Ik wíst ook wel dat ik dat niet mocht. Maar Carl was gekomen en hij wilde het wel graag.

Hij bleef aandringen.

Opeens begon ik te huilen. De man keek me aan en maakte een geluid. Hij wapperde met de vingers van zijn rechterhand.

Ik staarde ernaar en huilde nog meer.

Toen liep ik naar de werkplaats.

Mijn vader huilde ook.

Hij zat op de rand van de grote kist en om hem heen lagen alle plastic tassen die hij naar huis had meegebracht. Uit een ervan was gaasverband gerold. De blikken met olie stonden onder de schaafbank en erachter stonden drie zakken zout.

Hij gilde niet en hij mopperde niet. Hij huilde heel zachtjes, net als ik altijd huilde. De tranen druppelden in zijn baard en ik dacht dat het een heel zware, natte baard zou worden.

Toen hij mij zag, stak hij zijn hand naar me uit. Hij had vriendelijke ogen. Kwade ogen kunnen niet huilen.

Ik liep langzaam naar hem toe. Uiteindelijk stond ik zo dicht bij hem dat zijn hand mijn mouw kon pakken. Hij trok me dicht tegen zich aan en legde zijn arm om me heen. Ik stond zijwaarts tussen zijn benen en zijn gigantische, vochtige baard kriebelde tegen mijn hals.

We huilden allebei. Ik weet niet precies waarom ik huilde, maar misschien was het vooral omdat ik niet zeker wist waarom hij huilde.

Zijn hand voelde warm en prettig aan door mijn trui heen.

Het was lang geleden dat hij me zo had vastgehouden. Misschien was dat ook wel de reden dat ik huilde. Of misschien was het vanwege de kist.

'Er is iets wat we moeten doen,' fluisterde hij opeens.

Ik stond doodstil achter zijn hand.

'Ik moet je moeder helpen, Liv.'

Ik zei niets.

'Wij willen graag dat ze het goed met haar gaat, toch?'

Ik knikte en keek recht vooruit. Naar de werkbank. Ik zag de zakken zout en de blikken met olie staan.

'En we willen graag dat ze bij ons blijft. Wij willen haar graag bij ons houden. Ja toch, Liv?'

Ik knikte opnieuw. Aarzelend. Ik wilde mijn moeder heel graag bij ons houden en toch wist ik niet zeker dat ik nu wilde knikken.

'Ik ben bang dat we haar verliezen als we nu niets doen. En wij zijn de enige die dat kunnen.'

'Haar helpen?' vroeg ik.

'Ja. Haar helpen.'

'Maar die man dan?'

'Hij kan haar niet helpen. Maar hij kan ons helpen om haar te helpen.'

Dat begreep ik niet.

Ik kwam tot de ontdekking dat we gestopt waren met huilen. Mijn keel voelde aan de binnenkant dik aan. En vochtig aan de buitenkant... daar waar zijn baard die had geraakt.

'Maar hoe...?'

Het duurde even voor hij antwoordde.

'Ze is nog steeds niet... klein genoeg... om door de deur te kunnen, denk ik. Het is beter dat we het daarboven doen. Dan kan ze te midden van al haar boeken liggen. Dat is toch goed, of niet soms?'

Ik knikte niet.

‘En uitdrogen?’ vroeg ik voorzichtig, terwijl ik naar de zakken staarde.

‘Ja.’

‘En kleiner worden?’

‘Ja, precies.’

‘Een paar weken. Tot jij haar…’

‘Ja. Jij kunt me helpen de hars te zuiveren. We moeten de grote glazen potten uit de aanbouw van de apotheker zien te vinden. Volgens mij liggen ze ergens bij de dingenplek. Maar we hebben tijd genoeg, Liv. We hebben zeeën van tijd. Ze moet eerst haar bad krijgen, haar zoutbad.’

‘Maar die man dan?’

‘Hij kan me straks helpen de badkuip naar boven te dragen. Ik kan hem niet alleen dragen en hoewel jij ontzettend sterk bent, ben je niet sterk genoeg. Dus ergens was het heel goed dat hij is gekomen. Ik heb me afgevraagd hoe ik…’

Toen zei hij niets meer.

‘Maar hoe moet het dan met de man? Daarna? Gaat hij dan weer weg?’

Mijn vader aarzelde even. ‘Ja, dan gaat hij weer weg.’ Zijn stem klonk merkwaardig.

‘Dan moet hij oppassen dat hij niet in de valstrikken op de grindweg stapt,’ zei ik.

‘Ja.’

‘Ik kan hem misschien laten zien waar ze zijn?’

‘Ja… dat mag.’

Ik zag dat hij nog wat wilde zeggen.

‘Weet jij waarom hij is gekomen, Liv?’

‘Ja, hij zocht zijn hond… beneden bij…’

Plotseling snoerde mijn keel zich samen. Er was iets waar ik mijn vader naar moest vragen. Iets over een hond en een klem die zich zo diep in de poot van de hond had geboord dat hij gilde en jankte. Iets over een klem met verschrikkelijke tanden.

Ik kon het niet.

Ik begon weer te huilen.

'Was hij alleen?'

Ik knikte. De tranen stroomden uit mijn ogen als twee kleine watervallen die maar bleven vallen.

Mijn vader trok me nog dichter naar zich toe.

'Je hoeft niet verdrietig te zijn. Je moeder voelt er niets van. Ik zal haar wat pillen geven. Ze nemen al haar pijn in een keer weg. Het gaat snel en ze zal het heel fijn krijgen. Ik denk dat ze dat graag wil.'

Hij had ook gezegd dat ze graag alleen wilde zijn.

Ik wilde niet dat mijn moeder alleen zou zijn. Ik wilde graag bij mijn moeder zijn.

'Maar moet ze dan helemaal alleen zijn?'

'Nee, als ze eenmaal klaar is, zal ze hierbeneden met ons samen kunnen zijn. Zonder te huilen en zonder ziek te zijn of honger te hebben, zonder ooit nog pijn te voelen. Jij zult haar nog steeds kunnen voorlezen, en weet je wat, Liv...'

Hij aaide me over mijn haar.

'...ze zal je kunnen horen, want ze heeft haar hart bij zich.'

Hij stak zijn hand in de kist en haalde er iets uit. 'En wij kunnen haar nog steeds zien!'

Ik staarde naar de mooiste tekening die er ooit van iemand was gemaakt. Ik staarde naar mijn moeder. Ze glimlachte.

Mijn vader ging plotseling staan en ik deed een stapje achteruit. Ik wist niet wat ik moest doen. Ik kon niet huilen. Carl kwam en vertrok steeds weer.

Mijn vader stond daar en hij zag er opeens groter uit dan ooit tevoren.

Hij had de tekening gemaakt.

En hij had de klem gemaakt.

Nu zouden we mijn moeder om het leven brengen.

'Kom, Liv,' zei hij en ik ging mee zonder dat ik het wilde.

We gingen eerst terug naar de man in de witte kamer. Hij laag doodstil met gespreide benen en gespreide armen en een prop in zijn mond. Het touw was strak van zijn polsen en enkels naar de stijlen van het bed gespannen. Toen mijn vader naar binnen stapte, tilde de man zijn hoofd een beetje op en staarde naar hem.

Mijn vader keek hem slechts kort aan en trok mij vervolgens weer mee naar buiten. Hij deed de deur achter zich op slot.

'Blijf hier en houd de wacht, Liv. Hij kan niet loskomen, maar houd toch de wacht en gebruik indien noodzakelijk je boog. Ik ga nu naar het huis en schuif wat spullen aan de kant, zodat we er met de badkuip langs kunnen.'

'Ik wil graag met mama praten,' fluisterde ik door mijn beginnende tranen heen.

Mijn vader boog voorover en staarde in mijn ogen. Zijn gezicht was zo dicht bij het mijne dat ik een kort moment zijn baard en de klep van zijn pet kon voelen.

Zijn ogen hingen als harde, zwarte stenen voor me. Ze huilden niet meer. Ze waren niet eens vochtig. Het waren niet de ogen van mijn vader. Het waren stenen.

'Nee!' zei hij. 'Jij blijft hier. Ik ben zo terug.'

Ik weet niet hoelang hij weg was. Ik weet alleen dat de zon de schoorsteen van het woonhuis had bereikt. Er waren helemaal geen wolken. De lucht was helder en blauw.

# De verpopping

Het schijnsel van de kaars bereikte de ogen van Jens Haarder niet, toen hij haar het potje met pillen liet zien. In de andere hand hield hij een glas water vast.

Maria zag alleen zijn handen. Ze trilden.

Zij knikte en deed langzaam haar mond open. Haar mondhoeken waren gebarsten. Ze had dorst en was doodop.

Een moment voelde ze zijn lippen op haar voorhoofd.

Ze trilden als een vlinder.

Daarna stapte hij weg en verdween weer in het donker. Ze hoorde zijn voetstappen op de trap. Het geluid van zware dingen die beneden over de vloer werden geschoven. Zijn gesteun.

Misschien huilde hij wel.

Toen vond ze haar notitieblok naast haar dij.

En haar allerlaatste krachten.

# Gevangen

De stof sneed in zijn mondhoeken en af en toe moest Roald diep door zijn neus ademhalen om de misselijkheid op afstand te houden. Het hielp niet veel dat de lucht in het vertrek op zich al verstikkend was. Hij moest zich concentreren. Hij moest de stank negeren en de zuurstof, die ondanks alles in de lucht aanwezig was, waarderen. Als hij zich niet concentreerde, zou de angst om te stikken hem overweldigen. Als hij overgaf, was het afgelopen. Als de verkoudheid die hij onlangs was kwijtgeraakt weer de kop opstak en zijn neus verstopte, was het óók afgelopen. Hoe zat het met niesen? Kon je niesen als er een knevel van stof helemaal tegen je verhemelte was gepropt? Zou een nies niet in je keel exploderen en je zo verstikken? Hij moest zich concentreren op de zuurstof. Er zat zuurstof in de lucht en de doorstroming in zijn neus was vrij. Hij haalde diep adem en probeerde zijn hartslag omlaag te krijgen. En hij probeerde na te denken. *HEBBEN ALLE 3 HULP NODIG*, had Maria Haarder geschreven.

Ja, zeg dat wel!

Roald maakte zich zorgen over haar en over het meisje, maar op dit moment nog het meest over Jens Haarder. Hoe ver heen was hij precies? Was hij tot moord in staat?

Wat bedoelde hij met 'We hebben hem later nodig'? Aan de ene kant gaf dat Roald een zekere hoop dat hij niet om zeep werd geholpen, in elk geval niet meteen. Aan de andere kant. Hem nodig hebben?

Waarvoor?

Roald dacht ook aan de anderen in Korsted. Was er iemand die wist dat hij naar 't Hoofd zou gaan? Nee, hij had tegen niemand iets gezegd. Waarom had hij in godsnaam niets gezegd, niet met de politieagent gesproken, geen berichtje voor de kok achtergelaten?

Als hij vandaag nou niet terugkeerde, wat dan? Wanneer zou iemand iets ontdekken? Lars van Lontje zou zich er op een gegeven moment over verwonderen dat Roald de hond niet terugbracht. Hij zou in de loop van de avond naar het hotel bellen. Misschien zelfs ernaartoe sjokken als hij wilde. Daar had hij waarschijnlijk helemaal geen zin in, en zijn explosieve echtgenote had vast nog wel een andere opdracht die ze hem kon opleggen. Hij zou het uitstellen tot de volgende dag. Dan zou hij de kok aanklampen die thuis was gekomen en die zou zich ook over Roalds afwezigheid verbazen.

En dán zouden ze naar de politieagent gaan. Dan pas. Morgen pas. Waarschijnlijk in de loop van de dag. Sneller reageren zou als hysterisch worden gezien.

Roald concentreerde zich op zijn ademhaling. Jens Haarder moest hem toch gewoon weer loslaten! Aan gekte zaten grenzen.

Desalniettemin hadden ze daadwerkelijk hulp nodig. Alle drie! Roald besloot om zo behulpzaam mogelijk te zijn. Hij zou hun duidelijk maken dat hij hun geen greintje kwaad wilde doen. Dat hij geen bedreiging was.

Dan zou het allemaal wel loslopen.

En pas toen realiseerde hij het zich.

Te midden van alle troep en de ontzetting en verwarring over de jongen die een meisje was, had hij er niet over nagedacht: Jens Haarder had haar Liv genoemd. Liv Haarder. Zij was de dochter die ze als dood hadden opgegeven.

En nu wist haar vader dat hij was ontmaskerd.

Op datzelfde moment stond Jens Haarder in de deuropening. Roalds hartslag ging weer omhoog. Hem voor wat gebruiken? En wat dan daarna?

'Ik maak je nu los,' zei Haarder, toen hij bij de ene poot van het bed op zijn hurken ging zitten.

Roald voelde een pijnscheut toen het touw even nóg strakker werd getrokken om de enkel die al pijn deed na zijn confrontatie met de hakselaar. Daarna verslapte het touw en hij voelde hoe het bloed weer naar zijn voet stroomde. Hij bewoog hem voorzichtig om geen kramp te krijgen. Weldra was ook de andere voet vrij.

Voordat Haarder verderging met het losmaken van de handen, haalde hij zijn mes tevoorschijn en liet dit aan Roald zien. 'Je moet nog steeds niets proberen,' zei hij en hij legde daarna het mes buiten bereik van Roald op het bed.

Roald was niet van plan om iets te proberen.

De stem van Haarder was kil, maar Roald voelde de warmte van de meubelmaker dampen en zag de zweetdruppels op zijn voorhoofd. Ook zijn blik leek kil en afwezig en toch waren de ogen dik en rood... alsof hij net had gehuild?

Het meisje stond in de deuropening. Roald zag de bovenkant van de pijlkoker achter haar ene schouder en de grote boog in haar hand. Jens Haarder draaide zijn hoofd om en keek kort naar haar, voor hij zich weer tot Roald richtte.

'Mijn dochter is een formidabele boogschutter. Vergis je niet. Ik heb haar de opdracht gegeven je neer te schieten als je iets probeert uit te halen. En reken maar dat ze je raakt.'

Roald geloofde hem. Al zijn ledematen waren ondertussen los, maar hij bleef op zijn rug liggen. Hij kon nog steeds niets zeggen door de knevel. Zou hij die verwijderen, nu hij zijn handen weer kon gebruiken?

Haarder stond voor hem met het mes.

Roald wees voorzichtig naar zijn mond en de zakdoek, of

wat het ook was waar hij zolang in had mogen bijten. Het smaakte en rook als een mix van wol en koeienstal. Haarder keek alsof hij niet goed wist of hij hem toestemming moest geven.

Roald probeerde het met een moeizaam gekuch.

'Wil je dat ding niet weghalen, papa?' vroeg het meisje bezorgd vanuit de deuropening en Roald hoestte onmiddellijk nog een beetje meer. Maar nu stikte hij ook echt bijna. Zijn handen grepen onwillekeurig naar de stof en probeerden die naar beneden te trekken. Het zat te strak om het voor elkaar te krijgen. Hij kreeg tranen in zijn ogen.

Haarder kon blijkbaar aan zijn blik zien dat het ernst was, want hij greep bliksemsnel naar de knoop op Roalds achterhoofd en maakte die los. Daarna gooide hij de zakdoek op een stapel naast het bed.

Roald hoestte en hapte even naar lucht, voor hij weer enigszins rustig kon ademhalen.

'Dank je,' zei hij uiteindelijk.

'Zijn we het erover eens dat je precies doet wat ik zeg?' vroeg Jens Haarder, terwijl hij het mes gevaarlijk dicht bij Roalds ene pols hield.

'Ja.'

'Goed. Ik heb je krachten nodig. Wij moeten met z'n tweeën een badkuip naar de eerste verdieping van het woonhuis tillen.'

'Een badkuip?' Dat was wel een van de laatste dingen die Roald verwacht had te horen.

'Ja, mijn vrouw moet in bad. Kom, sta op!'

Hij werd via een bepaalde route op het erf naar de badkuip geloodst waarachter Liv zich had geprobeerd te verschuilen. Het was zo'n vrijstaand geval. Op poten.

Het was echter niet een badkuip waar je graag een bad in

zou nemen. Gele vlekken en smerige donkere strepen lagen over het emaille en op de bodem bevond zich een naaktslak in een droog meertje van dennennaalden en slangklemmen. Jens gebruikte zijn versleten pet om met een paar vegende bewegingen de badkuip te legen. Daarna zette hij zijn pet weer op.

De badkuip was godvergeten zwaar. Roald werd verzocht voorop te lopen en al voor hij bij het stoepje bij de voordeur kwam, was hij drijfnat van het zweet. Hij begreep waarom Jens Haarder zijn jas had uitgetrokken en die ergens over een ton had gegooid.

De boogschutter was als een schaduw aanwezig. Het leed geen twijfel dat ze wist wat haar taak was. Ze verloor hem geen moment uit het oog. Voor Roald was het een merkwaardig dubbel gevoel door zo'n arm kind te worden bedreigd, maar de bedreiging was zo te zien realistisch genoeg. Hij had bovendien een van de pijlen gezien die ze gebruikte. Die waren niet voor kinderen bedoeld.

Liv deed de deur voor hen open en kreeg de opdracht om buiten op het erf te wachten. Met haar boog in de aanslag.

Roald had al gedacht dat ze onmogelijk met de badkuip door de hal en verder naar de eerste verdieping konden komen, want hoewel het misschien de meest begaanbare route door het huis was, was het nog steeds een ware chaos aan spullen. Maar toen hij het donker en de stank binnenstapte, ontdekte hij waarom Haarder eerder zo had staan zweten. Spullen waren aan de kant geschoven en anders gerangschikt, zodat er een bredere doorgang was ontstaan. Het zou nu eigenlijk mogelijk moeten zijn een badkuip naar de eerste verdieping te krijgen.

Dus Jens Haarder was in staat een beetje op te ruimen als het echt moest. Maar alleen om zijn arme, grote vrouw in bad te doen.

Het leek volkomen absurd. Zij lag daarboven dood te gaan. Ze had geen bad nodig. Ze had hulp nodig.

Het was niet eenvoudig. Het was in geen enkel opzicht eenvoudig. Roald had nog nooit zoiets zwaars getild, maar zijn krachten hadden blijkbaar geaccepteerd dat er geen uitweg was en hadden versterking gevonden in zijn angst.

Het moeilijkste was om de badkuip in een rechte hoek te krijgen om in de slaapkamer te kunnen komen, maar Jens Haarder wist precies hoe het moest. Met alle spullen die hij naar binnen had gesleept, had hij natuurlijk een zekere ervaring met deuropeningen verkregen.

Er was ruimte gemaakt langs het bed, in elk geval lag er niet meer zoveel als voorheen. De emmer was weg, godzijdank, maar de stank nog steeds ondraaglijk.

Roald wierp een zijdelingse blik op de kolossale vrouw die nog steeds in zichzelf en haar spullen begraven lag. De kaars flakkerde op het nachtkastje, en het lukte hem niet meteen om haar blik te vangen. Daarentegen viel het hem op dat het dekbed anders lag. Het zag er bijna uit alsof ze liefdevol was ingepakt, een beetje zoals je een kind instopt.

Jens Haarder instrueerde hem kil hoe hij moest navigeren. De badkuip moest heel dicht tegen het bed aan staan. Waarom? Zodat ze erin gerold kon worden? Roald zag voor zich hoe die arme, grote vrouw waarschijnlijk in de badkuip vast zou komen te zitten. Hoe moest zij er ooit weer uit komen? Hij voelde ook dat het waarschijnlijk niet het moment was om zijn zorgen te uiten.

In het bijzonder toen hij stiekem naar Maria's gezicht keek en zag dat ze dood was.

Ze móest dood zijn. Je lag niet zo met open ogen en halfopen mond te staren als je niet dood was!

Het was alsof ze lichtjes glimlachte.

Hij haastte zich om weg te kijken en zijn blik gleed langs een pillenpotje dat er veel te leeg uitzag. Had zij dat zelf gedaan of...?

'De ene poot stoot tegen iets aan bij jouw hoek. Je moet hem een stukje verplaatsen,' werd er vanaf de andere kant van de badkuip gezegd.

Roald volgde het bevel gehoorzaam op en ging op zijn hurken naast het hoofdeinde zitten om de voet van de badkuip vrij te krijgen. Hij haalde een boek weg dat samen met een klein, leeg notitieblok met rafelige papierresten in de spiraalband op de grond lag en trok daarna aan een wollen deken die half van het bed was gevallen waardoor ook deze in de weg zat. Hij moest hard trekken om de deken helemaal onder de ingepakte persoon weg te trekken, en door die beweging kwam Maria's linkerhand plotseling van onder het dekbed tevoorschijn. Roald verstijfde een ogenblik bij het zien van de open hand. Daarin zat in een diepe rimpel een balpen vastgeklemd.

Hij keek schuin in de richting van Jens Haarder, die met zijn rug naar hem toe bij de deur stond, en legde vervolgens twee vingers op Maria's pols. Nee, er was geen hartslag. Daarna schoof hij voorzichtig haar hand weer onder het dekbed.

En toen zag hij het. Er was iets tussen de matras en de bedrand gestoken, daar waar de wollen deken eerder had gezeten. Het leek een dunne, groene elastiekmap. Hij wierp weer een blik naar de deur. Jens Haarder was bezig met het verplaatsen van een grote kartonnen doos, die een beetje te ver naar voren stond boven op een paar andere dozen die Roald met de badkuip had geraakt.

Roald trok voorzichtig de map omhoog. VOOR LIV, stond er met sierlijk handschrift op de voorkant. Hij deed hem slechts heel kort een stukje open, maar lang genoeg om te zien dat hij handgeschreven brieven en meerdere kleinere vellen papier bevatte waarvan sommige er toevallig in leken te zijn gestopt. Een enkel vel van een notitieblok was er ogenschijnlijk naast terechtgekomen en het lag nog gedeeltelijk tussen matras en bedrand ingeklemd. Hij kon slecht ontcijferen wat er stond, want het was geschreven met onbeholpen blokletters die boven elkaar stonden.

Hij had geen tijd om na te denken waarom hij het deed: met een razendsnelle beweging stopt hij het losse papiertje bij de andere en stak daarna de map onder zijn trui tegen zijn borst. Hij voelde zijn hart als een bezetene tekeergaan.

Een paar seconden bleef hij op zijn hurken achter de badkuip zitten, terwijl hij tot rust probeerde te komen. Toen ging hij staan en schoof hij de badkuip helemaal tegen het bed aan, zoals hem was opgedragen. Jens Haarder stond nog steeds met zijn rug naar hem toe. Het mes was aan de achterkant in de riem gestoken.

Als hij er nou eens langs kon glippen, maar hoe? Hij keek even naar de vrouw in het bed. Toen waagde hij een poging.

'Je vrouw probeert volgens mij iets te zeggen.'

Jens Haarder draaide zich met een ruk om en staarde naar Maria en binnen een paar seconden stond hij bij het hoofdeinde.

Roald deed een stapje opzij zodat hij erbij kon.

'Ze heeft net iets geprobeerd te zeggen,' loog hij opnieuw.

Haarder streek met zijn hand door het haar van de overledene en legde zijn gezicht tegen het hare.

Hij fluisterde: 'Mijn liefste, ben je nog steeds wakker?'

Op dat moment zette Roald het op een lopen. Hij sprong langs de badkuip naar de deur toe. De doos waarmee Haarder had staan worstelen stond nog steeds behoorlijk wankel en Roald wist hem met zijn nieuwverworven krachten achter zich naar beneden te trekken. De doos raakte de vloer met een klap en iets versplinterde. Buiten op de gang duwde hij tegen alles waar hij tegenaan kon duwen en dat Jens Haarder de weg kon blokkeren. Een aantal grote wissellijsten vleiden zich welwillend dwars op de vloer. Een staande lamp viel om en nam een paar rollen stof met zich mee. Een bloemenstandaard viel om en tuimelde de trap af, samen met machineonderdelen en conservenblikken, benzineblikken en speelgoed. Iets raakte een halfvergane zak die reageerde door zijn stinkende inhoud over het bordes uit te strooien.

Roald kwam beneden aan de trap en rende door de hal zonder achterom te kijken. Hij gooide net als de vorige keer de zware voordeur open, maar dit keer met een andere angst. Een doodsangst, die van achteren op hem af kwam denderen, samen met de stank en de geluiden en het donker. Zodra hij buiten was, smeet hij de deur weer dicht.

Het licht was overweldigend, maar niet verblindend. De zon scheen vanuit het zuidwesten op het erf. Ze stond aan zijn kant. En een stukje verderop zat in een zonnestraal een boogschutter op haar knieën met een pijl op hem gericht.

Roald liep de stoep af naar het kind en de boog toe. 'Liv, je mag niet schieten!' riep hij. 'Ik heb je moeder beloofd om je te helpen en ik heb iets...'

Hij minderde vaart, toen het kind plotseling ging staan en wees. 'Stop!' schreeuwde ze. 'Loop aan de andere kant om het fornuis heen!'

Roald reageerde zonder na te denken, hij bleef abrupt staan en deed een stap achteruit om de route te nemen langs de andere kant van de stapel met het oude fornuis, dat boven op iets anders stond. Op hetzelfde moment viel het fornuis met een grote klap om op het pad.

Het meisje smeet de boog weg en greep met beide handen naar haar hoofd.

Roald voelde zijn hart in zijn keel en rende naar haar toe. Dat arme kind, was het enige wat hij kon denken. Dat arme kind.

Ze viel op haar knieën voor hem neer toen hij dichterbij kwam. Plotseling kreeg hij in de gaten dat ze niet naar hem staarde. Ze staarde naar iets achter hem.

# Inferno

Roald draaide zich om, om te zien waar Liv naar keek. Het was niet, zoals hij een moment had gevreesd, Jens Haarder die met een opgeheven mes uit de voordeur kwam rennen.

Het was Jens Haarders huis dat het opgaf.

Eerst werd de nok naar beneden gezogen, alsof het huis probeerde een laatste, diepe ademteug te nemen. Toen ademde het complete hoofdgebouw met een oorverdovende zucht uit, opgevreten door donker en stof en ziekte zakte het in elkaar. Alles leek naar binnen te vallen – met uitzondering van de voordeur, die door de druk omhoogvloog en over het erf geblazen werd.

Roald hield het kind stevig vast, toen de vlammen het volgende moment uit de eerste verdieping schoten. Vóór hen bloedde de ingang.

Het was rood daarbinnen. Het donker brandde.

Het kind huilde stilletjes in al het lawaai. Maar hartverscheurend. Roald zat op zijn hurken achter haar, met zijn armen om haar snikkende lichaam en zijn hoofd op haar tengere schouders. De zachte veren kriebelden tegen zijn hals.

'Mijn moeder,' hoorde hij haar zeggen. 'En mijn vader.'

'Je moeder was al overleden toen wij boven kwamen,' zei hij zo liefdevol mogelijk. 'Ze was ingeslapen, ze heeft er niets van gemerkt. En je vader was bij haar. Het laatste wat ik heb gezien was dat hij haar kuste.'

Een plichtsgetrouw moment overwoog Roald of er enige kans was dat Jens Haarder levend uit het huis kon worden gered. Maar het was een waar inferno van vlammen en rook. Niemand kon daar levend uit ontsnappen.

'Alles ging zo snel,' zei hij toen. 'Je vader heeft ook niets gemerkt.'

'Goed,' snikte het meisje.

Roald draaide haar voorzichtig maar beslist naar zich toe en tilde haar omhoog zodat ze kon staan. Hij legde zijn handen op haar schouders.

Hij zei: 'Wij tweeën moeten nu weg! Ik zal wel op je passen, maar we moeten hier weg. Het vuur zal snel vat krijgen op alle andere spullen.'

Het meisje knikte opnieuw en pakte haar boog op. Zoals ze daar stond met haar pijlkoker op haar rug en de boog in haar hand, leek ze een kleine, dappere soldaat.

Ze keek omhoog naar hem. Roald wist opeens niet wat hij moest zeggen. Haar ogen waren gevuld met tranen, maar ze keek hem aan met de meest intense blik aan die hij ooit had meegemaakt. Ze onderzocht zijn ogen grondig, zocht iets. Hij wist helemaal niet dat hij huilde, voordat hij een traan langs zijn wang voelde biggelen.

Toen nam ze blijkbaar een snel besluit, want ze legde haar boog weer neer, trok resoluut de riem van de pijlkoker over haar hoofd en gooide haar munitie naast haar wapen zonder er ook maar naar te kijken. De soldaat had blijkbaar ingezien dat de oorlog was afgelopen.

'Goed, laten we dan...' Roald werd onmiddellijk onderbroken.

'Er zijn valstrikken, je mag niet met me mee lopen,' zei het meisje met een bewonderenswaardige beslistheid in haar iele stem. 'Ik ben in twee seconden terug. Blijf hier!'

Voor Roald kon protesteren verdween de bruin-oranje trui

via God mocht weten welke route tussen de stapels door. In de richting van de stal.

Hij keek weer naar het hoofdgebouw. Ze hadden waarschijnlijk wel wat tijd, maar niet heel veel. De hitte duwde zich tegen hem aan en brandde in zijn ogen.

Opeens zag hij Jens Haarders jas over een ton van de dichtstbijzijnde stapel hangen. Roald tilde de jas op. Hij was behoorlijk zwaar en was bezig uit elkaar te vallen, het suède was glad gesleten en op een paar plekken was de voering rafelig. In een van de grote voorzakken zat een dikke, bruine envelop. Hij stak de envelop in zijn eigen voorzak en onderzocht snel de rest van Haarders jas, terwijl hij bezorgd keek waar Liv bleef.

In de binnenzak zat een opgevouwen brief.

Roald aarzelde een moment. Het briefgeheim had hij altijd gerespecteerd en hij had nog nooit ook maar een ansichtkaart gelezen die niet aan hem geadresseerd was geweest. Maar deze situatie was natuurlijk behoorlijk...

Hij vouwde hem open en begon te lezen.

*Beste Jens,*

*Het is onweerlegbaar lang geleden en het is allemaal mijn schuld. Om dezelfde reden valt het mij niet makkelijk deze brief te schrijven...*

Omdat Liv juist op dat moment van de voorkant van de stal kwam aanrennen, vouwde hij snel de brief weer dicht en stopte hem in zijn binnenzak. Achter het meisje zag hij de uitgeputte schimmel en een paar kleinere schaduwen in de richting van het bos verdwijnen.

'Kom,' riep ze en ze rende langs hem. Roald liet de jas van Haarder liggen en volgde haar over het erf, tussen de stapels door. Hij keek naar het hoofdgebouw dat zijn vuur nog niet had verspreid, maar het was zo te zien slechts een kwestie van een paar minuten voor de buitenmuren zouden beginnen te branden en de vonken vat zouden krijgen op de stapels en de andere gebouwen.

Het was een merkwaardige brand. Er klonk een gehuil en een gesis uit het woonhuis en een zwaar gebulder onder alles. En ondertussen kroop een dikke, donkere rook rond het gebouw alsof hij erover waakte. Maar boven het tafereel hing een onbewogen heldere, blauwe hemel. Alsof het drama de hemel niet interesseerde, alsof hij niet in rook wilde opgaan. Hij had zich klaarblijkelijk uit de hele situatie terugtrokken en wachtte erop tot hij zich weer mocht uitspreiden.

'Wacht daar!' riep Liv weer en Roald gehoorzaamde haar bevel als de eerste de beste militair. Hij realiseerde zich dat het kind op dit moment de controle had. Hij had haar willen redden en nu was hij in werkelijkheid afhankelijk van haar instructies en beoordelingsvermogen. Hij keek met een schuin oog naar de hakselaar. Gek genoeg had hij altijd gedacht dat deze juist de minst angstaanjagende van alle landbouwmachines was; een goedige planteneter uit een verdwenen tijdperk, als hij eenzaam op een veld stond. Nu was hij er niet zeker van dat het hem ooit zou lukken het monster weer uit de hakselaar weg te denken.

Hij zag haar een deur van een houten gebouw in rennen. Dat moest de werkplaats zijn waarover de mensen het hadden gehad. Hij riep haar na, hoewel hij zich realiseerde dat ze hem niet kon horen. Ze moesten weg. Verdomme! Hij moest haar eruit halen.

Maar opeens stond ze weer buiten. 'Ik heb het,' riep ze. 'Kom!'

Roald rende achter haar aan alsof hij aan een onzichtbaar touw zat. Ze had iets in haar hand, waarschijnlijk een kleine wissellijst, en iets anders, kleiners, waarvan hij niet kon zien wat het was.

Ze rende naar de grindweg, maar dus ook gevaarlijk dicht langs de hoek van het brandende woonhuis.

'Denk je niet dat we beter langs de andere kant kunnen gaan?' riep hij ongerust. Maar hij volgde het kind. En ze gaf geen antwoord. Ze wenkte hem mee te komen.

'Ren heel dicht langs de gevel,' riep ze nu en ze bleef dicht bij de gevel van de werkplaats. Hij deed hetzelfde als zij en rende vlak achter haar met een hand op de planken. Hij ontdekte dat ze nog steeds bewapend was. Er bungelde een dolk in een leren schede aan haar riem die lichtjes tegen haar dij sloeg.

Rechts van hen, aan de andere kant van de grindweg, had het vuur vat gekregen op een van de bomen die bij de gevel van het woonhuis stond. De vlammen strekten zich als rood-gele tongen uit het raampje in de gevel. Een paar dakpannen vielen rechts van hem in het grind en opeens zwaaide een enorme tak met een geweldige kracht over de weg. Roald brulde van schrik, toen de dennentak op borsthoogte langs hem heen zwiepte. Het moest een valstrik zijn, die in werking was gezet door het vuur of door de dakpannen, en als hij de instructies van Liv niet had opgevolgd zou hij zijn geraakt. Hij voelde zich als opgejaagd wild en wist niet hoe snel hij deze plek moest verlaten.

Roald schreeuwde dan ook bijna luid van vertwijfeling, toen het meisje niet de weg volgde die hen van het huis wegvoerde, maar bij de container bleef staan.

'Ik kom zo,' riep ze. 'Hou dit even vast!'

Ze gaf hem een kleine tekening in een oude lijst. En een zandloper. Het was een zandloper!

Toen rende ze langs de container en kroop op een paar dozen en een tractorband voor het verste luik.

'Liv, hou op nu! Niet meer... We moeten weg!'

Maar ze was al in de container verdwenen na de klep te hebben geopend met een gemak alsof ze nooit anders had gedaan.

Roald staarde haar verbouwereerd na, voor hij ongerust naar de gebouwen achter zich keek.

Hij kon een stukje zien van het erf tussen de gevel van het brandende woonhuis en het donkere houten gebouw dat het vuur nog niet had bereikt. Het oude spinnenwiel, dat tegen de muur onder het keukenraam stond, had een soort nieuw leven gekregen. Het wiel draaide rond, terwijl de vlammen eronder dansten. Het vuur had nu ook de stapel met het fornuis bereikt. Op de eerste verdieping sloegen de vlammen uit alle ramen.

Roald realiseerde zich dat hij stond te staren naar een huis met twee brandende ouders erin, terwijl hij stond te wachten tot hun dochtertje terugkeerde uit de rotzooi in een donkerblauwe container. Hij was elk gevoel van werkelijkheid kwijt. En van tijd.

Hij keek naar de ingelijste tekening. Het was een portret van een vrouw, een knappe vrouw. Was het soms Maria? De mond was die van haar. Hij moest denken aan de Mona Lisa. De tekening was gesigneerd met een bescheiden 'Jens' in de rechterbenedenhoek. Plotseling stopte Roald het portret en de zandloper in de ene grote voorzak van zijn jas. Toen pakte hij de brief uit de binnenzak en vouwde die snel open. Zijn blik gleed zoekend, maar zonder te lezen wat er stond over de pagina's. Pas toen hij bij de laatste regels kwam, lukte het hem zijn aandacht op de tekst te vestigen:

*In eerste instantie zou ik graag jou en je gezin willen bezoeken. Het contact herstellen, als jij dat tenminste wilt? Wil je me terugschrijven? Of bellen, als je de mogelijkheid hebt (zie hieronder voor mijn privéadres en telefoonnummer).*

*Met vriendelijke groet,*

*Je toegenegen broer,*

*Mogens.*

Er was een PS dat hij niet meer kon lezen omdat het luik van de container op dat moment dichtsloeg. Hij voelde het metaal vanaf de plek waar hij stond resoneren.

Roald vouwde de brief dicht en stopte hem terug in zijn binnenzak, terwijl hij naar het meisje keek dat naar hem toe kwam. Ze had een boek in de ene hand en een teddybeer in de andere. Een teddybeer! Ze was nog steeds een kind, nog maar een kind. Een dapper klein kind bewapend met een dolk en een beer. En nu moest hij op haar passen.

Toen ze bij hem was, stak Roald aarzelend zijn hand naar haar uit. Ze keek er even naar. Toen stopte ze de beer onder haar linkerarm, zodat ze haar ene hand vrij had. Die pakte voorzichtig de hand van Roald.

Hij vroeg: 'Kunnen we nu rennen? Naar de landtong?'

Ze knikte. 'Ja, maar we moeten nog om twee andere valstrikken heen.'

'Oké. Jij wijst de weg!'

Ze knikte nogmaals en daarna begonnen ze te rennen.

Zijn stappen klonken als zware explosies in het grind. De hare maakten geen geluid. Ze rende zo geluidloos dat hij naar beneden moest kijken om te zien of ze de grond wel raakte. Ze leidde hem van de weg af, om een hoge dennenboom heen en vervolgens terug naar de weg, en daarna leidde ze hem rechts langs de slagboom, waarbij ze zich er zijdelings langs moesten wurmen. Haar kleine hand had de zijne nu in een stevige greep vast. Hij voelde zich wonderlijk veilig.

Aan de andere kant van de slagboom bleven ze staan, alsof het op voorhand was afgesproken. Alsof de slagboom een beschermende factor was en deze de vlammen en de dood en de rampspoed tegenhield. Alsof ze in veiligheid waren.

'Zijn er niet meer valstrikken?' vroeg Roald zijn kundige gids.

Ze schudde haar hoofd en staarde naar haar brandende huis. Inmiddels had het vuur de werkplaats bereikt. Ervoor lag de container als een rechthoekige schaduw zijn lot af te wachten. Verscheidene bomen stonden in lichterlaaie en overal brandden kleine vuurtjes in het gras.

Roald dacht met afgrijzen aan de gevoelens die het meisje bij die aanblik moest doorstaan.

'Wat is dat voor een boek?' vroeg hij.

'*Robin Hood*,' antwoordde ze terwijl ze naar het boek keek.

'Zal ik hem nemen, dan hoef jij hem niet te dragen.' Ze knikte en gaf hem het boek, en hij vond een plekje in zijn jaszak. Onder zijn hemd en zijn broekrand voelde hij de groene elastiekmap die tegen zijn buik plakte.

'Jij hebt de hond door zijn hart geschoten omdat hij pijn leed? Toch?'

Ze knikte nogmaals en keek hem bedroefd aan.

'Dat was knap geschoten. En knap gedaan van jou. Dank je.'

Het kleine gezichtje lichtte een tikkeltje op, hoewel de tranen nu langs haar wangen sijpelden.

'Ik begrijp heel goed dat je huilt,' fluisterde Roald.

Plotseling zag hij dat Liv nog steeds iets in dezelfde hand geklemd hield waarmee ze het boek had vastgehouden.

'Moet ik nog meer voor je vasthouden?'

Ze opende voorzichtig haar hand en liet hem een stukje barnsteen zien. 'Die is van mijn vader. Er zit een oude mier in.'

'Zo zeg,' zei Roald. 'Laten we die bekijken als we bij mij thuis zijn.'

Ze knikte en stopte zelf het stuk barnsteen in zijn zak.

'Wil je de beer zelf vasthouden?'

'Ja,' fluisterde ze en ze duwde de teddybeer stijf tegen zich aan.

Hij zag het pakket dat op de boomstronk lag. 'Dat pakket... weet jij wat dat is?'

Liv schudde haar hoofd.

'Wil je het meenemen?' Roald keek ongerust naar het vuur dat zich een weg naar hen toe vrat. Hij had het niet moeten vragen. Ze moesten er nu vandoor.

'Nee, ik wil weg,' zei ze en ze pakte zijn hand.

Toen renden ze weer verder. Ze volgden de bocht naar het zuiden en renden over de grindweg langs de dennenbomen, door het berkenbos, over de kleine open plek en verder langs de lage sparren en het grote stuk met wilde rozen die allang waren uitgebloeid. En ten slotte liepen ze over De Hals. Roald voelde een merkwaardige lichtheid. Zijn voeten dansten onder hem in een regelmatig tempo, en haar onhoorbare passen vlogen naast hem als een trouwe hartslag in dubbelritme.

Toen ze bijna aan het eind van De Hals waren gekomen bleven ze staan en draaiden zich om. Een dikke, zwarte rook steeg in het midden van 't Hoofd op en achter de meest zuidelijke bomen zag je duidelijk een rood schijnsel. Misschien zou 't Hoofd compleet afbranden. Misschien was dat maar goed ook.

Roald legde zijn handen op de schouders van het meisje. Hij kon haar horen ademen en voelde de schouders bewegen. Helemaal bovennatuurlijk was ze dus niet. Ze vloog, maar toch haalde ze adem.

'Ik heb het idee dat jij een lieve oom hebt die we moeten vinden. Maar ik zal hoe dan ook op je passen, dus je hoeft niet bang te zijn.'

'Ik ben niet bang,' zei ze. 'Ben jij bang?' Ze draaide haar hoofd omhoog en keek hem aan.

Hij aaide over haar haar.
'Nee. Niet meer.'
'Hoe heet jij?'
'Roald.'
'Ik heet Liv. En ik ben niet dood.'
'Dat weet ik,' zei hij en hij glimlachte. 'Allebei.'
'Waar woon jij?'
'In het hotel-restaurant.'
'Daar ben ik geweest.'

# De dingen en de tijd

De mevrouw met het witte naambordje zegt dat het allemaal veel tijd zal kosten. Ze heeft alles gelezen wat mijn moeder aan mij heeft geschreven. We hebben veel om over te praten, zegt ze.

Ze zegt dat ik niet heb geleerd wat anderen op mijn leeftijd hebben geleerd. Maar ik kan ook dingen die anderen niet kunnen, en ik heb gezien hoe iemand om het leven werd gebracht.

Ze zegt dat mijn leven op zijn kop is gezet. Ik weet niet precies wat dat betekent. Iets met dat ik ergens geen kind en geen volwassene ben; dat ik af en toe denk als een kind en af en toe denk als een volwassene en soms dingen doe die *niemand* zou moeten doen. Nu willen ze mij waarschijnlijk leren hoe ik moet denken en wat ik moet doen.

Ik mag de deur van mijn kamer niet op slot draaien of er iets voor zetten. Maar het is wel oké dat ik mijn koekjes nog steeds breek en schud, en het is *heel goed* dat ik alles opschrijf wat in me opkomt. Ik mag mezelf ook best herhalen. De mevrouw zegt dat ik heel goed ben in schrijven en vertellen en dat het niet uitmaakt als de tijd en de dingen een beetje met elkaar versmelten.

Toen ik vroeg of het ook goed is dat mensen een beetje met elkaar versmelten, keek ze me vreemd aan en knikte. Ze begreep het niet. Ik denk niet dat ik haar alles zal vertellen.

Ze zegt ook dat het niet mijn schuld is.

Dat weet ik best.

Soms droom ik over mijn vader. Het is telkens dezelfde droom: hij staat in de deuropening van ons brandende huis, en hij heeft een pijl door zijn hart. Ik weet dat het mijn pijl is, mijn beste pijl. Ik weet ook dat hij doodgaat.

Maar hij valt niet meteen. Hij doet een paar stappen in mijn richting, voordat hij zich voor mij in het grind neerlegt. Zijn haar en baard zijn wilder dan ooit, maar als zijn pet van zijn hoofd valt zie ik dat hij bovenop kaal is geworden. Zijn bewegingen zijn langzaam en hij lijkt heel rustig. Net als de reebok in de maneschijn. Ik weet zeker dat hij me aankijkt en niet boos is.

Het was niet mijn schuld.

Dan sluit hij zijn ogen.

Op dat moment word ik wakker.

Ergens is het een goede droom, hoewel ik ervan moet huilen. Misschien vertel ik het op een dag aan die mevrouw, maar nu nog niet. Ik wil hem graag nog wat vaker voor mezelf dromen.

De tuin buiten is heel stil en er is heel veel gras. Er liggen geen spullen op het gras – helemaal niets – maar achter in de tuin staat een boom die ik elke dag begroet. De bladeren zijn er nu afgevallen, maar die komen terug.

Achter de tuin is een veld met een vogelverschrikker met wie ik ook praat. Hij zegt niets terug, maar hij kan goed luisteren. De boer kwam op een dag langs om hem weg te halen, maar hij liet hem staan omdat ik dat graag wilde. De boer rookte pijp; dat vond ik leuk. De volgende keer dat ik de vogelverschrikker bezocht, had hij een pijp gekregen.

Misschien valt er binnenkort sneeuw.

Ze hebben hier ook een kerstboom, maar die is niet helemaal zoals op 't Hoofd, want hij staat op de grond en heeft gekleurde versiering. Daar moet ik even aan wennen.

Ik moet er ook aan wennen dat hier zo veel ruimte is.

Als de mevrouw en ik klaar zijn met praten en schrijven, ga ik meestal naar mijn kamer. Ik hou ervan om te zitten lezen of te naaien of naar de mier in het stuk barnsteen te kijken.

Ik hou er ook van om de zandloper om te draaien en ernaar te kijken. Het is ongelooflijk hoeveel zand er door de smalle hals kan stromen, als je het maar de tijd geeft om te stromen.

De dingen nemen zo veel tijd als nodig is, zegt de mevrouw.

Af en toe denk ik of het niet beter kan zijn 'de tijd neemt de dingen die wij meenamen'. Ik heb heel veel tijd, maar niet meer heel veel dingen.

Ik zou wel willen weten hoeveel zandlopers de tijd heeft kunnen nemen voor het stukje hars veranderde in het stukje barnsteen met de oeroude mier erin. Hij bestaat, die mier. Ik kan hem immers zien. Dus zelfs als je dood bent, kun je nog bestaan? Dat moet wel. Ik leefde ook, al was ik dood.

Ik kan ook mijn moeder zien. Ze hangt aan de muur boven mijn bed.

Ik ben nu niet meer boos dat ze mijn dolk hebben afgepakt. *Robin Hood* mocht ik houden. En de beer, gelukkig, ook al zeggen ze allemaal dat hij niet zo lekker ruikt. Ik vind dat hij geurt. Naar het bos.

Roald is hier geweest met een afbeelding van Mona Lisa. Voor zover ik heb begrepen hangt die in een ander land en is hij heel beroemd, maar nu hangt hij dus hier. Het is waar dat ze net zo glimlacht als mijn moeder. Ze hangen naast elkaar, mijn moeder en Mona Lisa. Mijn moeder is het knapst, vind ik. Ik ben bijna vergeten dat ze zo dik was geworden.

Bijna.

Ik mis haar. Maar als ik af en toe een brief uit de groene map haal en lees wat ze aan mij heeft geschreven, is het bijna alsof ik met haar praat. Dan geef ik zo goed mogelijk antwoord en leg ik de brief weer terug. Als ik op een dag alles heb gelezen blijf ik dat waarschijnlijk doen, zodat we kunnen blijven praten. Er is heel veel wat ik haar graag wil vertellen.

Soms haal ik een boek uit de woonkamer en lees ik mijn moeder en Mona Lisa voor. Ik weet niet zeker of Mona Lisa luistert, maar ze kijkt wel naar me.

Ze hebben me verteld dat 't Hoofd helemaal is afgebrand. Dat is niet zo erg, want er zullen heel snel nieuwe, kleine boompjes groeien – en nieuw gras en nieuwe bloemen. Alles komt terug. Zelfs de dieren. Op een dag wil mijn oom Mogens daar een heel nieuw huis bouwen, zegt hij, en als ik hier ooit klaar ben, ga ik terug naar huis om bij hem te wonen. Dus ík kom ook terug.

Mogens is de oudere broer van mijn vader. Ze lijken niet echt op elkaar, maar ik mag hem graag, want ik kan merken dat hij mijn vader graag mocht. Hij lijkt aardig, maar is ook een beetje raar. Hij heeft het bijvoorbeeld vaak over een handige kerstboomstandaard die hij heeft uitgevonden en die je nu overal kunt kopen. Ik durf hem niet te vertellen dat het *nog veel* handiger is om de kerstboom aan het plafond te hangen. En dat kost helemaal niks!

De mevrouw met het witte naambordje is ook aardig. Ze laat me met rust als ik dat vraag en ik mag mijn beer meenemen zolang ik niet te dicht bij haar zit. ELSE, staat er op haar naambordje, net als er op mijn oma's naambordje zou hebben gestaan als zij er eentje had gehad. Ik moet er even aan wennen om haar Else te noemen, maar dat is prima, zegt ze. *De dingen nemen nu eenmaal zo veel tijd als nodig is.*

Carl is niet meer zo verdrietig als toen we hier net waren.

O ja, de container is samen met de rest verbrand. Dat wil zeggen dat het kistje van mijn zusje samen met alle andere dingen is verbrand. Dat is niet zo erg, want ik heb het belangrijkste meegenomen en daar gaat het om. Ik heb alles hier. De tekening en de zandloper en *Robin Hood* en mijn beer en de mier in het barnsteen.

En Carl.

En mijn zusje. Ja, want op de dag dat het allemaal gebeurde was ik net klaar met haar in mijn beer te naaien. Daarom geurt hij zo naar hars. Hij geurt!

Maar dat vertellen we aan niemand.